APOKALYPSE MAX

Du même auteur :

TOXIQUE
(Édition Amazon)

TOTAL KAOS
(Édition Book on Demand (BoD), présent dans toutes
les librairies et sur tous les sites, sur commande)

APOKALYPSE MAX

Dominic Courcy

Édition : BoD – Books on Demand, info@bod.fr
Impression : BoD – Books on Demand, In de Tarpen 42,
Norderstedt (Allemagne)

Impression à la demande

Cover designn by Claire Rochas et Raphaël Courcy
© photos : Adobe Stock

ISBN : 978-2-3225-2564-5
Dépôt légal : Juin 2024

Pour la fin de cette trilogie,
un immense merci à ma talentueuse team de relecteurs(trices) :
Claire R, Laura DL, Gilliane C, Marie-Agnès R, Olivier C

Résumé des livres précédents

Dans une petite ville un homme, Max Roarsky, décide de donner un sens nouveau à sa vie : il va enseigner à tous l'art du meurtre, en compagnie de sa sulfureuse acolyte, Angeline. Ensemble, ils vont semer la terreur et réussir à échapper à la police locale. Max accepte de se laisser arrêter afin d'expliquer ses motivations lors d'un procès hors norme : il veut fonder une armée de disciples, La Légion, pour renverser la société. Au cours de son procès, une flic désavouée va le faire évader.

Tous deux vont se terrer dans la forêt vosgienne avant de revenir sur le devant de la scène en organisant la prise de pouvoir par les armes d'une petite ville, pendant que la policière poursuit sa vengeance personnelle. Lors de leur repli, ils se retrouvent face au GIGN et l'affrontement fait de nombreuses victimes.

Max Roarsky et ses fidèles lieutenants finissent toutefois par s'échapper au grand dam des policiers. Ils fuient en Finlande, et trouvent refuge dans une île qu'ils avaient eu la précaution d'acheter auparavant.

Le récit qui suit constitue le dernier volume de cette trilogie.

Chapitre 1
Écolo furioso

France, mars

Jean-Marc Lambert se prépara comme tous les jours. Plutôt comme toutes les nuits.

Il enfila sa troisième polaire, la XXXL, sur les deux autres. Il aimait être à l'aise dans ses vêtements. S'il y avait bien une chose qu'il redoutait, c'était le froid. Et vraiment, dans l'abattoir, il faisait froid. C'est pour cela qu'il privilégiait des marques réputées en matière de vestes polaires. Chères, ok, mais le jeu en valait la chandelle.

Le travail de nuit n'arrangeait pas les choses, surtout en fin de nuit, la fatigue aidant.

C'était assurément le point négatif de ce travail. Mais au moins, il était tranquille. Aucun membre de la hiérarchie ne venait jamais la nuit, jamais d'entretien annuel pour faire le point sur le travail. Enfin, le travail, lorsqu'il y en avait.

Car cet abattoir municipal allait fermer, lorsque le nouveau joujou de la communauté de communes serait pleinement opérationnel. Jean-Marc allait regretter ce vieux bâtiment. Pas assez moderne, pas assez rentable, voilà ce que répétaient les chefs. Le personnel avait été progressivement réduit, à mesure de la montée en charge du nouvel abattoir. Le jour, il n'y avait même plus d'abattage. Une équipe réduite réceptionnait les bovins, sous la supervision du bouvier. Les animaux étaient ensuite conduits à la bouverie, un lieu spécialement aménagé pour le bien-être des animaux… Juste avant leur mort. Un vétérinaire vérifiait leur bonne santé ante mortem, et les bovins attendaient tranquillement.

La nuit, c'est la mort.

L'équipe de nuit se composait de trois membres, trois hommes. Jean-Marc, Fred, un gars taciturne du Nord, et Saïdi, un fils de réfugié harki d'Algérie, dur à la peine.
Avant, lorsque des commandes exceptionnelles arrivaient, quelques intérimaires étaient embauchés.
Mais Jean-Marc n'aimait pas ce changement de situation. Il préférait la compagnie de ses collègues habituels. De toute façon, maintenant, cela n'arrivait plus… Tout pour le nouvel abattoir !
Il ferma soigneusement son thermos de café. Pas question d'en manquer !
D'après le planning de production, cette nuit, ce serait des bœufs.
Les bœufs ce n'était pas facile. Il y avait le poids. De gros efforts en perspective !
Il verrouilla avec soin la porte de son petit appartement, vérifia malgré tout, la bonne fermeture et emprunta l'ascenseur pour rejoindre la rue.
Il monta dans son Kangoo et prit le chemin de l'abattoir municipal.
Dix minutes plus tard, il avait atteint sa destination.
Ce soir, le gardien de service, c'était Rémi. Un gars sympa, qui lui fit un signe amical en ouvrant la barrière.
La voiture de Fred était déjà sur le parking. Jamais en retard celui-là !
Jean-Marc sortit de sa voiture, ne prit pas la peine de verrouiller les portes, et se dirigea vers la porte d'entrée.
Il composa machinalement le code à six chiffres sur le digicode et pénétra dans le bâtiment.

+++++++

Eagle se dégagea de l'oculaire de son puissant téléobjectif.

Il aimait la nuit. Son mystère, ses possibles. Il avait le sentiment, à chaque fois qu'ils menaient des actions nocturnes, qu'un nouveau départ était là. Ce qui paraissait complètement utopique le jour devenait possible la nuit.

Il se retourna vers Wolf.

— J'ai le code, c'est ok.

— Parfait, alors on y va.

Les deux hommes descendirent du toit sur lequel ils avaient pris position, situé juste en face de l'abattoir. Le choix de cette cible avait été assez évident : un abattoir vétuste, une équipe de nuit réduite, des mesures de sécurité obsolètes… Easy !

Ils retrouvèrent leurs deux acolytes, Kitten, une jeune et frêle jeune fille, spécialisée vidéaste, et la Louve, Angeline de son prénom, une grande blonde sèche et musclée. Cette dernière avait été imposée à Eagle par La Légion, histoire de muscler leurs actions.

— Kitten, tu prends la voiture et tu t'approches de la barrière comme prévu. Eagle s'occupera du vigile.

— D'ac, j'y vais.

Elle monta dans sa petite Clio, démarra en douceur, et se dirigea vers l'entrée principale de l'abattoir. Elle s'arrêta devant le portail, et sortit de la voiture.

— S'il vous plaît…

Le gardien se leva avec peine, son dos lui faisait toujours un mal de chien.

— Bonsoir. Que voulez-vous ? Ce site n'est pas accessible au public.

Il s'approcha de la barrière.

— Je suis perdue. Je cherche une entreprise pour un travail de nuit, et je n'arrive pas à la trouver.

— C'est quelle entreprise ?

Kitten regarda sur la feuille de papier qu'elle tenait dans sa main droite.

—Je crois que c'est marqué là…

Eagle escalada sans problème le mur d'enceinte. Il se rapprocha sans faire du bruit du vigile, et lui colla un solide coup de matraque sur l'occiput. L'autre s'affala sans un cri.

Eagle ouvrit le portail pour laisser passer le Duster de Wolf.

Kitten les suivit avec la Clio.

Eagle avait entre-temps rentré le corps inanimé du garde dans la guérite et l'avait soigneusement bâillonné.

Ils se garèrent sur le parking, juste devant l'entrée de l'abattoir.

Wolf tapa les six chiffres sur le digicode.

La porte s'ouvrit.

Ils entrèrent silencieusement. C'était une précaution inutile avec les bruits ambiants des machines. De plus, les bovins qui profitaient de leur dernière nuit dans la bouverie faisaient tout de même un joli boucan.

Wolf portait le fusil hypodermique, Eagle la mallette contenant les fléchettes-seringues. Ils avaient longuement discuté des deux points tricky de l'opération : d'une part la précision du tir, car ils avaient privilégié le modèle JM-SP du fabricant danois Dan-Inject avec canon court, pour des raisons d'encombrement, et d'autre part le dosage de liquide anesthésiant des fléchettes-seringues. Ils avaient finalement opté pour une dose susceptible d'endormir un homme de 80 kilos pendant une demi-heure. Eagle s'était longuement entraîné avec le fusil, et il était parvenu à une précision de tir adéquate.

Ensuite ce serait à la Louve de jouer, avec son katana. Elle leur avait beaucoup parlé de ses armes. Elle avait longtemps utilisé un wakizashi, un petit sabre japonais extrêmement aiguisé. Bien pratique en ville, ou dans des situations de combat rapproché. C'était d'ailleurs l'utilisation historique de cette arme. Les samouraïs portaient toujours deux sabres : un katana, pour toutes les confrontations à l'extérieur, et un wakizashi, pour les combats d'intérieur. Son encombrement était moindre, il était plus maniable. C'était son arme préférée, presque son âme sœur, c'est de là que venaient ses premières fulgurances. Eagle et Wolf avaient été subjugués par le discours de la Louve : elle avait même été jusqu'à détailler la fabrication de son katana, avec les multiples pliages des feuilles d'acier. Selon elle, le katana s'imposait pour ce qu'ils voulaient faire. Les deux hommes n'avaient pas cherché à questionner son choix. Le plan idéal de l'abattoir les arrangeait bien : celui-ci avait été construit d'après les préconisations très strictes des autorités sanitaires, selon le modèle recommandé à l'époque. Les aires dites « propres » étaient séparées des aires réputées « sales ». Et surtout les trois chaînes de production étaient indépendantes. Chaque opérateur officiait dans son local : depuis l'étourdissement, en passant par l'accrochage sur le treuil, puis hop, on tue en saignant, on coupe la tête, que l'on garde pour examen ultérieur, on dépouille, on coupe les pieds, qui sont délicatement mis dans des seaux, vient ensuite le prélèvement des panses et intestins, que l'on dispose sur une table pour inspection, et enfin, oh joie, la découpe finale ; un opérateur est donc responsable de la totalité du processus.

C'était le côté indépendant de chaque chaîne de production qui intéressait le groupe. Pour traiter chaque opérateur à tour de rôle, et pour régler la question des DATI (Dispositif d'Alarme du Travailleur Isolé). En effet, chaque opérateur portait ce petit boîtier, qui donnait l'alarme automatiquement en cas de chute, ou si l'ouvrier cessait de bouger. Il allait donc falloir intervenir très vite, pour éviter le déclenchement de l'alarme.

Eagle inséra la fléchette dans le fusil.

Wolf ouvrit la porte de la première chaîne de production.

Jean-Marc Lambert était en train d'accrocher la carcasse sur le treuil dont le moteur électrique sifflait pas mal, encore une machine à bout de souffle !

Eagle visa soigneusement et pressa la détente.

Le fusil était particulièrement silencieux. La fléchette toucha Lambert au niveau de l'épaule droite. Il lâcha la carcasse qu'il était en train d'accrocher, porta sa main gauche à son épaule, et s'effondra sur le sol.

Wolf sortit de son sac à dos des menottes en plastique et les passa à l'homme. Il lui posa également un morceau de bande adhésive sur la bouche, et récupéra son DATI pour le passer à sa jambe. Avec un peu de chance, l'appareil n'aurait pas eu le temps d'envoyer une alarme.

Le Dan-Inject fonctionna nickel, et les trois hommes furent bientôt neutralisés.

Le plus compliqué, finalement, fut de les traîner jusqu'à la salle dite de repos. Du coup, elle portait bien son nom.

Wolf et Eagle se piquèrent une petite suée en asseyant les trois hommes sur les chaises placées en arc de cercle, devant la caméra vidéo de Kitten, positionnée à la bonne hauteur grâce à son trépied.

La Louve resta en place devant eux, histoire d'assurer si l'un d'entre eux avait la mauvaise idée de se réveiller.

Eagle et Wolf se dirigèrent vers la bouverie, là où étaient parqués les animaux. L'antichambre de la mort, quoi.

Kitten sortit son autre caméra vidéo, et choisit l'emplacement pour avoir la meilleure vue. L'éclairage n'était pas fameux, mais grâce à la sensibilité de son capteur APS-C, la prise de vue serait tout de même d'une qualité acceptable. Et puis, elle ne visait pas le prix d'excellence de l'école des Gobelins.

Elle se cala le long d'un pilier pour assurer une meilleure stabilité. Certes, ce modèle était doté d'une fonction automatique de stabilisation, mais elle voulait mettre toutes les chances de son côté : pas question de gâcher l'opération par une prise de vue approximative !

Eagle commença par vérifier que le veilleur de nuit était toujours inconscient dans sa guérite, puis il ouvrit en grand le portail qui donnait sur la rue.

Il leva la main. Wolf mit sa cagoule.

Il eut un peu de mal à actionner l'ouverture de la bouverie.

À l'intérieur, il n'y avait qu'une dizaine de bêtes. Il entra par la droite, et claqua des mains à plusieurs reprises. L'un des bœufs décida que finalement c'était une bonne idée de passer la porte, et les autres suivirent. Panurge et ses moutons, ok, mais les bœufs aussi !

Kitten n'en rata pas une miette, in the box.

Les bestiaux s'égayèrent tranquillement dans la rue, qui heureusement était toujours déserte. Faut dire, à cette heure-là, en zone industrielle…

Nos trois joyeux lurons rejoignirent Angeline.

Le moment du show approchait.

Wolf sortit de la poche de sa parka une feuille pliée.

Eagle se tenait à sa droite.

Kitten mit le retardateur de la caméra en marche et vint se placer à gauche de Wolf. Tous avaient maintenant enfilé leurs cagoules, la crinière blonde de la Louve dépassait.

Le voyant rouge clignota, puis passa au vert.

Action !

Wolf commença à lire le papier.

« Nous sommes le groupe Deep Core. Notre organisation va arrêter par la force tous ceux qui nuisent à la planète. Nous allons faire payer tous ceux qui tuent les animaux, tous ceux qui détruisent les forêts, tous ceux qui polluent à outrance notre terre. Le temps des paroles est fini, le temps des manifestations pacifiques est révolu. Il faut changer maintenant, sinon les dégâts seront irréversibles. Ce bâtiment est un abattoir. Tous les jours et toutes les nuits, des animaux sont tués par des hommes dont c'est le métier. Ce sont des tueurs. Avec les tueurs, nous n'aurons jamais aucune pitié. Nous avons libéré les animaux du couloir de la mort. Nous allons détruire cet endroit par le feu. Et vous allez assister à la mort des tortionnaires.

Nous continuerons notre lutte jusqu'au bout.

Pour qu'enfin la société change.

Deep Core vaincra ! »

Tous quatre levèrent le poing.

Kitten se dirigea ensuite vers la caméra, fit pivoter le trépied. Les trois chaises sur lesquelles étaient assis les trois hommes étaient dorénavant le sujet de la vidéo.

Chacun des membres de Deep Core se plaça derrière un ouvrier.

Wolf se tenait derrière Jean-Marc, à gauche de la caméra. Il empoigna les cheveux de Jean-Marc et les tira vers le haut.

Angeline s'avança vers la caméra. Sa cagoule dévoilait ses longs cheveux blonds, qui avaient eu le temps de repousser depuis l'opération Total Kaos, et elle arborait maintenant une magnifique chevelure. Elle se pencha légèrement en avant et fit un salut à la caméra en inclinant le buste. Elle sortit le katana de son fourreau et se retourna vers la première chaise.

Jean-Marc était maintenant réveillé. Il ne comprenait rien.

Ou plutôt il comprenait trop bien. Il était complètement immobilisé sur une chaise, une personne placée derrière lui tirait ses cheveux. Et cette blonde tenait à la main un sabre de samouraï.

Angeline écarta les jambes et fit reposer son poids sur sa jambe droite. Elle plaça la lame du katana sur l'épaule gauche de Jean-Marc.

Elle expira profondément plusieurs fois de suite, et décontracta au maximum les muscles de ses bras et de ses épaules. Elle allait devoir mettre toute sa puissance dans une frappe latérale, en effectuant dans le même temps un transfert de poids sur sa jambe gauche.

Elle inspira à fond, lança son épaule gauche vers la droite en levant son sabre.

Elle libéra son geste en poussant un violent cri. La morsure létale du katana décolla la tête de Jean-Marc. Il n'eut pas le temps de souffrir.

Un flot de sang jaillit de la béance.

Enfin !

Angeline retrouvait cet absolu.

Son unique raison de vivre.

L'opportunité de sentir sa lame trancher.

Wolf fut éclaboussé par le sang, mais bon, ce n'était pas très grave. Par contre, et ça, c'était vraiment important, il n'avait pas lâché la tête en dépit de la violence du coup asséné par Angeline.

Elle répéta l'opération sur les deux autres hommes. Le troisième était d'ailleurs encore dans les vapes, il n'eut donc pas le temps de voir ce qui lui arrivait.

Pas un problème, il fallait juste que la tête soit tranchée. Conscient ou pas, no souci.

Kitten, Eagle et Wolf, chacun tenant une tête en full frame devant la caméra. Angeline, se tenait à leurs côtés, le sabre sanglant tendu devant elle par ses deux mains.

Wolf reprit la parole :

— « Pendant des années, ils ont tué. Deep Core a enfin vengé ces centaines d'animaux abattus lâchement. Le sang appelle le sang. Sous notre direction, notre exécutrice sera sans pitié. Nombreux seront ceux qui sentiront le fil de son sabre. Nous allons maintenant détruire ce lieu infâme.

Deep Core vaincra ! »

Ils levèrent de nouveau le poing. Des gouttes de sang perlaient à l'extrémité du sabre d'Angeline. Elles tombaient doucement sur le sol.

Angeline était extatique. L'adrénaline coulait à flots. Elle avait son surge, son extase à elle seule.

Enfin !

Max avait eu une brillante idée en proposant l'appui des compétences particulières d'Angeline à Deep Core.

Elle essuya la lame de son katana avec un linge de soie, le remit dans son saya, et alla aider le trio.

Quelques navettes entre le Duster et l'abattoir afin de décharger les bidons d'essence.

Arrosage maxi, retour aux voitures, mise à feu !

Séquence vidéo, pyromanes only, please !

Dégagement en douceur, ne pas rouler trop vite, surtout. Kitten n'était pas au volant de la Clio, Wolf s'en chargeait.

Ce qui lui permit d'envoyer via Telegram ses petits films à Priotr, le sorcier informatique de La Légion, domicile The Farm, à une quinzaine de kilomètres de Siem Reap, au Cambodge. L'homme qui, depuis l'autre bout de la planète, rendait possible toutes les bidouilles informatiques.

Pour mettre en application la suite du plan.

Wide world free release !

+++++++

Mickaël vit arriver la Clio sur le parking du supermarché, comme prévu.

À cette heure de la nuit, il était toujours désert, surtout sur la partie arrière.

Il engagea une balle dans le canon de son Glock, et fit un appel de phares à la seconde voiture.

Au cas où.

Il fallait absolument assurer la sécurité des membres du commando, ses ordres étaient très clairs. Et s'il y avait bien quelque chose qu'on ne discutait jamais, au sein de La Légion, c'étaient les ordres.

La Clio se rangea à côté de sa voiture. Apparemment, personne ne les suivait.

Le Duster de Wolf se positionna derrière la Clio.

Les quatre membres du commando descendirent de leurs voitures, Mickaël les imita.

Ce dernier prit la parole :

— Vous vous déshabillez et vous laissez les vêtements en tas ici. Vous laissez également le fusil à air. Vite. J'ai un guetteur à la sortie de la voie rapide, tout est ok pour le moment.

Kitten se mit à l'abri du Duster pour enlever ses vêtements. Elle se rhabilla au plus vite, hoodie et pantalon hyper large.

Wolf et Eagle firent de même. Angeline ne s'encombra pas de notion de pudeur : elle enleva ses vêtements devant Mickaël. Comme elle ne portait jamais de soutien-gorge, il eut le plaisir de mater sa poitrine généreuse.

Il ne s'en priva pas.

— C'est la dernière fois que vous faites une opération avec vos voitures personnelles. Nous vous fournirons des véhicules pour les prochains coups. C'est vraiment prendre trop de risques, pas pro pour deux sous ! Vous allez faire comme prévu : Wolf rentre avec le Duster, et Kitten avec sa Clio. Eagle et Angeline, vous montez avec moi. On va à notre base, et vous prendrez le train demain matin. Destinations différentes, bien sûr. Mon soldat va s'occuper de brûler vos vêtements et le fusil. Kitten, il va me falloir aussi les caméras vidéo… On va faire pareil.

— Pourquoi ? C'est juste des Sony, il y en a des milliers…

— Sur toutes les caméras, il y a des métadonnées. Personne ne doit pouvoir les lire. C'est pour ça qu'on va les brûler aussi. On ne laisse pas de traces, ce sont les ordres.

— Ok, je n'avais pas compris.

Elle posa les Sony sur le fusil.

+++++++

Wolf conduisait tranquillement son Duster.

Ce dernier, de toute façon, ne se distinguait pas par des reprises fulgurantes…

Il revoyait sans cesse les gestes de cette Angeline.

Et ses yeux : fous, habités, transfigurés. Elle n'avait même pas reculé lorsque les jets de sang l'avaient éclaboussée.

Lorsque Eagle l'avait questionné, il avait dit clairement qu'il était en faveur d'actions plus radicales. Il fallait faire quelque chose pour que l'opinion publique comprenne enfin les enjeux majeurs de l'écologie. Ils devaient mesurer le risque, et prendre conscience que le monde courrait tout droit à sa perte. La cinquième extinction massive, celle de l'humanité, était pour demain, il en était convaincu.

Cette fille était une exécutrice. Une vraie tueuse.

Elle ne parlait pas, elle était dans son au-delà.

Il n'osait pas aborder le sujet avec Eagle. Ce dernier était complètement sous la coupe de cette Légion. Il faut dire qu'ils assuraient, la logistique était parfaite, on voyait qu'ils avaient l'habitude du monde clandestin. Quelque part, Wolf sentait qu'il n'était plus vraiment maître de sa vie. Il avait mis le pied dans un maelström, et il était entraîné à une vitesse fulgurante. Il y a quelques mois de cela, il n'était qu'un militant écologiste comme tant d'autres. Convaincu, certes. D'accord pour coller des affiches, pour participer aux manifs, pour taguer des bâtiments publics. Et puis Eagle l'avait approché. Ils avaient discuté longuement. Kitten était venue se joindre à eux. À un moment donné, la nécessité de fonder un groupuscule était apparue : ils ne se reconnaissaient plus dans les actions classiques. Il fallait faire autre chose. Et puis l'attrait de la clandestinité, c'était quelque chose.

Wolf s'était senti investi d'une mission, et pas une petite : sauver le monde !

Mais entre ses fermes convictions et la mise en application d'actions aussi radicales, il avait maintenant perçu le décalage. Dire qu'on allait le faire, ok, mais le faire… C'était autre chose !

Alors il était paumé.

Grave paumé.

Chapitre 2
Un brainstorming fondateur

Finlande, un an avant

Max n'était vraiment pas de bonne humeur.

Il commençait en avoir marre de cette inaction.

Seuls, ils étaient seuls, paumés sur leur putain d'île d'Huuhmonen au beau milieu de la Finlande, près du cercle polaire. Et ça caillait !

C'est sûr, personne ne venait leur chercher des crosses ici. En même temps, c'était l'objectif. Et aussi, accessoirement, la preuve que leur retraite avait été bien choisie après l'opération Total Kaos.

Plutôt Total Fiasco, d'ailleurs !

Certes, ils avaient pratiquement pris le contrôle d'une ville, neutralisé tous les représentants du pouvoir, flingué tout ce qui ressemblait de près ou de loin à un flic, kidnappé le préfet, tué le maire et le député… Et foutu un sacré bordel en ville ! Les distributeurs de billets, en folie, avaient craché leurs coupures, des magasins avaient été pillés. Le plan s'était déroulé presque sans anicroche.

Presque !

Après l'opération, ils s'étaient repliés sur leur base arrière, au beau milieu de la forêt alsacienne. Et là, ils étaient tombés sur le GIGN… Ils y avaient laissé des plumes.

Mais ce n'était pas ça le plus grave.

Max savait pertinemment que des pertes étaient inévitables dans ce type d'opération.

L'échec, c'était la suite.

Ou plutôt le fait qu'il n'y ait pas eu de suite.

Car contrairement à ce qu'il espérait, ses traces n'avaient pas été suivies, les gens ne s'étaient pas soulevés.

Les organisations d'ultra-gauche, qui avaient accepté de manifester au centre-ville pendant leur opération, n'avaient rien fait de plus que piquer quelques billets et quelques téléphones.

Et après, business as usual.

La présence policière s'était faite massive, les CRS avaient été déployés. Les arrestations avaient suivi, en nombre.

Certains membres de l'organisation qu'il avait créée, La Légion, avaient fait le coup de feu. Mais ils avaient vite été débordés.

Mise en sommeil de La Légion.

Stormy Cat entra dans la pièce.

Son mètre quatre-vingt-trois se mouvait à merveille dans l'immense salon de cette demeure. Contrairement à Max, qui avait laissé pousser sa barbe, elle n'avait pas changé de look. Cheveux bruns courts, et toujours ses vêtements en cuir. Pantalon serré, une vraie deuxième peau, Dc Martens jusqu'à mi-mollet.

Elle s'approcha de Max :

— Alors, en pleine méditation ?

— Si on veut. Je me repasse sans arrêt le film, et je ne vois pas ce qu'on a raté. Alors je ne comprends pas pourquoi ça n'a pas marché.

— Qu'est-ce qui n'a pas marché ?

— Les gens ne nous ont pas suivis ! Nous avons réussi à prendre le pouvoir, à neutraliser tout le système, et le lendemain, ça recommençait comme avant !

— Je pense que nous avons été trop naïfs de croire que les gens allaient se soulever et prendre le pouvoir. Ils n'en ont rien à foutre du pouvoir.

— En tout cas, les faits t'ont donné raison. Personne ne s'est bougé !

— Mais nous avons prouvé que nous pouvions taper fort, et nous en tirer. Enfin, presque.

— Tu n'as toujours pas digéré le sacrifice de Bear pour que nous puissions nous enfuir…

— Si, cela fait plus d'un an maintenant, je m'y suis faite. Mais je continue à le regretter. C'était vraiment mon âme sœur, tu vois.

— Oui, je sais. Un mec top. Pour se faire sauter comme ça, à la grenade, fallait vraiment…

— C'était mon Bear. Irremplaçable ! Tu sais, je crois tout de même que nous avons raté quelque chose au niveau de l'analyse…

— Tu veux dire ?

— Je pense que les gens ne sont pas prêts à se soulever. Trop longtemps qu'ils sont soumis.

— Ouais, tu n'as pas tort. Prendre le pouvoir, ce n'est pas simple. J'étais un peu trop naïf. Les mecs se sont servis, et basta ! Sans lendemain.

— C'est ça. Je tourne ça dans ma tête depuis que nous sommes ici.

— C'est vrai qu'ici nous ne sommes pas perturbés par des distractions extérieures… De temps en temps quelques mouettes, c'est à peu près tout !

— Et puis la conversation avec Jöring et son pote sami, ce n'est pas très enrichissant… Et Angeline, elle est… disons particulière !

— C'est sûr, la planification et la réflexion, pas trop leurs trucs. Angeline, c'est juste tuer qu'elle aime. Juste ça : c'est à la fois énorme et très limité. Un bon soldat, voilà…

— J'en ai marre d'être ici, à ne rien faire. Cette putain d'île, ça me tape sur le système !

— Je pense que nous allons bientôt pouvoir reprendre du service. Les recherches ont dû se tasser.

— T'as quelque chose en vue ?

— Quelques idées. J'ai repensé à ce que tu m'as dit l'autre jour…

— Sur les écolos ?

— Ouais. C'est peut-être un bon moyen de foutre le système en l'air. Ça devrait être porteur.

— En tout cas, actuellement toute l'information tourne autour du risque climatique. Tout le monde est au courant. Et les gens se rendent bien compte que si l'on continue comme avant, on va dans le mur !

— Le problème, une fois de plus, ce sont les décisions qui ne suivent pas. Les puissants n'ont pas intérêt à ce que ça change. Et personne ne se bouge pour les dégager !

— Il y a des groupes super radicaux. C'est à ça que tu pensais ?

— Yep. On pourrait leur proposer l'aide de La Légion. On a l'infrastructure. Les flics n'ont pas réussi à nous faire très mal. Les gars sont toujours prêts. Nous avons le fric, grâce à Noémie, et notre hacker génial, Priotr, peut contribuer. Faut simplement qu'on trouve un groupe prêt à aller plus loin.

— Pour faire quoi ?

— D'abord un truc dans les compétences d'Angeline, et de son sabre…

Chapitre 3
Le Palais des Doges

France, Paris, février

Compliqué.

Vraiment !

Privé de l'autorité que lui conférait son badge de policier, François Péqueur avait vérifié que la vie de loner* était tout sauf une sinécure. Seul, sans équipe.

Au début, juste après sa démission du poste de capitaine de la Brigade de Recherche et d'Intervention, sa vie n'avait pas fondamentalement changé. Il avait conservé certaines de ses habitudes antérieures. C'étaient aussi ces routines qui lui permettaient de tenir à distance l'immense peine due à la perte de sa femme

Il n'était juste plus officiellement flic.

Un citoyen comme un autre.

Voire !

Déjà, pour détenir une arme, not easy. Heureusement que son ancienne collègue Véronique Vresky lui avait aplani le terrain… en récupérant un Glock 17 génération 5 en parfait état. Prélevé sans nul doute à un truand quelconque lors d'une opération.

Indispensable pour traquer le nuisible.

Parce que pour obtenir une autorisation de détenir cette arme de catégorie B, coton ! Il fallait faire la preuve d'une activité professionnelle rendant obligatoire cette détention, entre autres, et ça, dans le cas de Péqueur, cela s'avérait difficile.

Il n'était pas détective privé, n'avait pas l'un des trois diplômes requis, et franchement, une VAE (Valorisation des Acquis de l'Expérience), ce n'était pas son truc. Donc, pas de permis de port d'arme !

Expliquer qu'il lui fallait une arme car il voulait dézinguer ce Max et toute sa bande, en dehors des sentiers battus de la loi, juste comme un outlaw qui veut se venger, il ne le sentait pas bien.

Alors il avait fait appel à Véronique - Vévé -, son ancienne collègue, dorénavant montée en grade. Elle dirigeait maintenant un service complet, Commandant Véronique Vresky, top ! Avec toutes les opérations qu'elle menait, elle n'avait pas tardé à mettre la main sur un Glock. Il lui suffisait de ne pas le mentionner dans le rapport d'intervention, et le tour était joué.

Déjà, avoir un gun en main, ça vous pose un mec !

Il avait vite compris, toutefois, que cette partie-là n'était pas la plus ardue.

Plus aucune information. Plus de sources.

Il dépendait uniquement de ce que pouvait lui communiquer son ancienne équipe, en off. Et c'était peau de chagrin !

Les chefs de bande s'étaient volatilisés. Aucune piste exploitable, pas de traces.

Nothing.

Il s'était retrouvé seul.

Bon, il l'avait voulu en démissionnant, mais tout de même !

Il n'avait plus de compagne,

Il était seul.

Pas si facile d'être un loup solitaire. Dans les films, c'est cool, dans la réalité, plus difficile, indéniablement.

Le quotidien lui pesait énormément. Avant, il allait au bureau, il recueillait les informations, il partageait avec son équipe. Il agissait.

Il n'avait plus sa team.

Puis il y avait les morts : il avait perdu un homme lors de la confrontation avec la bande, et sa compagne, Macha, avait été tuée par une complice de ce Max.

Les premiers mois avaient été vraiment très durs. Seule la soif de vengeance le maintenait en vie. Le reste n'avait plus vraiment d'importance. Il avait picolé un peu, s'était franchement négligé, il n'en n'avait plus rien à faire. Son existence sociale s'était réduite à néant. Seule restait son ancienne équipe, avec surtout Vévé. Elle ne l'avait jamais lâché. Pourtant, franchement, il n'avait fait aucun effort. Ce qui le maintenait en vie, c'était cette quête.

Il fallait qu'il retrouve la piste de Max.

Alors, traquer les petites mains, les soldats, seule solution.

D'où sa présence, ce matin-là, dans un rade de Pigalle, l'Eclipse, grâce aux confessions d'un soldat de La Légion obtenue par son ancienne équipe. Le lendemain de l'interrogatoire, le type avait été retrouvé mort, encore une rixe dans une prison qui a mal tournée ! Pas de chance, vraiment…

Depuis 10 jours il venait prendre son petit déjeuner en terrasse, quel que soit le temps.

Car il s'était remis à fumer. Alors, dehors les intoxiqués ! D'ailleurs, il préférait se vautrer en terrasse.

Plus discret.

Personne ne faisait attention à un mec solitaire, qui prenait tous les jours son café croissant.

Il n'était pas le seul à avoir ses petites habitudes ici.

Le grand échalas arriva pile-poil à l'heure, 10 h 15. Il jeta un coup d'œil autour de lui, pour la forme. Trois arabes discutaient dans leur langue. Une pute, épuisée après sa nuit de travail, sirotait un drink. Rien que de très habituel. Il se dirigea vers le bar, et commanda.

Péqueur semblait lire tranquillement son Libé.

En fait, Il ne quittait pas de yeux l'escogriffe.

Cela n'avait pas été simple de monter l'opération, et il savait que Vévé ne pouvait pas trop s'impliquer, en tout cas pas officiellement car les méthodes employées… sortaient du cadre, pour rester soft. Driss, un de ses anciens équipiers, lui avait fourni les coordonnées d'un de ses amis… peu scrupuleux, Larbi. Et Driss était également de la partie.

Larbi attendait au volant d'un utilitaire un peu plus loin. Des véhicules très pratiques, dotés d'une porte latérale.

A l'intérieur du véhicule, un homme était déjà allongé sur le plancher. Ligoté et bâillonné.

L'échalas, Franck Virda pour l'état-civil, traînaillait sur son café.

Péqueur réglait toujours avec le service, il pouvait donc partir à tout moment. Il baissa la tête et se plongea dans la lecture de son article.

L'homme passa devant lui sans même remarquer sa présence. Péqueur le laissa prendre quelques mètres d'avance et lui emboîta le pas.

Il marchait doucement, pas pressé le mec ! Il dépassa le Jumpy de Larbi.

Péqueur sortit son arme, et laissa pendre son bras le long de sa cuisse.

Péqueur se rapprocha à trois mètres environ. Le Jumpy démarra, dépassa Virda et s'arrêta en double file. Péqueur sortit son arme au moment où Larbi ouvrit la porte du fourgon. Péqueur doubla Virda sur sa gauche et lui colla son Glock dans les côtes :

— Tu montes !

Il le poussa vers la porte. Larbi l'agrippa par la manche. L'échalas baissa la tête pour ne pas se prendre le bord du toit. Péqueur le suivit, Glock toujours en main. Il asséna un violent coup de crosse sur la tête de Virda, qui s'écroula comme une chiffe molle.

Péqueur lui lia les deux poignets dans le dos à l'aide d'une petite cordelette en nylon extra-fort. Du solide ! Même un gros costaud - ce qui n'était pas le cas de l'échalas - ne pourrait s'en défaire.

Larbi conduisait tout en souplesse, sans un mot. Driss avait prévenu Péqueur : ce Larbi rendait juste un service, un simple renvoi d'ascenseur, il ne fallait pas en attendre plus.

Mais Péqueur s'en contentait.

Une aide silencieuse, pas de questions gênantes, donc pas de réponses, donc nada s'il y avait un interrogatoire, sait-on jamais…

Larbi gara le véhicule près d'un petit entrepôt situé dans le quartier des Batignolles.

Désaffecté, of course.

Péqueur remis debout l'échalas et, avec l'aide de Larbi, l'installa sur une chaise au milieu de l'entrepôt. Les yeux de Virda viraient au franchement affolés.

Après l'avoir attaché solidement, Péqueur et Larbi retournèrent au fourgon.

Quelques minutes plus tard, ils revinrent en traînant le second homme.

Toujours sans un mot, Larbi remonta à bord de son véhicule et partit.

Peut-être muet, après tout ?

L'échalas commençait à se demander ce qui se passait.

Péqueur sortit son Glock et le montra à Virda :

— Je sais que tu fais partie de La Légion. Je veux des renseignements. Et tu vas me les donner, ou ça va mal se passer pour toi !

— N'importe quoi ! Qu'est-ce que c'est que ce truc ! Qu'est-ce que tu veux ? J'ai pas de fric !

— C'est pas le fric qui m'intéresse, je te dis ! Explique-moi ce que tu fais dans La Légion.

— C'est quoi, ce truc ? J'suis pas militaire !

— Ok, je vois que tu n'es pas parti dans une optique de collaboration ! Je vais commencer par ton copain, il sera peut-être plus bavard !

— C'est quoi ça ! Je l'connais pas ce mec !

— Pourtant il est de La Légion, comme toi ! Allez, je te laisse réfléchir.

Péqueur franchit la porte de jonction avec une autre pièce où la scène était identique.

Un homme sur une chaise. Péqueur aboya :

— Si tu continues à ne rien dire, je vais me fatiguer ! Je sais que tu fais partie de La Légion, ce groupe armé qui est responsable de nombreuses actions illégales. Tout ce que je veux, ce sont des renseignements.

— Je ne vois pas de quoi tu parles.

— Bon, je vais être plus clair. Personne ne sait que tu es là. Tu es ma chose. Si tu coopères, ça peut bien se passer. Ou pas. À toi de voir.

— T'es flic ou quoi ?

— Avant, j'étais flic. Je ne pouvais pas me permettre de faire n'importe quoi. Mais ça, c'était avant. Maintenant, je n'ai de comptes à rendre à personne. Je mène ma propre guerre. Et pas de bol, tu es mon prisonnier ! Alors, je peux te torturer comme je veux…

— T'es frappé, mec !

— Possible. Mais dommage pour toi !

Alors, Péqueur tapa.

Fort.

L'autre hurla.

Très fort.

Pendant un bon quart d'heure, Péqueur cogna.

Et l'autre beugla.

Ensuite, il se tut.

Péqueur repassa dans l'autre pièce.

Sa chemise était maculée de sang, ainsi que ses mains et la crosse de son Glock.

Il s'approcha de la chaise de Virda en essuyant la crosse de son arme avec un kleenex.

— Bon, à ton tour.

— Putain, je sais rien, moi ! J'suis juste un mec à qui on dit de faire des choses !

— Ah tu fais des choses ! Donc tu fais bien partie de La Légion ? Quelles choses ?

— Ouais, j'en suis. Mon chef me dit de piquer un truc, je le pique. S'il faut casser la gueule à un mec, je l'fais. Et puis un peu de trafic de dope. Voilà c'que j'fais.

— Un véritable enfant de chœur ! Ce que tu fais pour La Légion, je m'en fous. Je veux des noms, des adresses, des adresses IP si tu sais ce que c'est…

— Je ne suis pas con, tout de même ! Mais je ne sais rien d'autre, je te jure !

— Tu ne connais même pas l'adresse à laquelle tu rencontres ton chef ? Et un numéro de téléphone ?

— Nan, rien, sans déconner. Putain, relâche-moi !

— C'est pas parti pour ! Tu vas me donner ce que je cherche. Tout de suite, ou plus tard, c'est toi qui vois. Tu vois ça ? C'est un Glock. Un pistolet autrichien très solide. Pour commencer, je vais te taper sur le genou avec la crosse, jusqu'à ce que je te le pète. Et puis je passerai à l'autre. Ensuite tes mains, et puis les coudes. Je garde le nez et le visage pour la fin.

— T'es dingue ! Merde, j'y crois pas ! Pourquoi moi ?

— Ouais, je suis sûrement un peu dingue. Pas de chance pour toi ! Et puis tu as l'air costaud, ça va permettre de faire durer le plaisir ! Pas comme ton pote dans l'autre pièce… Une vraie fiotte ! Il a gueulé comme un porc et son cœur a lâché avant les coudes, c'est parti en vrille…

J'espère que tu ne vas pas me faire le même coup, parce que deux cadavres à faire disparaître, ça craint !

— Arrête mec, fais pas ça !

— Me dis pas encore d'arrêter, je n'ai pas commencé ! Tu gâches le fun !

Péqueur passa derrière Virda, enserra le cou de ce dernier avec son bras gauche, histoire d'empêcher une ruade intempestive, et, de la main droite, asséna un violent coup de crosse sur le genou droit de Virda.

Ce dernier couina fort.

Péqueur se recula, et passa devant la chaise.

— Pour le moment, je ne t'ai rien cassé. Le petit coup sur le genou, c'est juste un apéritif. Ok, ça fait un peu mal, mais c'est supportable… Alors où tu me donnes quelque chose, ou je continue, et cette fois, je te détruis les genoux.

— Putain, ça fait un mal de chien ! Tu m'as bousillé le genou c'est sûr !

— C'est rien à côté de ce que tu vas morfler si tu ne me dis rien ! Et si tu cannes, pas grave, je trouverais un autre membre de La Légion. Un qui finira par me donner ce que je veux.

— Fait chier ! Je sais pas grand-chose ! J'suis juste un soldat. J'fais c'qu'on me dit.

— Ouais, j'ai compris. Qui te donne tes ordres ?

— J'connais qu'un gars, Mick.

— Mick ? Il est anglais ? Mick comment ?

— C'est pas son vrai nom. Il veut qu'on l'appelle Mick parce qu'il écoute tout le temps les Rolling Stones.

— Et son vrai nom ?

— Je sais pas.

— Il habite où ?

— Je sais pas.

— Si tu me donnes que ça, je vais continuer les coups de crosse ! Comment je le retrouve ce Mick ? Tu le vois où ?

— On se voit dans un bar, le Summit. Vers la Fourche. Tous les jeudis, il passe. Moi, je dois y être toute la soirée. J'attends qu'il arrive. C'est là qu'il me dit ce qu'il faut que j'fasse.

— Ok, admettons. Je le reconnais comment ce Mick ?

— Facile. Il est balèze, au moins un mètre quatre-vingt-dix, 100 bons kilos. Il a les cheveux longs jusqu'au milieu du dos, et des tatouages sur les bras.

— Une vraie gueule d'amour ton Mick ! Et le téléphone ?

— On se téléphone jamais. Pas le droit. Tous les téléphones peuvent être écoutés.

— Il te donne du fric ?

— Ouais, je manque de rien. Dès que j'veux un truc, je lui dis. La fois suivante, il me file le fric.

— Et toi tu fais tout ce qu'il demande…

— Ouais, et j'discute pas. Jamais.

— Ok, c'est mieux que rien… Alors écoute, tu ne vas pas aller dans ce bar ce jeudi. Moi je serai là-bas pour voir ton Mick. S'il ne vient pas, je saurais te retrouver : j'ai ton nom, ton adresse, ton numéro de sécu, ton permis de conduire, tout. Et si je te retrouve, tu y as droit, direct. Comme ton pote de l'autre côté de la porte, tu piges ?

Péqueur passa derrière la chaise et asséna un violent coup de crosse sur l'occiput de Virda.

Et hop, dodo !

Péqueur passa dans l'autre pièce.

Driss commençait à trouver le temps long.

— Alors, ça a marché ?

— Pas mal ! Faut dire que tes cris étaient vraiment convaincants… On s'y croyait !

— Tu crois que c'est vrai son histoire de bar ?

— Peut-être… De toute façon, j'ai rien d'autre pour le moment. Ces mecs sont vraiment très prudents.

— Alors ce cinéma des cris, tu as trouvé ça tout seul ?

— Pas vraiment. Ça remonte à loin. Dans le temps, j'ai visité le palais des Doges à Venise…

— Ouais… Et…

— Quand les magistrats conduisaient un interrogatoire dans la Salle des Tortures, ils embauchaient un comédien pour hurler dans la pièce à côté… Histoire de faire peur à leur suspect et de l'inciter à parler… Je n'ai rien inventé !

— Cool ! Tu veux que je mette un mouchard sur ton gars ?

— Yes !

— Ok, je vais lui en mettre deux, au cas où. Un dans la doublure de son blouson, et un dans le talon de sa chaussure.

— Dans le talon ?

— Ouaip. C'est un nouveau truc, ça vient de sortir. J'ai un petit pistolet pour faire l'injection, et je mets le truc ou je veux. Le seul point, c'est que je dois pouvoir faire pénétrer l'aiguille : il faut que la surface ne soit pas trop dure… Je ne peux insérer dans du béton par exemple. Et c'est complètement indétectable. C'est comme les puces GPS des téléphones si tu veux, mais en vraiment plus petit.

— Top ! Et vous avez eu ça comment ?

— C'est Vévé. Tu sais, dès qu'il y a un truc technique nouveau, elle le fait acheter pour le service.

— Ok. Bon, je vais couper ses liens, et on disparaît. Et on le piste dès qu'il se réveille.

— Ça marche, chef, on fait ça !

— Driss, je suis plus ton chef ! Ton chef c'est Vévé, et moi je ne suis même plus flic !

— Ouais, enfin pour moi, Vévé et toi c'est pareil. C'est comme si t'étais toujours mon chef !

Péqueur et Driss se séparèrent dès la sortie de l'entrepôt.

À chaque fois que Péqueur se mettait en chasse, il se sentait mieux. On ne peut pas dire qu'il avançait vraiment, car toutes les pistes qu'il avait suivies, des impasses.

Il avait exploité les quelques renseignements qu'avaient les flics sur ce groupe, La Légion. Histoire de voir s'il pouvait en faire parler quelques-uns.

Il avait vite déchanté.

Déjà, il fallait les trouver. Et ces mecs ne savaient pratiquement rien ! Comme ce Virda. Généralement, ils n'avaient affaire qu'à une seule personne, qui leur donnait les ordres. Et cette personne elle-même ne recevait ses instructions que d'une autre. Et ainsi de suite. Un système quasiment parfait de cloisonnement. Péqueur espérait malgré tout que ce serait différent avec ce Virda… L'espoir fait vivre !

Après l'attaque en règle de Gréville, les flics n'avaient pas poursuivi très longtemps leurs investigations. Quelques arrestations, une dizaine de condamnations, pour ceux qui avaient voulu résister. Un peu de casse, aussi. Bien sûr, les témoins étaient nombreux ! Presque trop… Toutes les descriptions n'avaient pas servi à grand-chose. La Légion, en fait, était construite en deux niveaux : l'exécution, avec les soldats et les petits chefs intermédiaires, et ceux-là ne savaient rien, et les « chefs » mais ces derniers demeuraient insaisissables…

Alors, après ces quelques arrestations, retour aux affaires courantes.

La Légion avait disparu du radar, et plus personne ne s'en occupait.

Sauf Péqueur, grâce aux renseignements de son ancienne équipe. Il avait creusé, creusé, pour extirper quelques informations. Les petits trafics que continuaient à mener les groupes, il s'en foutait !

Il voulait retrouver la piste des leaders, de ceux qui avaient pris la fuite après la confrontation avec le GIGN.

Il avait réussi à retrouver quelques soldats de La Légion. Et comme il n'était plus flic, il n'avait plus besoin de s'encombrer de la légalité. Pas de présomption d'innocence.

Pas besoin de respecter l'intégrité physique des « présumés innocents ».

Alors il avait cogné. Intimidé au-delà du raisonnable. Menacé.

À plusieurs reprises. Plus rien ne retenait. Il était devenu aussi impitoyable que ceux qu'il pourchassait. La solitude de sa vie l'avait d'une certaine manière rendu plus fort. Il n'avait rien à perdre. Tout ce qu'il voulait, c'était retrouver Max et ses lieutenants, pour leur faire payer.

Il avait donc interrogé, frappé, torturé.

Des hommes, et même deux femmes.

Au final, quelques informations qu'il avait passées à son ancienne équipe : des vols à venir, des caches d'armes.

Mais rien sur la fuite des leaders.

De vrais fantômes.

Cela faisait maintenant six mois.

Cette organisation était tellement étanche !

Il allait tout de même planquer au Summit. Pour ne négliger aucune piste.

Et puis, il n'avait pas vraiment autre chose à faire.

Fully available, le Péqueur !

* Loner : solitaire

Chapitre 4
Déjà vu

Vévé retourna à son bureau à grandes enjambées : le briefing venait de se terminer, et sa brigade héritait de l'affaire de l'abattoir. Enfin de l'action ! Maintenant, cette brigade, c'était son groupe. Mais sans Charlemagne, leur camarade mort au combat lors de la confrontation avec Max dans la forêt vosgienne. Cette absence pesait, indéniablement. Le rire tonitruant de Charlemagne, ses blagues incessantes avec Driss, Vévé croyait encore les entendre. Alors, rien de tel qu'une bonne enquête pour chasser les idées noires !

Driss - le lieutenant Mohamed Salah - et le lieutenant Jeremy Moher l'attendaient. Ce dernier, surnommé Fantôme, était un véritable spécialiste de l'infiltration : aujourd'hui, il avait adopté un look grunge à la Kurt Cobain… Personne ne savait pourquoi ! Fantôme était comme ça, toujours une surprise !

Les deux hommes étaient impatients.

— Alors ?

— L'affaire de l'abattoir est pour nous, je vous l'avais dit ! L'anti-terroriste voulait l'enquête, mais Puységur a arbitré autrement. Avec une belle logique d'ailleurs : comme c'est un cas à cheval sur plusieurs juridictions, c'est pour nous, normal, notre brigade a été créée pour ça, pour éviter les embrouilles entre les différentes juridictions. Les flics locaux sont dépassés par l'ampleur prise par l'évènement. Donc, c'est le national qui reprend. Nous, en fait.

— Allez, tu nous dis comment on procède ?

Vévé avait en main tous les rapports préliminaires.

— Tout d'abord, nous devons prendre connaissance de toutes ces notes. Et ensuite voir comment on peut aller plus loin. La pression politique est très forte. Si tous les groupes qui se réclament de l'écologie se mettent à l'action radicale, on n'est pas sortis ! Le boss avait en main un sondage sur le niveau de sympathie accordé par les Français à cette action.

— Déjà ! C'est dingue, deux jours après l'attentat !

— Tu ne crois pas si bien dire, Fantôme… Et alors les résultats…

— Vévé, please !

— Nous sommes en plein paradoxe. Une majorité forte - presque 65 % - comprend les raisons qui ont conduit à cette action, un petit 40 % approuve l'action, et si la même majorité désapprouve les exécutions, il y a tout de même 10 % des sondés qui trouvent que l'activité de ces ouvriers - tuer des bêtes dans un abattoir - devrait être punie par le code pénal, au même titre qu'un autre meurtre !

— Waouh ! Ça va faire naître des vocations, copycats à venir !

— Bon allez, à la lecture. Dans une heure, ici.

Les deux hommes sortirent avec chacun sa petite pile de documents sous le bras.

+++++++

Vévé commença le tour de piste par Driss.

C'était mieux comme ça. Driss était un taiseux. Il avait en général une opinion bien arrêtée, mais il la gardait pour lui, sauf si le chef lui demandait de prendre position. Car Driss était d'une obéissance et d'une loyauté à toute épreuve : sa personnalité était indissociable de son parcours brillant en arts martiaux -

ceinture noire et quelques grades, (les « dans ») de karaté, ceinture noire d'aïkido -, il respectait le chef, et lui obéissait, pour peu que ce chef en vaille la peine, suivant ses critères. Et Vévé cochait toutes les cases. De plus, elle soutenait toujours ses inspecteurs, et n'avait pas hésité une seule seconde à promettre son aide à François Péqueur lorsque ce dernier avait décidé de démissionner pour traquer Max et sa bande. Et ça, pour Driss, c'était sacré : il fallait venger Charlemagne Aponaï, leur camarade tombé au combat. Si pour arriver à neutraliser ces malfaisants, le chef décidait qu'il fallait sortir des clous, pas de souci. Driss suit le chef, que ce soit Péqueur ou Vévé, et l'équipe avant tout !

— Ton analyse, Driss.

— Ok. Le dossier est pratiquement vide. L'état-civil des victimes ne va rien nous apporter. Comme l'abattoir a brûlé pratiquement entièrement, je pense qu'il n'y aura pas de traces exploitables. Le vigile a été assommé tout de suite, et son témoignage ne vaut pas grand-chose. Finalement, le plus intéressant, c'est la vidéo. Les recoupements morphologiques montrent qu'il y a deux hommes et deux femmes. Tous sont masqués et habillés en noir. Rien ne va permettre leur identification.

— Pourquoi dis-tu que c'est le plus intéressant alors ?

— Parce qu'au moins c'est concret. On voit à qui on a affaire. Un petit groupe, soudé. Chacun sa zone. Une fille pour la vidéo, et une autre pour les décapitations. Cette femme, l'exécutrice, est très entraînée. Décapiter des hommes avec un sabre japonais, ce n'est pas donné à tout le monde. Elle ne se rate pas une fois. Je ne connais pas grand-chose au sabre, mais c'est impressionnant.

— C'est donc un sabre japonais ?

— Oui, clairement d'après la forme. On ne sait rien non plus au niveau des accès : comment sont-ils venus, comment sont-ils repartis, mystère complet. Il n'y a rien dans le dossier là-dessus. Le vigile n'a pratiquement rien vu, et ce qu'il a vu n'est pas exploitable. L'incendie a fait disparaître toutes les traces exploitables et détruit les caméras de surveillance du bâtiment. Et il n'y en a aucune aux abords de l'abattoir pour nous informer des entrées et sorties.

— Et toi, Fantôme ?

— Moi, ce qui m'a interpellé, c'est la diffusion de la vidéo et le contexte général.

— Fais pas dans l'intello, Fantôme, tu veux dire quoi ?

— D'abord le contexte. Jamais des écologistes n'ont tué volontairement des personnes. Aucun groupe, même les plus radicaux, n'a jamais agi de la sorte. Il y a eu des bombes à une certaine époque, avec parfois des dégâts importants, et même quelques blessés collatéraux, mais pas ça. C'est complètement nouveau, et en même temps, la décapitation en direct, cela fait furieusement penser à Al-Qaïda. Même si ce n'était pas avec des katanas. Ce groupe copie en fait les techniques de média-terrorisme des djihadistes. Et ça, ça en dit long sur leur détermination. Ensuite la diffusion de la vidéo : le premier point, c'est comment. Je suppose que nos geeks de la division cybercriminalité travaillent dessus. Mais la manip est assez forte tout de même : ils se servent de comptes de personnalités pour diffuser leur message, et la terre entière le voit ! Donc ils veulent provoquer quelque chose, genre une vague de sympathie ou de terreur. A minima, ils communiquent intensément. Parce que si j'ai bien compris, cette vidéo est devenue complètement virale.

— C'est ça. Des dizaines de millions de vues, sur la terre entière. Je vous laisse imaginer la pression sur nos hommes politiques du gouvernement.

— Et puis leur revendication, ça me paraît totalement utopique. Dire qu'il faut que le système change, c'est du domaine du vœu pieu ! Ce n'est pas en brûlant un abattoir et en tuant trois ouvriers qu'ils vont mettre le système capitaliste en échec ! Et puis jamais les groupes radicaux écolos n'ont eu ce type de logistique. Les plus virulents mettent en place des actions symboliques qui visent surtout à attirer l'attention ; leur but, c'est la prise en compte de leurs préoccupations, et pour cela ils créent des actions fortes de communication, comme jeter des œufs sur un tableau de maître : tout le monde en parle, ça passe à la télé et en fin de compte ils ne risquent pas grand-chose. Il y a aussi des groupes spécialisés comme Greenpeace et la chasse à la baleine : ils empêchent les bateaux-chasseurs de se rapprocher des baleines. Mais tuer des braves ouvriers en direct pour mettre à bas le système de production capitaliste de notre société, ça me paraît vraiment fumeux. À mon avis, il y a autre chose derrière. Parce qu'autrement, je n'y crois pas.

— Alors, c'est quoi ton raisonnement ? Va jusqu'au bout monsieur le titulaire d'un master en sociologie…

— Oui, eh bien, ce n'est pas à la fac que j'ai appris ça. Et si c'étaient des mecs qui voulaient se faire passer pour des écologistes ? Ou des écologistes qui ont fait alliance avec un autre groupe, pour je ne sais quelle raison. En tout cas, cela ne me paraît pas cohérent avec ce que l'on sait des écologistes aujourd'hui.

Driss reprit la parole.

— Dans le rapport, il y a aussi un incendie sauvage sur le parking d'un supermarché qui est dans la même zone d'activités que l'abattoir.

— Et tu penses qu'il y a un lien ?

— C'est une drôle de coïncidence, non ? La même nuit, sur la même zone… Et les flics locaux ont fait la même analyse : ils ont bloqué toutes les poubelles du supermarché pour les analyser, parce que l'équipe de nettoyage avait ramassé les débris sur le parking. Ils ont mis les scellés sur les poubelles et les ont envoyées au labo scientifique, les techniciens vont avoir la joie de se farcir les poubelles.

— Tu vois quel scénario ?

— Ils brûlent les preuves. Le matériel, les vêtements. Et ils repartent dans différents véhicules.

Vévé adorait ces moments d'une enquête. Ils réfléchissaient ensemble, et cela donnait un fil conducteur à leur action. Mais elle savait aussi qu'il fallait absolument éviter le piège du « tunnel » : en effet, les premières heures d'une enquête donnaient souvent une direction aux policiers, et ceux-ci, s'ils n'y prenaient garde, n'exploraient qu'une piste. Et, s'ils ne trouvaient rien, l'enquête était fichue. Vévé savait que son équipe ne fonctionnait pas comme ça : lorsqu'il dirigeait la brigade, François Péqueur, leur ancien chef, n'avait pas arrêté de les alerter là-dessus.

— En résumé, peu de choses tangibles actuellement. Les résultats des mecs du cybercrime pour la vidéo et de la brigade scientifique pour les restes de l'incendie devraient bientôt tomber. Je pense qu'on peut questionner le supermarché pour d'éventuelles caméras de surveillance sur le parking, et voir s'il y en a aux abords, on ne risque rien. On prend comme point central l'abattoir, comme deuxième point le parking du supermarché, et on fait deux cercles de trois kilomètres. On visionne toutes les caméras dans les deux heures qui suivent l'incendie. On relève les plaques, et on contrôle toutes les voitures. Il faut mettre les flics locaux là-dessus, car c'est un gros boulot, très consommateur de ressources. Driss ?

Driss indiqua qu'il s'en chargeait.

— Et puis autre chose. Je pousse un peu plus. Si on accepte l'hypothèse de Driss, d'autres personnes les attendaient sur le parking. Sinon, pourquoi s'arrêter aussi près de l'implantation de l'abattoir. Et si c'était pour brûler leurs vêtements, pourquoi ne pas les avoir laissés dans le brasier de l'abattoir ? Donc ils retrouvent d'autres personnes, et ensuite ils fuient. Et je rejoins notre Fantôme, j'analyse le contexte en agrandissant le champ. Une organisation clandestine qui effectue des actions violentes et qui déclare vouloir mettre à bas le système, ça ne vous rappelle rien ? Et une femme qui découpe au sabre ? Et un hacking hors norme, intraçable ?

— Tu crois que c'est eux ? La Légion ?

— Je dis juste que l'organisation et la revendication leur ressemblent, oui. Et que leur équipe de hackers a été capable de neutraliser à distance tous les systèmes de surveillance d'une ville, et de pirater les logiciels internes des banques, rappelez-vous les distributeurs qui vomissaient des billets.

— Mais Max et sa bande, virer écolos ? Ce sont avant tout des gangsters !

— Je suis d'accord, Fantôme. Mais tu avoueras que c'est troublant, surtout si on met en perspective avec le côté inédit de ce type d'action pour des écologistes. Bien sûr, aucune certitude, mais je pense qu'il faut garder à l'esprit cette idée. Bon, mon cher Fantôme, je crois que tes sympathies pour les thèses des écologistes vont te servir : tu vas m'infiltrer la mouvance écolo rapido. Il faut qu'on sache plus de choses sur ce monde-là, et vite !

— Ok, c'est parti pour sauver la planète !

Chapitre 5
La muse de Deep Core

Finlande, Helsinki, six mois avant

La préparation de la convention internationale écologiste battait son plein. Les invités arrivaient du monde entier. Depuis un mois, tous les médias du pays ne parlaient que de cela. L'objectif affiché était de faciliter la tenue des COP, les Conferences of the Parties, en bon français les Conventions Internationales écologistes… En mettant en place des solutions opérationnelles pour lutter contre le réchauffement climatique, préserver la biodiversité, enfin bref, faire tout ce qu'il faut pour que la seule planète que nous ayons, aille mieux. Les COP, surnommées par les écolos radicaux Calcul-Oubli-Parlotte. La prochaine conférence internationale se tiendrait à Toulouse, en France. Il fallait faire un gros travail en amont pour que cette conférence soit une vraie avancée. Alors tout le monde s'y collait, avec enthousiasme.

La diversité était aussi une caractéristique des écolos : du groupe politique très organisé jusqu'au babacool qui prônait l'utilisation continue de la weed, en passant par les associations qui se consacraient à la préservation du pangolin.

Eagle - de son vrai nom Klaus Bach - ne cachait pas son mépris pour tous ces babillages sans fin. Ces divers groupes, malgré leur volonté affirmée de se démarquer des traditionnels sommets consacrés au climat, accouchaient en effet dans la difficulté de plans d'actions qu'Eagle trouvait trop soft. Il en avait assez de ces atermoiements. Son engagement écologiste ne datait pas d'hier : il avait commencé à se sentir très concerné à la préadolescence, il avait même fondé un petit journal franchement « vert » au lycée. Pour lui, c'était une évidence : nous n'avons qu'une seule planète, la terre, et l'activité humaine la dégrade ! Il fallait agir pour que les comportements changent. Il avait bien sûr suivi le mouvement politique des écologistes en Allemagne, il était devenu un militant dévoué à la cause. Mais, au fond de lui, il savait que toutes ces gesticulations étaient vaines. Il fallait autre chose. Il fallait combattre autrement.

Il avait mis en pratique ses certitudes en fédérant quelques fidèles prêts à tout. Le groupe qu'il avait monté, Deep Core, se voulait volontiers radical.

Et encore, le mot était faible.

Eagle était persuadé que seules les actions extrêmes pouvaient porter et faire fléchir les pouvoirs en place. Cette conviction, il l'avait dans ses tripes.

Ça, les pensées, c'était facile.

Mais comment faire ?

Le petit groupe qu'il avait constitué autour de lui le suivait, mais ils avaient vite atteint leurs limites. Les vidéos virales dénonçant la maltraitance animale, super top, les tags stigmatisant l'inefficacité des politiques publiques, cool, c'était leur quotidien. S'y ajoutaient, de temps en temps, quelques petites destructions matérielles. On met le feu à un entrepôt, on vandalise la flotte de véhicules du Conseil Général, pour dénoncer une politique publique insuffisante.

Mais, en son for intérieur, Eagle sentait bien que cela ne suffirait jamais. Ils pouvaient détruire toutes les voitures qu'ils voulaient, jusqu'à la fin des temps, rien ne changerait. Il lui fallait trouver le moyen d'aller plus loin. Alors, quand cette grande brune l'avait approché, avec son discours très punchy, il avait tout de suite été séduit.

Pas que par le discours, d'ailleurs.

Quel physique !

Les premiers contacts avaient eu lieu sur la toile. Deep Core avait créé un site legit, axé sur la préservation de la vie animale, qui se nommait Free Wild Life. De jolies photos de jaguars et autres fauves sympathiques, accompagnées par un déluge d'appels à l'action. Et aux dons, ne pas oublier les dons !

Les sympathisants affluaient, attirés par la vie sauvage photogénique.

Parmi eux cette fille, affublée d'un drôle de nom, Stormy Cat.

Ses messages étaient différents, interrogateurs, elle voulait des détails sur les actions qu'ils comptaient mettre en place. Et elle contribuait très régulièrement… et très généreusement.

Et puis, un jour, brusquement, le flash : et si on se parlait sur Telegram ?

Eagle utilisait Telegram pour les actions qu'il mettait en place avec Deep Core.

Cette messagerie très sécurisée était en effet quasi inviolable.

Et là, le discours avait changé. Cette Stormy Cat les exhortait à prendre le chemin de l'action armée. Elle proposait des sommes folles, et l'appui d'une organisation clandestine, La Légion.

Au début, Eagle était très dubitatif.

Elle aurait pu être flic, et tenter de les faire tomber.

Mais les actes avaient suivi les paroles. La Légion avait aidé Deep Core à saboter des installations gouvernementales en Allemagne, du côté de Kiel. Et à coller une magistrale turista aux parlementaires européens de Strasbourg, en incorporant une préparation à base de sulfate dans les bonbonnes d'eau qui étaient livrées au quotidien à l'assemblée.

La confiance s'était installée.

Toujours plus d'euros, voilà aussi ce qui nourrit la confiance !

Lorsque le projet de convention préparatoire à la COP avait été annoncé, Stormy Cat avait immédiatement indiqué à Eagle que son groupe devait absolument participer, et qu'ils pourraient se rencontrer… Et programmer des actions. Les fonds avaient suivi pour Eagle et deux autres membres de Free Wild Life.

La couverture était importante. Participation obligatoire aux débats. Tous les media étaient là.

Eagle en profiterait pour rencontrer cette Stormy Cat.

C'était le plan.

Et maintenant, il attendait.

Elle lui avait donné rendez-vous dans ce pub en utilisant Telegram.

Il en était à sa deuxième Karhu, l'une des bières locales finlandaises élaborée par la brasserie Sinebrychoff. Le serveur la lui avait recommandée.

Bon, elle n'était pas mauvaise, mais rien à voir avec les bonnes bières allemandes ! Eagle était tombé dedans tout petit, ça laisse des traces…

Quand Stormy Cat entra dans le pub, Eagle en resta la bouche ouverte.

Cuir noir, perfecto ajusté, pantalon seconde peau, des jambes démesurément longues, une regard bleu acier, des cheveux noirs de jais.

Encore plus belle qu'il se l'était imaginé.

Elle se dirigea sans hésiter vers sa table et se glissa en face de lui.

— Tu es Eagle ?

— Oui.

— Cool de te voir enfin « en vrai ».

— Pour moi aussi. Tu nous aides tellement…

— Et ce n'est pas fini…

— Tu veux dire quoi ?

— Nous sommes prêts à te soutenir beaucoup plus. Il va falloir aller plus loin que des petites opérations de destruction.

— On a déjà parlé de ça. Je ne suis pas sûr qu'on sera à la hauteur. Aucun d'entre nous n'a jamais été plus loin. Nous ne sommes pas comme vous. On ne pourrait pas affronter des flics, on n'a pas les épaules assez larges pour ça.

Encore un trouillard ! Stormy n'était vraiment pas certaine que ce type allait être l'allié escompté. Le costume semblait un peu trop grand pour lui. Elle allait devoir être très présente à ses côtés, tout en lui laissant l'illusion qu'il dirigeait la manœuvre.

— Nous, on est là pour ça. Est-ce que tu t'y connais en katanas ?

— Pas vraiment. Je sais juste que c'était le sabre des samouraïs.

— Alors, tu vas demander à Angeline. Elle sera là dans dix minutes. Si tu la lances sur ce sujet, tu en as pour plusieurs heures !

— Je ne vois pas le rapport avec ce dont on parlait.

— Sûr, tu ne peux pas. Je t'explique. Notre organisation va t'aider à durcir fortement les actions de ton groupe. Dorénavant Angeline va participer à vos actions. Ou plutôt aux actions que Max et moi avons prévues pour vous. Tout sera signé Deep Core. On va parler de vous partout. Vous allez être recherchés, vous allez devenir le groupe d'écologie radical le plus suivi de la planète !

— Elle va faire quoi cette Angeline ?

— Tout ce que vous ne pouvez pas faire. C'est notre exécutrice. Elle et son katana.

— Pourquoi tu me parles d'elle alors qu'elle n'est pas là ? Je ne comprends pas la manip.

— Angeline, c'est un soldat. C'est le soldat d'élite de Max, le boss. Entre eux, ça remonte à loin. Elle n'a aucun frein. Je te dis, c'est notre exécutrice.

Elle tendit à Eagle une clé USB.

— Votre premier objectif est là. Tu vas suivre ça à la lettre. La seule chose qui manque, c'est la façon dont tu vas mettre en forme le discours. Nous t'avons indiqué quelques notions qui doivent y être. Tu rajoutes ce que tu veux, tant que ces notions y sont. Angeline sera là, et elle se chargera du sale boulot. On vous donnera tout le matériel nécessaire. Et on assure les positions de repli. Quand vous interviendrez, il y aura des membres de La Légion pour assurer votre protection, si une quelconque société de surveillance se pointait. Vous ne les verrez pas, mais ils seront bien là.

— Et comment je fais passer ça à mon groupe ? Comment je leur explique qui est cette fille, et ce qu'elle fait avec nous ?

— C'est ton groupe, alors c'est toi qui vois. Si tu veux, je t'aide, mais je ne dois pas apparaître pour ton groupe. Le chef, c'est toi.

— Ok ! Et si un membre de mon groupe refuse ?

— Soit tous sont avec nous, et ça roule, soit il y a un problème, et Angeline s'en charge. Il faut arrêter de faire les choses à moitié. Deep Core devient un groupe clandestin d'actions ultra-violentes ciblées. Pour faire changer les choses. Pour que les gens comprennent enfin qu'il faut foutre en l'air tout le système pour recommencer à zéro. Et pour faire ça, il y aura des dégâts. Forcément. Nous, à La Légion, on vit ça depuis des années. On connaît.

— Je ne sais pas trop… J'hésite un peu tu comprends… Je ne m'attendais pas à ça ! Je croyais…

— Tu croyais quoi ? Que je voulais te rencontrer pour te sauter dessus dans les toilettes ?

— Ouais, ç'aurait été trop cool !

— Dans tes rêves ! Je suis là pour le business. Après, on verra. Alors, tu décides quoi ?

— Ok, je marche. Je vais faire en sorte que les autres me suivent. Et je vais leur présenter cette Angeline.

— Top ! Tu as bien compris qu'il n'y aura pas de marche arrière ?

— Je ne suis pas idiot, j'ai pigé. Il va me falloir du fric.

— Avec nous, le fric n'est jamais un problème. Tu dis ce que tu veux, fric et matos, et on s'en occupe.

— Et vous le prenez où ce fric ?

— Moins tu en sais, mieux cela vaut. C'est une des règles de La Légion. On ne pose pas de questions. Et on ne parle pas de La Légion. Jamais. Clair ?

— Limpide.

— Et voilà Angeline…

Une grande blonde entrait dans le pub.
Décidément, pensa Eagle, cette Légion ne doit recruter que des filles de plus d'un mètre quatre-vingts !

— Eagle, voici Angeline. Elle va rester avec vous.
La blonde s'assit à côté de Stormy Cat. Une légère bosse pointait sur le côté gauche de sa veste. Son visage dur ne montrait aucune émotion.
Stormy Cat se pencha vers elle.

— Tu devrais lui montrer ton jouet…

Un sourire éclaira fugitivement les traits d'Angeline.

De sa main gauche, elle entrouvrit sa veste, juste assez
pour révéler un fourreau. Le fourreau - le saya - d'un
wakizashi, le « petit sabre » des samouraïs.
— Et il faut aussi que tu lui parles de ton katana…

Chapitre 6
Fil infos 1

France, Paris, mars
Journal de FR3 régions, repris par les journaux nationaux de 20 h.
Script
Aujourd'hui, un nouveau rebondissement dans ce qu'il faut appeler Le Massacre de l'Abattoir.

Les auteurs de ces crimes sont toujours activement recherchés par toutes les polices de France. Pour rappel, quatre individus se sont introduits de nuit dans un abattoir situé sur une zone industrielle pour y exécuter les trois ouvriers qui y travaillaient, avant de relâcher les animaux dans la nature et de faire flamber la totalité de la structure.

Images de l'incendie
Les images vidéo des décapitations ont été diffusées en direct sur les réseaux sociaux via des comptes publics de personnalités mondialement connues du show-business et du sport.

Cette action meurtrière a été revendiquée par un groupe écologiste radical qui se nomme Deep Core. Ce groupe était inconnu jusqu'à maintenant pour des actes de cette nature.

Images de manifestations
Depuis, une série de manifestations soutenant cette action s'est déroulée dans plusieurs villes du territoire, ainsi qu'à l'étranger : un rassemblement d'environ 5 000 personnes a ainsi eu lieu à Amsterdam. Par ailleurs, la classe politique, pour une fois unanime, a condamné ces assassinats barbares. Le dirigeant du parti écologiste a même demandé officiellement au ministre de l'Intérieur

de faire preuve de la plus grande sévérité face à de tels faits, qui, je cite, ne sauraient provenir de la mouvance écologiste.

Nous avons demandé à Roland Sicard, sociologue, notre expert invité, son avis sur ces manifestations de soutien.

Gros plan sur Roland Sicard, puis plan large sur la journaliste et l'expert

Monsieur Sicard, comment expliquer ce soutien à des actes criminels ?

Je pense, et j'ai bien conscience que c'est très difficile, qu'il faut se garder de mettre en avant ces seuls meurtres, même si l'horreur de ces exécutions ne peut que provoquer la plus légitime compassion pour les victimes. Ces manifestations, qui paraissent assez spontanées d'après les éléments que nous avons, sont le reflet de l'enlisement de l'écologie politique. Les écologistes engagés se sont petit à petit professionnalisés dans le monde politique classique. Ils ont par-là gagné une visibilité électorale, mais ils ont perdu le soutien d'une frange des sympathisants, ceux qui étaient les plus radicaux.

Ce sont donc ces derniers qui manifestent ?

Plan serré sur M. Sicard

Oui, car ces personnes ne se retrouvent pas dans l'engagement politique actuel des écologistes traditionnels. Et puis il y a aussi dans ces manifestations spontanées les habituels « antisystèmes ».

Qui sont ces personnes ?

Des exclus, des gens qui sont toujours « contre », qui n'ont pas de réels projets, pas de vision. Ils sont seulement attirés par la contestation.

Faut-il craindre une augmentation de ces manifestations ?

Plan serré sur M. Sicard

Tout laisse à penser que ce mouvement sera très éphémère, sans lendemain.

Retour sur la journaliste

Merci M. Sicard. Nous ne manquerons pas de vous tenir informé des suites de l'enquête.

Et maintenant, notre sujet consacré à la hausse du prix de l'énergie.

Chapitre 7
L'acier ne ment pas

France, Paris, mars

Deux jours plus tard, le Commandant Véronique Vresky n'était pas beaucoup plus avancé sur l'affaire de ce que les médias appelaient « le massacre de l'abattoir ».

Pas besoin de chercher les coupables, on les connaissait, c'était le groupe Deep Core.

Ok.

Sauf que cela s'arrêtait là.

Complètement inconnus au fichier, ces individus.

Pas d'empreintes exploitables, pas de fibre, et des cagoules tout le temps. Le vigile qui avait été mis KO se souvenait juste qu'une fille lui avait demandé son chemin. Il avait été incapable de fournir une description correcte. « Elle n'était pas grande et avait les cheveux courts, elle était habillée en sombre », super témoignage !

Grâce à la vidéo, ils savaient qu'il y avait deux hommes et deux femmes. Ils connaissaient aussi leurs tailles approximatives.

Voilà. Un peu léger, tout de même !

L'autopsie des corps des employés de l'abattoir avait indiqué qu'ils avaient été préalablement endormis, vraisemblablement à l'aide d'un fusil à seringue. Et le liquide était utilisé pour endormir les animaux. Grâce à la magie du net, il était maintenant possible de se procurer ce matériel un peu partout. Sans compter les boutiques, les zoos, voire certains cabinets vétérinaires. Autant dire, impossible à tracer.

La vidéo de l'opération ne leur avait pas donné non plus beaucoup d'indications. Mais ce groupe était tout sauf amateur. La vidéo avait été téléchargée illégalement sur un certain nombre de comptes de célébrités mondiales du showbiz, du football, du basket, et certains hommes politiques.

Et bien sûr, les followers de ces idoles avaient tous vu la vidéo, et l'avaient relayée à leurs réseaux. On parlait de dizaines de millions de vues.

Complètement viral, donc.

Les attachés de presse de ces top players ont immédiatement réagi par des communiqués, mais cela n'a fait que renforcer la diffusion de ces images.

La cyber-division de la Police nationale bossait toujours sur l'analyse informatique, mais, d'après les premières informations qui lui avaient été données, il y avait très peu d'espoir de pouvoir remonter à la source du hacking.

Ce hacker avait utilisé des centaines de serveurs répartis dans le monde entier, intraçables pour la plupart.

Le laboratoire scientifique avait terminé d'examiner les poubelles retrouvées sur le parking du centre commercial : parmi les nombreux détritus sans intérêt, des traces de vêtements, et des fragments de ce qui devait être des fusils hypodermiques, ainsi que des morceaux d'une caméra vidéo. L'analyse de ces morceaux indiquait qu'il s'agissait d'une caméra de marque Sony.

Vévé avait donc bien confirmation de l'hypothèse qui avait émergé de la réflexion de son équipe : les membres de Deep Core étaient venus sur ce parking, avaient fait brûler leurs vêtements et le matériel utilisé, pour ensuite prendre la fuite, vraisemblablement avec des personnes qui les attendaient sur le parking.

D'où la justification et l'importance du visionnage des caméras vidéo de la zone élargie.

Mais là, cela allait prendre du temps. Driss avait mobilisé toute une équipe, et chaque véhicule identifié faisait l'objet d'une enquête : recherche sur les différents fichiers, identification des propriétaires, vérification des identités et des statuts de ces personnes. Et, bien sûr, appels systématiques pour connaître la raison de leur présence sur la tranche horaire visée.

Bref, un travail de fourmi, toujours en cours, mais que Vévé ne sentait pas. Il fallait le faire, mais elle pensait que tout cela ne donnerait rien. Sauf coup de chance !

Fantôme avait réussi à se mêler à la mouvance des écologistes radicaux. Il avait fréquenté assidûment les cafés qui avaient été spottés par les Renseignements Généraux. Il avait ouvert ses oreilles.

Son dernier rapport datait de la veille.

Enfin, rapport… son compte-rendu ne faisait état que de la large diffusion de la bande et du succès recueilli auprès du public qui applaudissait des deux mains ! Ces actes allaient peut-être même susciter des copy-cats…

D'autant que les médias faisaient leurs choux gras de cette histoire, tous les partis politiques commentaient à foison le carnage, certains pour stigmatiser l'impuissance du gouvernement, d'autres pour montrer du doigt les partis écologistes « traditionnels », qui tous avaient dénoncé cet attentat.

En désespoir de cause, Vresky avait demandé à l'équipe technique de la cyber-division de faire une étude précise de tous les plans, en grossissant tous les détails. Histoire de voir si quelque chose pouvait en sortir.

Elle arrivait à la troisième page de l'étude : il y avait effectivement un détail imperceptible lors d'une vision normale. Le sabre utilisé par l'exécutrice comportait une sorte d'inscription sur le haut de la lame. Comme de idéogrammes. Mais illisibles. L'équipe technique avait fait appel à un collaborateur de parents chinois. Il n'était pas parvenu à reconnaître les idéogrammes. Selon lui, toutefois, ces signes étaient des kanjis japonais.

Une femme qui utilise un sabre japonais, un katana…

Vévé avait immédiatement appelé François Péqueur.

Elle l'attendait dans un petit café de quartier.

Rempli d'habitués, chacun derrière son petit blanc, ou sa bière. Plus de petits blancs que de bières. Presque pas de cafés. Repaire de tristes alcoolos.

Parfait pour rester anonymes.

Certes, Véronique Vresky avait le droit de rencontrer qui elle voulait, même un collègue qui avait démissionné.

Mais de là à échanger des informations et à poursuivre une enquête « off », il fallait que tout cela reste secret.

Seuls les deux membres du groupe, Driss et Fantôme, étaient dans la confidence.

Ils voulaient tous retrouver la trace des terroristes dirigés par Max Roarsky, terroristes qui avaient tué un membre de leur équipe, et la compagne de Péqueur, qui portait en son sein leur enfant à naître.

Et leur faire payer. Ils soutenaient aveuglément leur ancien chef, François Péqueur.

Lequel Péqueur entrait dans le café.

Jean fatigué, baskets, tee-shirt arborant le célèbre logo des Rolling Stones, cuir élimé.

Un vrai condensé de looser.

Mais Vévé savait que Péqueur, c'était tout sauf ça. Une implacable volonté, une détermination sans faille, et un remarquable instinct de chasseur. Un vrai bon flic.

Ne jamais se fier aux apparences.

— Salut François ! Comment vas-tu ?

— Ça va toujours bien quand tu m'appelles pour qu'on discute d'une piste… Enfin, disons que je fais aller. Et toi ?

— Comme tu l'imagines, tout le monde est à cran ! Le carnage de l'abattoir mobilise tous les flics de la capitale. Plus ceux qui sont près des frontières…

— Des résultats ?

— Très peu de choses. Tu as vu la vidéo sur le net ?

— Non. Mais j'en ai entendu parler.

— Regarde.

Elle lui tendit son mobile. Péqueur regarda la vidéo sans le son.

— Waouh ! Ils ne font pas dans la nuance. Les victimes ?

— Les employés de l'abattoir. Rien à trouver de ce côté-là. La fille avec l'épée…

— Putain ! Tu crois que…

— Je ne sais pas du tout… Mais tu avoueras qu'une nana assoiffée de sang, avec un katana et des cheveux blonds qui sortent de la cagoule…

— Le retour d'Angeline, dite la Louve… Membre éminente de la bande de Roarsky.

— C'est ça. Je me suis dit que ça valait la peine de t'en parler. C'est peut-être juste une coïncidence… Mais je ne crois pas aux coïncidences !

— Si c'est elle, quel intérêt de tuer des mecs et de mettre le feu à un abattoir ? C'est quoi ce trip écolo ?

— Je ne sais pas. Ça cache peut-être autre chose…

— Je ne vois pas trop Max et son groupe là-dedans…

— Ce n'est peut-être pas elle… Et si c'est elle, rien ne dit qu'elle soit toujours dans le voisinage de Max…

— Les indices ?

— Rien d'exploitable. J'ai tout de même un truc que je voulais te montrer.

Elle sortit de sa sacoche quelques tirages en gros plan, et les tendit à Péqueur.

Péqueur les prit et les examina attentivement.

— Alors ?

— Je ne suis pas un spécialiste, mais je m'y connais assez pour te dire que c'est un katana magnifique, à l'évidence une arme ancienne. Et des armes comme ça, cela coûte cher, très cher. Il est signé, même si on ne voit pas bien les idéogrammes.

— Et…

— Une arme comme ça, on doit pouvoir la tracer. Mais il faut avoir plus d'informations. Est-ce que tu as d'autres photos ?

— Je peux demander au service technique d'isoler toutes les images où l'on voit le katana, et faire des tirages.

— Oui, il faut faire ça. Montre voir encore la vidéo… Oui, c'est ça… Il lui tendit le smartphone. Regarde la façon dont elle frappe. Le poids est sur sa jambe droite, elle le transfère sur la gauche au moment de la frappe. Et la hanche part d'abord en arrière, puis un fouetté vers l'avant. La posture des bras est très relâchée au départ.

— Là, tu me perds François !

— Juste pour te dire que c'est une spécialiste. Il faut beaucoup de force pour trancher une tête en une fois… Et trois à la suite ! Même avec un bon sabre, il faut le faire. Elle s'est beaucoup entraînée. Le mouvement est parfait.

— Et ça cadre avec Angeline ?

— Non. C'était une fille paumée, complètement sous l'emprise de Max. Et assoiffée de sang. Mais en aucun cas une spécialiste de la Voie du Sabre !

— Elle a pu se perfectionner, non ?

— Oui, c'est possible. Elle était suffisamment barrée pour faire ça.

— Tu as montré tout ça à Driss bien sûr ?

— Oui. Mais Driss est exclusivement passionné par le karaté. Les épées, pas son truc.

— Je me souviens qu'il était même uniquement sur le Shotokan.

— C'est ça. Tout ce qui tourne autour des sabres, il n'y connaît rien.

— Je connais quelqu'un, s'il accepte de nous recevoir.

— Qui ?

— Le Senseï qui était venu nous faire une démonstration de kenjutsu, la Voie du Sabre. Senseï Shibata Akimori. Il vit maintenant en France. Tu dois pouvoir le retrouver…

— Ok, et après ?

— Je l'appelle, tu amènes toutes les photos et on va le voir tous les deux. Off the record, bien sûr.

— Comme au bon vieux temps de l'équipe… On rembobine et on recommence ?

— Si tu veux… La nostalgie, ce n'est pas mon truc, tu le sais bien, tu me connais trop bien ! Tout ce que je veux, c'est mettre toutes les chances de notre côté, en ne négligeant aucune piste, si petite soit-elle. Pour qu'on puisse enfin retrouver cette bande, et qu'on en finisse !

— On va se mettre en chasse, François, tous les deux. Et on finira par les avoir, pour venger nos morts.

+++++++

Vévé n'avait eu aucun mal à trouver l'adresse de Monsieur Shibata. Il était tout simplement dans l'annuaire. Son nom conduisait également à un site où étaient détaillés les différents arts martiaux, avec un focus sur le kenjutsu.

Péqueur s'était collé à la prise de contact téléphonique, ce qu'il détestait, un véritable autiste en matière de communication. Mais il avait malgré tout su se montrer éloquent, et le Senseï avait accepté de les rencontrer.

La porte du petit immeuble de la rue de la Montagne Sainte-Geneviève était ouverte. Ils montèrent par l'escalier jusqu'au troisième étage. Marches cirées, odeur d'encaustique fraîche.

Vévé sonna.

Quelques instants plus tard, la porte s'ouvrit sur un vieil homme tout ridé. Il portait le double kimono traditionnel, le nagajuban en coton dessous, et le kimono en soie dessus. Le double col était impeccablement plié. Les socques de bois - les geta - contribuaient à le rendre plus grand qu'il n'était. Il portait bien sûr des tabi dans ses socques, ces curieuses chaussettes japonaises qui séparent le gros orteil des autres doigts de pied. Un sourire indéfinissable habitait son visage.

Péqueur prit la parole :

— Senseï Shibata, merci infiniment d'avoir accepté de nous recevoir.

— Entrez, je vous en prie. Par ici, s'il vous plaît.

Péqueur et Vévé suivirent le Senseï jusqu'à un salon dont le moins qu'on puisse dire est qu'il était dépouillé.

Des tatamis, et une petite table au centre.

Péqueur se déchaussa, imité par Vévé. Ils s'assirent à même les tatamis, jambes croisées.

Vévé était fascinée par l'élégance de port du vieil homme. Les manches de son kimono tombaient impeccablement sur ses genoux.

Shibata Akimori entama la conversation d'une voix chevrotante, en s'adressant à Péqueur :

— Vous voulez me consulter au sujet d'un sabre ?

— Oui Senseï. Ma collègue, le Commandant Vresky, et moi sommes chargés d'une enquête portant sur un triple meurtre, par décapitation. L'arme utilisée est un katana, *a priori* assez ancien. Nous avons des photos, car ces meurtres ont été filmés.

— Pourquoi moi ? Qui m'a recommandé ? Je ne suis qu'un vieil homme maintenant.

— Personne, Senseï. J'ai eu l'honneur de vous connaître lors d'un stage de sabre auquel j'avais participé il y plusieurs années. Lorsque le commandant m'a montré ces photos, je me suis souvenu de vous. Et de toutes les informations que vous nous aviez données au sujet des différentes sortes de sabres. Nous avons trouvé votre adresse dans l'annuaire.

— Montrez-moi ces photos.

Vévé lui passa la pochette contenant toutes les photos en leur possession.

Shibata les regarda attentivement. Il se leva et alla chercher une grosse loupe.

Il passa encore quelques minutes à scruter les moindres détails des photos.

— Ces actes sont inadmissibles. Décapiter des pauvres gens avec une arme aussi magnifique, c'est jeter le déshonneur sur la Voie du Sabre.

Le Senseï était comme statufié.

Péqueur, dont la patience n'était pas la plus grande qualité, finit par le questionner :

— Alors Senseï, qu'en pensez-vous ? Le katana a l'air ancien.

— Illusion. Ce katana est une réplique. L'original a été forgé par Maître Tachi Kaga Kagemitsu, vers 1400. C'était une arme magnifique, nous la connaissons par les nombreuses descriptions qui en ont été faites. Ce katana est conservé au Japon, où il a le statut de Trésor National. On peut voir sur deux photos la « mon tremblée » de Maître Jetsuaki Ichiro à Kyoto. C'est un très grand forgeron, spécialisé dans la réplique d'armes anciennes. Toutes les pièces qu'il réalise sont uniques. Il travaille exclusivement sur commande.

— C'est donc cette « mon » qui vous indique qu'il s'agit d'une réplique ? C'est une signature, en quelque sorte ?

— Oui. À l'origine, seules les familles de samouraïs disposaient d'une « mon ». Cela permettait de les identifier partout. Avoir une « mon », c'est appartenir à une de ces grandes familles. C'est pour cela que je peux vous dire qui a forgé cette arme. Il y a aussi le fait que les actes de décapitation que vous décrivez n'auraient pas pu être accomplis avec une arme aussi ancienne. La lame se serait sûrement rompue. Surtout avec trois décapitations. Seul un katana forgé à l'époque moderne peut faire cela. Les lames de Maître Jetsuaki sont connues pour être extrêmement résistantes. Elles sont forgées à une température de 800 °, puis plongées dans l'eau. La lame, sauf le tranchant, est protégée par une argile réfractaire. Elle est ensuite polie à la pierre selon la méthode Kesho. Personne, à part le Maître et ses élèves, ne sait précisément quelles sont les pierres et les techniques employées. Puis il y a l'opération qui consiste à polir le kissaki - la pointe de la lame - pour faire ressortir le boshi, la ligne de trempe. C'est cette sorte de virgule que l'on voit au bout de la lame. Seuls les katanas durcis comme cela, de manière différentielle, présentent ce boshi visible. C'est un artisanat de très haute qualité. Il ne doit plus rester que deux ou trois Maîtres forgerons de ce type au Japon.

Vévé intervint :

— Maître, vous êtes certain de votre analyse.

— Complètement. L'acier ne ment pas.

— Ce sabre peut-il venir d'un autre forgeron, établi ailleurs ?

— Impossible. Personne n'oserait s'approprier la « mon » de Maître Jetsuaki. Et les personnes disposées à payer pour ce katana ne le feront que s'il s'agit d'un maître reconnu.

— De quel montant parle-t-on ?

— Cela dépend aussi de l'urgence de l'acheteur. Pour forger un sabre de cette qualité, il faut au moins six mois. Et cela coûte 5 à 6 000 euros. S'il faut aller plus vite, cela peut monter jusqu'à 15 000 euros. Pour un travail continu. On peut descendre à quatre mois. C'est un travail immense. Rien que pour polir le kissaki, il faut deux semaines de travail. Et par le Maître, pas par un élève.

— La personne qui a utilisé ce katana pour les décapitations est une femme. Faut-il une grande force ?

— Ce n'est pas une question de force, mais une question d'entraînement. Pour faire cela, il faut être très entraîné. On ne coupe pas des têtes en une fois comme cela. Il faut savoir exactement où et comment frapper. Avec quelle intensité, et avec quelle partie du katana. Par exemple, il est impossible de couper une tête avec l'extrémité d'un katana, même avec une technique irréprochable. L'impact doit se situer vers le tiers supérieur de la lame. Péqueur reprit la parole :

— On parle de quel niveau de pratique, Senseï ?

— Un niveau élevé. Mais pas dans un club. Jamais un Senseï n'aurait permis cela. Cette personne s'est entraînée longtemps, sûrement seule.

— Comment peut-on trouver qui a acheté ce sabre ?

— Maître Jetsuaki ne vous dira rien. Vous devez passer par la police japonaise. Celle qui est spécialisée dans les antiquités. Et cela sera long. Rien ne dit qu'ils vous aideront.

— Pourquoi ? Nous ferons une demande officielle.

— Personne ne vous répondra vraiment. Vous êtes des Gaïjins. Vous ne pouvez pas comprendre le Japon. Et vous ne pouvez importuner un Trésor National comme Maître Jetsuaki.

— Pouvez-vous nous aider ?

— Je peux contacter des personnes. J'ai besoin de me recueillir avant de le faire. On ne peut laisser l'âme d'un katana être souillée comme ça. C'est contraire à la Voie du Sabre.

Il s'inclina devant Péqueur et Vévé, leur signifiant que l'entretien était terminé.

Ils se retirèrent.

A peine sortis, Vévé laissa parler son tempérament…

— Il est complètement barjo ton gars… L'âme d'un sabre ? Je suis larguée…

— Ce Maître ne vit pas dans le même monde que nous. Son univers, ce sont les samouraïs des temps passés, avec leurs codes et leurs rites. Pour ces guerriers, rien n'était supérieur à l'acier du sabre. C'était la vérité absolue, l'ultime connaissance. Ils pratiquaient l'art du sabre au quotidien comme une sorte de dévotion, mais en même temps, il s'agissait d'un entraînement féroce. Pour le Senseï Shibata, ces armes portent le poids de l'Histoire. Par-delà les guerriers qui les ont maniées, elles ont ce que nous pourrions appeler une personnalité, elles existent non comme des objets, mais comme des réceptacles de vie et de mort. Utiliser ce katana pour massacrer des personnes innocentes, qui ne peuvent se défendre, c'est l'horreur absolue. Il croit vraiment que chaque arme possède une âme. C'est pour cela qu'il va nous aider. S'il nous permet de retrouver et de neutraliser la personne qui a utilisé ce katana, alors l'arme pourra retrouver sa pureté après les rituels appropriés.

— Là, franchement, François, tu me surprends. Je ne te savais pas accro aux katanas comme ça !

— Non, je ne suis pas « accro » comme tu dis. Mais quand tu pratiques des arts martiaux depuis longtemps, tu t'intéresses forcément à l'Histoire du Japon et donc des samouraïs, car la codification des arts martiaux remonte à ces périodes-là. Et donc tu apprends des choses. Et puis tout cela est tellement différent de nous que c'en est fascinant, non ? La société dans laquelle nous vivons est la résultante d'une certaine histoire, d'une évolution constante depuis le Moyen-âge. Le Japon moderne, lui, a été forgé par le temps des samouraïs, et leur empreinte est toujours visible aujourd'hui. Si l'on veut comprendre un tant soit peu le Japon, on ne peut faire abstraction des samouraïs : ils sont à la base de tout. Ils pratiquaient l'art du sabre et la calligraphie : pour eux, c'est la même recherche d'absolu : leur quête, c'est le geste ultime. C'est pour cela que le Senseï va nous apporter son concours : il ne peut laisser la Voie du Sabre souillée…
— François, tu devrais me parler plus souvent comme cela…

Chapitre 8
Ecolo doloroso e moderato

France, avril

Kitten remplit de nouveau les deux tasses de tisane.

Elle approcha également le sac de cookies qu'elle avait acheté au magasin bio où elle avait un compte.

Wolf but lentement.

— Pourquoi tu as voulu me voir ? Tu sais qu'Eagle souhaite qu'on se rencontre le moins possible et qu'on soit très prudents…

— Je sais. Bien sûr qu'il faut faire très attention. Mais j'avais besoin d'échanger un peu avec toi. Sans Eagle.

— Pourquoi sans lui ?

— J'avais juste envie de te voir. Toi et moi, on se connaît depuis longtemps. Cinq ou six ans ?

— Oui, ça doit être ça. On était en première année de socio. Alors quoi ? Pourquoi pas avec Eagle ?

— Il est trop à fond pour discuter. Et puis il y a cette fille qu'il a rencontrée, celle de cette Légion. Il est complètement gaga, elle lui fait faire ce qu'elle veut.

— Là, je ne te suis pas. Ce qu'on a fait, on l'a décidé ensemble ! Nous trois, et que nous trois.

— Oui. Mais avec la façon dont Eagle a présenté les choses, on ne pouvait pas vraiment dire non. Mais je ne sais pas, je déconne peut-être.

— Doucement. Qu'est-ce qui ne va pas ?

— Tout ce sang. Et puis l'autre barrée avec son sabre… Elle me fait peur !

— Moi aussi, elle me dérange. Elle est vraiment salement tarée. Mais il fallait quelqu'un comme ça pour faire le job ! Jamais je n'aurais pu faire ça…

— Moi non plus ! Tu te rends compte, elle a tué trois mecs, et cela ne lui a fait ni chaud ni froid !

— Moi, je suis sûr qu'elle a même pris son pied en les décapitant ! Tu as vu comme elle regardait son sabre… C'était presque un regard amoureux, c'est dingue !

— Oui, elle est vraiment timbrée.

— Et puis…

— Quoi ? Allez, ma Kitten, crache le morceau !

— Je me pose des questions. Je me demande toujours si on a raison de faire ça. Libérer les animaux, brûler l'abattoir, c'est ok, mais tuer les mecs… Ce n'était que de pauvres types, des ouvriers qui faisaient juste ce qu'on leur disait de faire. Ils ne sont pas responsables de tout ça !

— Ils ne sont peut-être pas responsables, mais ils y participent. Ils sont dans le système.

— Parce que tu crois que nous, nous ne sommes pas dans le système ? On regarde la télé, on roule en voiture, on bouffe McDo. Alors, on soutient le système ?

— Non. On est dans le système, mais on lutte pour le faire tomber. C'est ça la différence. On lutte.

— Ok, c'est vrai. On lutte. Mais est-ce qu'on va y arriver ?

— Faut pas se décourager. Nous n'en sommes qu'au début. Ces mecs, La Légion, ils sont bourrés de fric, ils ont des armes, et eux aussi ils veulent mettre le bordel. On va y arriver, avec eux à nos côtés.

— Ils sont un peu limite, non ? Ils me fichent la trouille.

— Ce ne sont pas des enfants de chœur, c'est clair. Mais c'est pour ça qu'ils nous sont utiles. Nous, on n'est pas comme ça. On a une cause à défendre ! Il faut changer tout le système, sinon la planète est foutue, tu le sais bien.

— Oui. Mais de temps en temps, j'ai des doutes. Je n'ai jamais aimé la violence, alors là, je suis servie avec l'autre dingue et son sabre…

— Moi non plus je n'aime pas cette violence. Mais s'il faut en passer par là pour qu'enfin de vraies mesures soient prises, c'est ok. Tu vois, il va y avoir encore une conférence sur le climat. Ça sera la 72ème ! Que de la parlote ! Et ils vont se fixer des objectifs, ambitieux mais réalisables comme ils disent. Et à la COP suivante, ils vont regretter que les objectifs n'aient pas été atteints ! C'est tout ce qu'ils font ! Et les politiques s'en moquent, ils sont trop occupés à se faire réélire. Et puis, tant que la bourse progresse, tout va bien ! Nous, on va changer ça. On va les acculer. Il faut les contraindre, sinon rien ne se passera. Tu as vu les likes sur les réseaux sociaux, et les manifs un peu partout après l'abattoir ? Il y a des gens qui nous soutiennent.

— Tu as raison, je suis trop bête des fois. Mais ce truc m'a remuée. Notre cause est juste, c'est sûr. On va continuer. On verra bien ce qu'Eagle va nous concocter comme plan. Enfin, s'il a eu le temps de travailler là-dessus, au lieu de baver sur cette grande brune !

— Tu serais pas un peu jalouse…

— Pas tes affaires ! Allez, on se fait une bière. Bio, bien sûr… La tisane, j'en ai marre !

Chapitre 9
Le katana voyageur

France, Paris, avril

Vévé n'y croyait pas trop, à la piste du katana.

Driss, le karatéka, non plus.

Ils avaient tort.

Vévé avait décroché son téléphone sans regarder le numéro qui s'affichait.

— Commandant Vresky, j'écoute.

— C'est François. Il faudrait que je te parle.

— Bien sûr ! Tu veux qu'on se voie ?

— Oui. Tu sais où. Dans une heure ?

— Ok.

Elle se retourna vers le lieutenant Salah, que tout le monde appelait Driss.

— Driss, c'est François. Je pense qu'il a du nouveau. Je le vois dans une heure. Tu me couvres ?

— Bien sûr, cheffe !

Une demi-heure plus tard, Vévé quitta son bureau. Elle prit sa voiture de fonction dans le parking, et roula paisiblement jusqu'à Bastille.

Stationnement tranquille, créneau impeccable. Et direction le métro, pour une station, jusqu'à la gare de Lyon.

Histoire de se mêler à la foule.

Incognito.

La gare grouillait de l'habituel flot de voyageurs. Ceux qui arrivaient, ceux qui partaient. Plus le personnel de la SNCF qui canalisait tant bien que mal le flux.

Vévé entra dans la brasserie « Le Train Bleu ».

François Péqueur l'attendait dans un box au fond de la salle.

Pour une fois, bien habillé. Veste bleu foncé, chemise blanche, sûrement en lin.

Et sourire éclatant.

Un vrai changement !

— Tu as l'air en forme, François !

— Je le suis. J'ai des nouvelles pour le sabre.

— Super. Alors, ça donne quoi, raconte.

— Maître Shibata Alkimori m'a contacté. Il voulait me voir seul.

— Ah bravo ! Encore un qui ne supporte pas les femmes ?

— Non. Ce n'est vraiment pas ça. Il ne voulait donner les renseignements qu'il avait glanés qu'à un pratiquant des arts martiaux. Pour lui, c'est une question d'éthique. De Maître à élève.

— C'est quelque chose tout de même ! On se croirait dans une secte. Bon allez, go !

— Il n'a pas voulu me dire comment il avait fait, qui lui avait donné les informations. Rien. Mais il m'a donné les coordonnées de l'acheteur. C'est un cabinet de conseil financier situé en Colombie, Global Investment Engineering, basé à Bogotà. Ils ont acheté ce sabre 7 500 €. Certificat d'authenticité à la clé. Sur le bon d'expédition, il est indiqué qu'il s'agit d'un objet destiné à figurer comme œuvre d'art dans un hall d'accueil. Pour des objets de ce prix, lorsqu'ils sont faits par des artisans « Trésors Nationaux », l'indication de la destination de l'objet est obligatoire, et le bon doit comporter le visa de la police des antiquités.

— Ok, le Japon est vraiment un monde particulier ! Et comment notre arme se retrouve dans un abattoir en France ?

— C'est ce que nous devons découvrir. Enfin, nous, c'est surtout de toi qu'il s'agit !

— Donc on va enquêter pour savoir ce que c'est que ce cabinet, ok, ça je le vois bien. Ensuite ?

— Si ce sabre a été expédié quelque part après la Colombie, j'imagine qu'on doit pouvoir trouver sa trace dans le système des expéditions : la poste locale, Fedex, DHL, enfin tout ça. Car je ne vois pas un envoi sans tracking pour un bien de ce prix.

— Et si le katana est resté en Colombie ?

— Faut creuser, c'est sûr ! Mais bon, c'est une petite piste. Tu vas faire comment ? Tu as des contacts en Colombie ?

— Non, pas du tout. On va déjà voir ce qu'on peut trouver dans les différents systèmes : criminel, financier etc. Et puis je vais essayer de pénétrer leur réseau informatique. Et si je n'y arrive pas, je trouverais quelqu'un, ça je sais faire. Et puis je vais mettre notre Fantôme sur le coup. Il connaît tellement de monde dans des univers complètement différents, ça m'étonnerait bien qu'il n'ait aucun contact en Colombie.

— Ouais, et puis il y a l'herbe et autres produits, la cocaïne et tout ça, la Colombie est un bon producteur…

— Eh oui ! Avec toutes les opérations d'infiltration qu'il a menées, il a forcément des contacts dans le milieu de la dope, autant en profiter… Autre chose ?

— Oui. L'interrogatoire du mec de La Légion. Driss t'a raconté ?

— Affirmatif. Tu fais preuve d'originalité en matière de conduite d'interrogatoire…

— Juste un souvenir de vacances. Il nous a donné une adresse, un bar où passent des mecs de La Légion. J'y suis allé, j'ai spotté le mec et je l'ai suivi. Je sais où il habite, et j'ai des photos. Elles sont sur cette carte SD.

— Eh, ça avance vraiment ! Je vais dire à Driss d'enquêter. On va voir ce qu'on a sur lui.

— Ok. À mon avis, ce n'est qu'un petit lieutenant mais bon, on ne peut négliger aucune piste.

— C'est ça. Faudra peut-être prévoir un de tes interrogatoires… imaginatifs !

Vévé fit une bise à Péqueur et sortit du Train Bleu, remontée à bloc. Elle adorait voir François comme ça !

Il retrouvait l'énergie qui était la sienne lorsqu'il pilotait leur brigade. Une pêche débordante, des phrases lasers, une lueur dans les yeux. Lorsqu'il était comme ça, elle aurait fait n'importe quoi pour lui !

Certes, là, les fils étaient ténus, mais c'était mieux que rien. En tout cas, mieux que ce que ses collègues flics avaient trouvé.

François Péqueur, même s'il n'avait plus de plaque, restait un flic dans l'âme. Et un bon flic. Ok, rien ne prouvait que la fille au katana soit Angeline. Mais la coïncidence était vraiment improbable… Une autre meurtrière avec ce type d'arme, de longs cheveux blonds, cela faisait beaucoup.

Et François qui avait identifié un autre mec de La Légion. Une seconde piste.

Vévé allait devoir jouer serré. Elle n'allait pas révéler tout de suite la piste du katana. Car si c'était bien d'Angeline qu'il s'agissait, elle voulait que François ait une longueur d'avance. Histoire de terminer la traque avec du plomb.

Pour le cas du mec de La Légion, c'était encore plus simple. Elle ne devait rien dire.

Comme ça, s'il fallait torturer le type pour avoir des informations, les flics ne seraient pas au courant.

Elle avait bien conscience qu'elle jouait un jeu dangereux en utilisant les ressources de la police pour une vengeance.

Qui finirait forcément dans un bain de sang.

Mais elle devait ça à la mémoire de son coéquipier.
Et puis il y avait François.
Et pour lui, elle ferait l'impossible.
Sans jamais faillir, ni poser trop de questions.
Juste pour son François.

Chapitre 10
Retrouvailles de hackers

France, Paris, avril

En sortant du bureau du commissaire divisionnaire, Vévé sut ce qu'elle allait être obligée de faire.

Et elle n'aimait pas ça.

Déjà que tout ce qu'elle avait entrepris avec François, même si elle était prudente, lui faisait risquer gros, mais là…

Avant d'entrer dans la police, Vévé s'était construit une solide réputation de hackeuse. Elle excellait vraiment. Et puis le côté « on défie le système », cela flattait son attirance pour la marge. De prime abord, les pratiquants de ce monde interlope étaient cool. Un peu de drogue douce, pas mal de canettes, et des mœurs franchement libres.

Elle était tombée amoureuse d'un mec beau comme un dieu, qu'elle avait rencontré au cours d'une soirée chez des amis. Il était avocat. En le fréquentant, elle avait compris la dangerosité de son activité clandestine.

Par ailleurs, cela n'avait pas été la seule révélation : définitivement, elle préférait les mecs. La liaison qu'elle entretenait alors avec #nofuturebirdofprey// connue de l'état civil sous l'identité de Nicky Mason, 1,68m, yeux bleus, 54 kilos, allait vite appartenir au passé.

Peu après, elle avait largué son avocat, lassée par un égocentrisme omniprésent.

Elle avait alors commencé à se poser des questions. Beaucoup de questions.

Pour finalement entrer dans la police sur concours.

Sa progression de carrière avait été rapide, aidée aussi par ses talents en matière d'informatique, dans un monde majoritairement masculin, dont les affinités avec les souris n'étaient pas folles.

En tout cas, avec les souris, sans fil ou avec fil. Les autres souris, ce n'était pas le même plan…

Elle allait maintenant devoir retrouver Nicky.

Pour lui demander de l'aider.

Car devant l'échec de la division informatique de la police, les fameux cyberflics, incapables de trouver qui avait mis cette vidéo sanglante sur le net, il fallait recourir à plus fort.

Donc, Nicky.

Sur une échelle de 10, si Vévé était à 3, Nicky était à 9 et demi…

Vévé allait la contacter sur le Dark Web, depuis un cybercafé.

+++++++

Le café l'Esplanade, rue du Bourg-Tibourg, ne payait pas de mine en plein jour. Le soir, c'était une autre histoire : une foule bruyante de gays et de lesbiennes s'entassait dans l'étroite salle grisâtre située en plein centre du quartier du Marais.

À 10 h du matin, seules deux tables étaient occupées.

Sur la première, au fond de la salle, deux mecs étaient fort occupés à se bécoter. Autour d'eux, le monde pouvait s'écrouler, ils n'en n'avaient cure.

Nicky était accoudée sur la seconde table.

Inchangée, ou presque. Peut-être quelques piercings et tatouages en plus. Toujours habillée n'importe comment, tee-shirt troué, jean informe.

Mais belle. Un sourire mutin éclairait en permanence son visage, et contrastait vivement avec les signaux qu'envoyaient ses vêtements et tatouages. Ce sourire angélique, c'était une vraie tuerie. À l'époque, Vévé n'avait pas résisté longtemps.

Vévé avait volontairement revêtu une tenue cool, jean, hoddie et sneakers.

— Salut Nicky, merci d'être venue…

— On s'embrasse pas ? La bise, je veux dire…

Vévé l'embrassa légèrement… Le contact de sa peau…

— Alors, la fliquette, tu veux quoi ? Tu veux y regoûter ou quoi ?

— Non, je suis vraiment exclusivement hétéro maintenant…

— Toujours avec ton avocaillon ?

— Non, ça fait longtemps. Je l'ai largué avant de rentrer chez les flics.

— Je ne comprends toujours pas pourquoi tu as fait ça. Putain, les flics, quoi !

— Il faut des flics pour choper les malades, ceux qui s'attaquent aux petites filles, qui violent les nanas en leur tapant dessus, pour mettre hors d'état de nuire tous ceux qui tuent aveuglément. Moi, je m'occupe que de ça. Les trucs hards.

— C'est vrai que tu as toujours eu une tendance hard… Pas déplaisante, d'ailleurs, si mes souvenirs sont bons.

— Arrête ton humour à deux balles, Nicky. Je suis là pour un truc grave, vraiment grave.

— C'est quoi ? Et pourquoi je suis là ? Tu as besoin de moi, c'est ça ? Un patch que t'arrives pas à faire ?

— Écoute, je suis vraiment dans une impasse. Tu as vu la vidéo sur les décapitations dans l'abattoir, je suppose ?

— Ouais, elle assure grave !

— Les mecs qui ont été tués sont juste des pauvres gars ! Pour eux, ce boulot, c'est tout ce qu'ils savaient faire, sûrement. Ils ne méritaient pas ça !

— N'empêche qu'ils tuaient des animaux tous les jours.

— Moi non plus, les abattoirs, ça ne me plaît pas ! Rien que la pensée de ces pauvres bêtes, ça me retourne les tripes. Mais c'est le système dans lequel nous vivons, et qui permet aux gens de bouffer. Du jambon et des trucs comme ça. Et de toute façon, ce n'est pas une raison pour décapiter ces ouvriers. À la limite, ils se contentent de brûler l'abattoir et de libérer les animaux, pourquoi pas. Mais tuer des mecs devant une caméra, et balancer la vidéo sur le net… C'est autre chose.

— Ouais, c'est vrai que ces pauvres gars… Pourquoi tu me parles de ça ?

— C'est simple… La vidéo a été pushée sur les comptes Facebook et Snap de célébrités mondiales. Et comme ces personnes ont des millions de followers, tout le monde a vu les vidéos, les a envoyées aux listes de connaissances, etc. Tu sais comment ça marche.

— Et alors ?

— Les geeks de la Police nationale ont été incapables de trouver d'où ça venait. Il y a un programme qui tourne et qui balance des adresses IP toutes les 5 secondes. Sur le monde entier. Bref, ils calent. Et moi, j'ai essayé depuis un cybercafé, mais nib, j'ai perdu la main. Je ne sais pas faire.

— Et donc tu as pensé à la petite Nicky ! À celle que tu as laissé tomber du jour au lendemain pour aller te faire baiser par ton avocat !

— J'ai pensé à toi parce que tu es la seule à pouvoir m'aider. J'ai la responsabilité de cette enquête. Tout le monde attend des résultats. Ils sont tous sur mon dos. Et je n'arrive à rien, je suis bloquée. Je n'ai jamais rien regretté ce que nous avons vécu ensemble, mais cette période est derrière moi. Je ne pouvais pas te donner ce

que tu attendais. Et tu ne mérites pas la demi-mesure.
Mais je ne t'ai jamais oubliée.

— Tu vas me faire pleurer ! Tu veux quoi au juste ?

Vévé sortit une clé USB de sa poche.

— Tu as tout là-dessus. La vidéo et toutes les recherches qui ont été faites par la division cybercrime de la police. Je veux que tu examines la programmation, l'architecture, enfin tout ce que tu peux trouver pour m'aider à identifier qui est derrière cette toile d'araignée. Tu verras, les geeks des flics ont trouvé qu'il y a une sorte d'algorithme tournant qui empêche de remonter à l'origine, mais ils n'ont pas su aller plus loin.

— Et tu crois que moi je vais savoir ?

— Je sais que tu es très forte. Et tu peux utiliser des ressources dont les flics ne peuvent pas se servir. Aller sur le Dark Web, par exemple. Moi, j'y suis allée, mais je n'ai rien pu trouver. Je te dis, j'ai perdu la main !

— Et j'y gagne quoi ?

— Tu as une copine qui est commandant de police, et qui t'est redevable. Et crois-moi, ça pourrait te servir un jour !

— Pas faux ! Tu veux ça pour hier, je suppose ?

— Bien vu.

— Je vais m'y mettre, mais il va me falloir du temps. Si tes flics avec leur gros matos se sont cassé les dents dessus, ça doit tout de même être coton. Et va falloir que tout le matos du groupe soit libre. Je vais faire au plus vite, et je te dis quand c'est fait sur Telegram.

— Ok. Merci d'avance. Je n'oublierai pas ce que tu fais pour moi.

Chapitre 11
100 % colombian

France, Paris, avril

Vévé avait maintenant sous les yeux les différents rapports de la piste colombienne.

Les autres équipes paraissaient avoir fait du bon travail, mais le tableau semblait presque trop flatteur. Elle attendait aussi le rapport de Fantôme.

Plus proche du terrain, sûrement.

Elle se plongea dans le premier document, établi par le pôle international, qui visiblement avait aussi contacté la police locale.

Le cabinet Global Investment Engineering était spécialisé dans les fusions-acquisitions, ainsi que dans les placements dans des compagnies offshore. Sa clientèle, composée essentiellement d'hommes d'affaires aux portefeuilles bien garnis, n'appelait pas de remarques particulières. Ce cabinet était relativement récent, 4 ans à peine, mais sa réputation sur la place de Bogotà était bien établie. Localisation au cœur du quartier des affaires, Chapinero : Vévé avait cherché le cabinet sur internet, et en consultant un plan, elle avait trouvé le quartier un peu curieux : shopping, fêtes et affaires, voilà quelles étaient les caractéristiques mises en avant, une juxtaposition étrange, mais c'était la Colombie… Situation clean au niveau des impôts, une seule employée, une Japonaise expatriée, en plus de la dirigeante.

Cette dernière disposait d'un pedigree parfait. Études de droit et d'économie, première expérience en Belgique, où elle tenait un cabinet similaire, qui avait donc « migré » en Colombie.

Vévé indiqua « pourquoi ? » en rouge sur la feuille.

Parfait.

Ce qualificatif s'imposait.

Trop.

Car Vévé avait suffisamment d'expérience pour se méfier d'une telle image, en particulier en Colombie.

Des hommes d'affaires fortunés complètement honnêtes à Bogotá… Pas de remarque de la part de la police colombienne, tu parles !

Elle parcourut plus rapidement le second document, qui émanait de la division financière. Des chiffres qui recoupaient totalement l'analyse du pôle international. Et puis les chiffres, ce n'était vraiment pas son truc ! En revanche, le nombre de zéros sur les comptes en dollar, ça l'impressionnait… Une entreprise très prospère.

Le dernier document avait été établi par la police locale, en lien avec Fedex.

Le katana avait effectivement été acheté à un artisan japonais du nom de Jetsuaki Ichiro par le cabinet, à des fins de décoration. Il avait été acheminé par Fedex, et livré en main propre à l'entreprise. La police avait joint la photocopie de l'avis de livraison. Le coût des taxes douanières avait été acquitté. Rien à dire.

Vévé reprit son stylo rouge : « vérifier si le katana est toujours au cabinet » « contacter Fedex pour éventuelle nouvelle expédition ». « Lien avec l'employée japonaise ? »

A priori comme ça, la piste ne menait pas à grand-chose.

Elle ajouta « creuser l'historique du cabinet à Bruxelles » « creuser le parcours de la dirigeante ». Elle allait mettre Driss là-dessus.

— Driss, j'ai des recherches pour toi… Vite !

Chapitre 12
Missile party

Vassili s'y voyait déjà.

Sur une plage d'Amérique du Sud. Un verre de cocktail exotique à la main.

Sirotant, cool.

Sans aucun remord.

L'humanité pouvait bien s'écrouler, il n'en n'avait rien à battre.

Son enfance avait été un véritable enfer. Un père alcoolique au dernier degré, une mère qui passait son temps à cuire des patates pour les maigres repas.

Au fin fond de la Sibérie. Plus que glacial l'hiver, et infesté de moustiques l'été.

Et rien à faire, jamais. Pas une nana, pas de fêtes, pas de sortie.

Juste la vodka.

La fée vodka, celle qui transfigurait la réalité, qui parait de paillettes illusoires le plus sordide des quotidiens.

Toutefois, une fée dangereuse. Il l'avait assez vite compris, en voyant ses quelques copains devenir des épaves. Son salut était passé par l'armée. La grande armée russe, du temps de l'U.R.S.S.

À cette époque-là, rien n'était trop beau pour l'armée. Le pays entier se serrait la ceinture, mais pas l'armée. Les roubles arrivaient à flots. Toujours plus de matériel, toujours plus de recherches pour dépasser les yankees, les ennemis jurés.

Vassili avait progressivement gravi les échelons. De simple soldat, il était devenu sous-officier, puis officier. Il était dur avec ses hommes, et c'était un ardent fidèle du

Parti, d'où sa réussite. Car passer de simple soldat à officier, sans appui particulier, il fallait le faire.

Son existence avait basculé en même temps que la chute de l'U.R.S.S.

Une période extraordinaire s'était ouverte alors. Celle de tous les trafics.

Tout était à vendre. Land of opportunities !

Il suffisait de trouver des acheteurs.

Les premiers heureux élus avaient été les mafieux, pour des armes de poing et des fusils d'assaut. Petit commerce de proximité.

Piocher dans le gigantesque arsenal de l'ex-U.R.S.S. ne présentait pas de difficulté majeure. Personne ne contrôlait, et même si cela avait été le cas, il aurait suffi de produire une liasse de billets, dollars de préférence.

Il avait aussi compris que les liquidités pouvaient tenter ses supérieurs. De généreuses donations lui avaient attiré les bonnes grâces de l'état-major supérieur. Vassili était donc passé de poste en poste, tranquille. En fait, il choisissait ses affectations en fonction de la demande en armes. Il fallait en effet être au bon endroit au bon moment.

Et puis son business model avait évolué. Il avait commencé à travailler avec succès à l'international. Mais pas n'importe où : spécialité, l'Afrique. Une demande très forte, toujours renouvelée. Missiles, canons antichars, tanks, matériel roulant blindé, armes de poing, et cette bonne vieille kalach dont le succès ne s'est jamais démenti !

Indéniablement, c'était plus compliqué. Il fallait aussi gérer les expéditions… Et il ne s'agissait pas de petits colis. Mais, après tout, ce n'était qu'une question de dollars, comme toujours. Un bon arrosage, et tout se passait bien.

La liste des récipiendaires s'allongeait tous les jours, c'était une véritable litanie. Vassili avait senti venir le moment où l'empire qu'il s'était taillé allait s'effondrer. Trop de complices, trop d'opérations, et, en dépit des sommes générées par le trafic, pas tant de bénéfices que ça. Certains se montraient gourmands.

Trop.

Vassili n'était pas paranoïaque. Enfin, pas trop. Juste ce qu'il faut pour être prudent ! Il avait développé une sorte de sixième sens pour détecter les ennuis avant qu'ils n'arrivent. Des officiers supérieurs de l'armée russe pouvaient être jaloux de sa réussite et de ses dollars, des membres de son organisation pouvaient être tentés de prendre sa place. Bref, il avait senti qu'il devait envoyer un message à tout ce petit monde.

Vassili alors avait acheté les services d'un gang de tchétchènes. Des exécuteurs.

Il avait taillé dans les rangs ses comparses, quelques bonnes tueries spectaculaires, afin de décourager les vocations.

Sa PME était repartie de plus belle, l'avertissement avait été salutaire.

Dorénavant, Vassili était constamment sur ses gardes. Les Tchétchènes l'accompagnaient partout. Ceux-là, tant que le flot de dollars continuait, il pouvait compter sur eux. Bon, il allait devoir élaborer un plan pour se débarrasser d'eux le moment venu…Lorsqu'il quitterait ce pays pourri !

Il ne gardait qu'une trace de sa comptabilité et de ses contacts, sur le Toughbook qu'il avait toujours sur lui, attaché à son poignet. Et le Toughbook était doté d'un dispositif d'autodestruction, au cas où.

Vassili s'était adjoint quelques complices de haut niveau qui, comme lui, dirigeaient des entrepôts et des sites secrets. La bonne pioche !

Car une opportunité s'était présentée.

Il avait été contacté sur sa messagerie Telegram.

Après quelques échanges prudents, la demande s'était faite précise.

Gigantesque.

Comme la somme pour lui seul.

Dix millions de dollars US. Et une exfiltration vers un pays de son choix. Avec en bonus une propriété démesurée, histoire de ne pas faire partie des traîne-savates qui finissent par croupir sous les tropiques, lorsqu'ils n'ont plus de liquidités.

Une porte de sortie, une vraie.

Comme greeting present, il avait reçu le numéro d'un compte offshore. Un million de dollar l'attendait sur ce compte.

Comme ça, sans contrepartie immédiate.

Dès lors, Vassili avait compris qu'il avait affaire à du lourd.

Les deux commandes avaient suivi.

Vassili avait rectifié son jugement.

Pas lourd, monumental !

Cette affaire surpassait tout ce qu'il avait pu conclure jusqu'à présent.

Des armes nucléaires, rien que ça. Pour une somme dépassant l'imagination.

Et surtout, sa porte de sortie : malgré toutes ses précautions, il savait que son règne ne durerait qu'un temps. Il avait suffisamment d'expérience pour savoir cela. À un moment donné, un tir de sniper, un coup de couteau par son homme de confiance, et le tour était joué. Ce contact arrivait à point nommé.

De plus, la commande était assortie de conditions très particulières. Ne laisser aucun témoin, tous les participants actifs devaient être éliminés.

La décision n'avait pas été simple à prendre. Vassili avait tenté de se renseigner pour savoir qui était derrière cette mystérieuse offre.

Peine perdue. En utilisant Telegram, il est impossible de remonter à l'origine du message. Et, de toute façon, les messages s'auto-effacent au bout d'un temps donné.

Quant au compte offshore aux îles Caïman, pas moyen de savoir qui l'avait ouvert, ni d'où provenait la somme. De plus, Vassili ne pouvait pas vraiment se permettre de faire appel à des hackers pour pénétrer dans le système informatique de la banque.

Il avait transféré 200 000 dollars depuis le compte offshore sur un de ses comptes « d'entreprise ». Lorsqu'il avait évoqué cette somme à Elbrous Borz, le chef tchétchène de sa garde rapprochée, il avait vu ses yeux briller. L'élimination des différents témoins ne poserait vraiment pas de problème. Que pèsent quelques vies de soldats russes au regard de 200 000 dollars.

Il avait reçu les coordonnées du cargo au dernier moment. Il s'agissait d'un tanker philippin, le Cosco 3, équipage international, à dominante asiatique. Le chargement du container s'était effectué on ne peut plus normalement. Simplement, au petit matin, à l'heure où les docks ne fourmillent pas d'employés, à l'heure où les rares patrouilles sont au poste.

Un simple container de 40 pieds.

Banal.

Mais contenant une plate-forme Club-K, un système transportable armé de missiles.

Et deux missiles Kalibr 3M-54, dans leur variante avec ogives thermonucléaires, étage principal du missile subsonique, et le sprint, sur la dernière distance, avec une pointe supersonique. Plus des dispositifs de leurres, pour rendre pratiquement impossible l'interception. 2,3 tonnes de haute technologie made in Russia. Avec revêtement absorbant les ondes radar. Quasi-indétectable, le missile vole à très faible altitude.

Vassili n'avait rien demandé.

Mais, n'empêche, il restait perplexe.

Quelle était la cible ?

Une puissance de feu pareille, ça interroge forcément ! Il fallait aussi des opérateurs pour le lancement, mais ce n'était pas son problème. Il avait livré, et les fonds étaient arrivés. Avec en sus la moitié de son bonus privé ! Que du bonheur !

La suite, la phase deux, allait être sans nul doute plus compliquée.

Bien sûr, son grand ami Igor, grassement rémunéré, lui avait dit qu'il « allait gérer ».

Vassili l'espérait. L'opération devait réussir.

Mais lancer une torpille nucléaire intercontinentale depuis le sous-marin K-329 Belgorod, pas simple !

Ok, Igor était le capitaine du K-329. Un appui précieux… et cher.

Max avait insisté : la réussite de la phase deux était primordiale.

Ou alors, pas de Margaritas…

Chapitre 13
La piste de l'Est

France, Paris, avril

Vévé n'utilisait jamais Telegram au bureau. Ni même sur son ordi, trop risqué. Tout était écouté, scruté. Personne ne voulait l'admettre officiellement, mais c'était un secret de polichinelle. Les flics de la cyber division étaient toujours surchargés de travail… et on ne savait pas trop ce qu'ils faisaient. Ni pour qui, en fait, ils travaillaient. En tout cas, Vévé s'en méfiait.

Alors elle avait bidouillé une petite appli sur son téléphone, qui lui indiquait si elle avait des messages sur Telegram.

Et ce mercredi matin, elle avait un message.

Elle quitta son bureau. Driss, son fidèle adjoint, assurerait l'intérim.

Elle prit le métro, direction Châtelet, et sortit à la station Hôtel de Ville. Elle n'allait jamais deux fois de suite dans le même cybercafé. Vu leur nombre dans Paris centre, elle n'avait jamais de difficultés.

Il n'y avait pas foule. Elle prit un box qui faisait face à la porte d'entrée. Par prudence.

Elle entra ses identifiants et mot de passe.

Elle avait effectivement un message : « J'ai fini. On se voit quand tu veux » signé d'un émoji en forme d'aigle.

Donc, « bird of prey », du Nicky pur jus.

Elle lui donna rendez-vous dans un café de la Place de Clichy, le soir même, vers 20 h.

Et elle regarda, amusée, le message s'effacer, comme dans les enregistrements des films Mission Impossible.

+++++++

Vévé arriva la première, choisit soigneusement une table un peu isolée, et commanda un demi. Cette fois, elle n'avait pas travaillé son look pour ce rendez-vous. Elle portait un ensemble veste-pantalon tout ce qu'il y a de plus classique, bleu marine, et un chemisier gris. Son déguisement de bureau.

Nicky arriva dix minutes plus tard.

Elle s'assit et commanda également un demi. Elle était radieuse. Vévé sut tout de suite que Nicky avait réussi. Elle n'avait jamais su cacher sa joie lorsqu'elle parvenait à ses fins.

— C'était vraiment coton, la mission que tu m'as donnée, tu sais ! Ceux qui ont fait ça sont très très forts ! J'ai bossé non-stop depuis que tu m'as donné ce challenge. Juste pour toi, à donf !

— Allez, explique, ne me fais pas languir !

— Bon, j'ai trouvé quelque chose, mais je ne sais pas si ça va te servir…

— Version longue du film, s'il te plaît !

— Ok. J'ai donc regardé toute la programmation. Dans le fichier qui contenait la vidéo, il y avait une sorte de ver qui supprimait la vidéo et qui la recréait presque immédiatement, avec une provenance différente. ça renvoyait à un énorme nombre de serveurs répartis dans le monde entier. Impossible de tracer la provenance au niveau des IP, tes cyberflics ne se sont pas trompés. Je me suis cassé les dents dessus. On ne peut pas, c'est tout.

— Et…

— J'ai tout de même trouvé une piste. Tu te souviens, j'imagine, que tous les hackers ont une façon de coder particulière, c'est presque comme une signature. Je reconnaissais sans problème tes codes lorsqu'on hackait ensemble.

— Ouais.

— Et bien dans le code, il y a une séquence qui m'a rappelé quelque chose. Ou plutôt quelqu'un. Un hacker avec qui j'étais en contact.

— Waouh ! C'est qui ?

— Ben c'est là que ça se complique. En fait, je ne sais pas du tout qui c'est. Mais on avait matché il y a plusieurs années de ça. Toi et moi, on était déjà plus ensemble. Lui et moi, on avait chatté un peu. On parlait un peu pendant qu'on codait, juste pour passer le temps. Et donc je sais qu'il vivait en Pologne, parce qu'il me l'avait dit. Je suis sûre que c'est lui qui a créé ce programme, c'est sa signature. Il avait une façon très particulière de créer ses signes de code. On en rigolait d'ailleurs, parce que c'était vraiment particulier.

— C'est super, mais je vois mal comment je vais attraper ça. Par quel bout, je veux dire. Tu as d'autres éléments ?

— Comme quoi ?

— Il vivait en Pologne. Il est polonais ? Il a quel âge à peu près, il a une famille, une adresse ?

— Oui, il est polonais. Je ne connais pas vraiment son âge, mais je dirai entre 25 et 35 ans. En tout cas, il était plus vieux que moi. Et il avait de plus vieilles références.

— Tu sais où il vivait ?

— Non.

— Cherche dans tes souvenirs. Vous parliez de quoi ?

— Surtout de combines de hackers. De nouvelles lignes de codes, tout ça.

— Il avait une copine ?

— Non, je ne crois pas. Je sais qu'il aimait les putes, il m'en parlait souvent. C'est pour ça que je pense qu'il n'avait pas de famille. Il allait juste aux putes de temps en temps. Il voulait qu'elles soient obéissantes, tu vois le genre ! Il m'avait dit qu'il aimait beaucoup les asiatiques, qu'avec elles il n'y avait jamais de problèmes, qu'elles faisaient tout ce qu'il demandait.

— Bon, on a peut-être quelque chose, là. On cherche un homme polonais qui a quitté du jour au lendemain le pays, et qui aime les putes asiatiques. Et on sait à peu près à quelle époque, à la fin de l'opération de prise de contrôle de la ville de Gréville, c'est-à-dire en mai.

— Ok. Et ça te donne quoi ?

— On peut imaginer que s'il part vite, et qu'il quitte la Pologne pour un pays qui va lui permettre d'assouvir ses phantasmes sexuels, il va vouloir rejoindre le sud-est asiatique, genre Vietnam, Cambodge, Thaïlande, Laos. Il prend donc un avion. Ce qui veut dire qu'il a des papiers en règle, ou des faux très bien faits. C'est une piste très ténue, mais au point où nous en sommes, ça vaut la peine d'essayer.

— Comment ?

— Je vais mettre mes flics là-dessus. On va demander à la Pologne de nous aider, pour consulter les fichiers des compagnies aériennes sur cette période-là, dans les différents aéroports qui desservent l'Asie du Sud-Est.

— Tu crois que ça va marcher ? Qu'ils vont vous aider ?

— J'ai un mot magique, qui fait que tous les flics coopèrent. Je dis « terrorisme international » ! Et alors là, tout le monde au garde-à-vous !

— Ok, c'est toi qui vois. Moi, tout ce que je peux te dire, c'est qu'il a complètement disparu de la circulation du jour au lendemain. Plus de contact, plus de chat, rien. À l'époque, il kackait des banques et des entreprises pour avoir du fric. C'est ce qu'il faisait. Il m'avait demandé de l'aider un peu, et j'avais créé quelques lignes de codes pour lui. C'était pour une affaire sur une banque en Lituanie. Nous avons créé un programme pour ponctionner des comptes. On les envoyait ensuite sur un compte offshore. Je n'en sais pas beaucoup plus. Mais il se vantait beaucoup, il disait toujours que tout le monde allait entendre parler de lui, qu'un gros coup se préparait, mais il n'a jamais voulu me dire quoi. Et je sais qu'il travaillait pour une grosse organisation.

— Tu sais laquelle ? Tu as des noms ?

— Non. Il exagérait ses mérites sans rien dire de vraiment précis. Il avait juste dit que c'étaient des gars qui rigolaient pas, et qu'il fallait être réglo avec eux, sinon ça craignait. Il disait qu'il était devenu un vrai légionnaire !

— Tu es sûre qu'il a dit ça ?

— Oui. D'ailleurs tu vas pouvoir te rendre compte par toi-même.

Elle lui tendit une clé USB.

— J'ai enregistré là-dessus toutes nos conversations, et tous les boulots que j'ai fait pour lui…

— Quoi ? Mais c'est trop génial ! Pourquoi tu as fait ça ? Tu te méfiais de lui ?

— C'est un de mes secrets. Mais je vais tout de même te le dire. Tu sais, dans le monde des hackers, on se méfie toujours ! Nous sommes bien placés pour savoir qu'on peut cracker n'importe quel système. Alors moi, je me suis protégée. J'ai mis en place un protocole automatisé qui enregistre tout. Je fais ça pour tout le monde. Si on me cherche des crosses, ça peut servir. J'ai des enregistrements de tout, de tous ceux avec qui je suis en contact. Y compris de toi. J'ai tout ce qu'on s'est dit…

— Alors là…

— C'est mon assurance-vie… Je te donne tout, tu vois à quel point je te fais confiance !

+++++++

Vévé n'en revenait pas. Elle avait mis son casque, et écoutait le contenu de la clé USB. Elle avait indiqué à Driss qu'elle ne voulait pas être dérangée.

Nicky enregistrait tout ! Enfin presque tout. Leurs moments intimes n'étaient heureusement pas concernés !

Jamais elle n'aurait pu imaginer ça d'elle. Tous les hackers sont un peu paranos, mais à ce point-là ! Et bonjour le paradoxe : les hackers se sont érigés en ennemis féroces de la surveillance tous azimuts des grandes agences de renseignements étatiques… Et Nicky faisait en fait la même chose !

Mais, pour le coup, ça la servait bien.

Ce mystérieux développeur-hacker, c'était une vraie piste. Un « légionnaire » … Un membre de La Légion ? Ce groupe mafieux et limite terroriste créé par Max Roarsky, qui avait défrayé la chronique en attaquant une ville entière, avec des armes militaires… Une organisation qui avait forcément beaucoup de moyens, y compris en « assistance informatique ». Le calendrier de sa « disparition » était cohérent avec celui de l'attaque. Une opération qui s'était aussi caractérisée par un piratage en règle des différents systèmes bancaires, une neutralisation de toutes les caméras de surveillance.

Elle allait devoir agir avec prudence. Certes mettre sa hiérarchie au courant, - d'ailleurs, elle avait une réunion le soir-même -, mais pas trop, et garder une longueur d'avance pour que François soit le premier sur la piste.

Elle ne croyait pas trop que ce Max soit assez imprudent pour résider là où était son hacker… Mais il y aurait des pistes, sûrement !

En jouant serré, cela pouvait marcher…

Chapitre 14
Enfume ta hiérarchie !

France, Paris, avril

Vévé adorait ces moments-là.

Une grosse poussée d'adrénaline.

Elle allait balader son chef, easy.

Elle avait amené son ordinateur portable, et quelques dossiers papier.

Marc Puységur, le directeur de l'Office Central de Répression du Banditisme était avant tout un politique. Il était d'ailleurs directement issu de ce monde-là, et sa nomination avait déclenché une vague de critiques chez les flics. Pour la première fois, celui qui les dirigeait n'était pas un flic du sérail.

Il avait commencé par faire redécorer son bureau, et avait changé tout le mobilier. Très belles tapisseries, fauteuils luxueux, objets d'art assez ostentatoires.

Dans le même temps, les inspecteurs devaient se farcir des véhicules vieillissants, qui tombaient souvent en panne… parfois au mauvais moment. Et encore, quand ils avaient un véhicule !

Vévé ne faisait pas partie de ces grincheux qui pestaient contre cette nomination. Elle préférait avoir affaire à un non-flic.

Pour une balade plus facile.

— Bonjour Commandant Vresky, bienvenue, asseyez-vous !

— Merci monsieur.

— Je veux un point complet d'avancement sur cette affaire de l'abattoir. J'ai le ministre sur le dos en permanence, la presse aussi… Bref, je passe mon temps à établir des contre-feux pour faire patienter tout ce petit monde.

— Je vais vous développer tout ce que nous avons. Mais je vais d'abord commencer par nos points faibles. Dans le périmètre qui nous intéresse, il n'y a pas d'autre caméra de vidéosurveillance que celles de l'abattoir. Et les agresseurs les ont détruites. Nous ne disposons donc d'aucune image. Difficile dans ces conditions de déterminer comment ils sont arrivés et repartis. Le vigile de l'entrée a été neutralisé lors de l'attaque, il se rappelle juste avoir été abordé par une jeune femme… et son témoignage ne nous a rien donné de plus. Le portrait-robot qu'il nous a permis de réaliser est d'une telle imprécision qu'il est inutile. L'incendie provoqué dans les locaux a détruit tous les indices potentiels. L'autopsie pratiquée sur les corps décapités a toutefois révélé la présence d'un puissant somnifère vétérinaire dans le sang des victimes. Néanmoins aucun praticien n'a signalé de vol en Île-de-France. Il est probable que les assaillants se le soient procurés sur internet, c'est en vente libre. Ce somnifère a été injecté aux victimes à l'aide d'un fusil hypodermique, à distance. Là aussi, ces fusils sont en vente libre. Par vente libre, je veux dire, sur les sites en France mais aussi partout dans le monde. Nous avons contacté les principaux sites français qui proposent ce matériel, mais nous cela ne nous a mené nulle part. Et les agresseurs sont repartis avec leurs armes. Les fouilles réalisées à proximité de l'abattoir n'ont rien donné. Les victimes ont été décapitées à l'aide d'un sabre japonais, un katana, manié par une femme, d'après la morphologie du corps, que l'on voit sur la vidéo. Cet acte requiert une très grande précision, indiquant que l'individu était très entraîné.

— Pas très prometteur, tout cela…

— J'ai tout de même des bonnes nouvelles, monsieur le Directeur, patience. Mais avant, je continue sur les mauvaises ! Les agresseurs ont tourné une vidéo, qu'ils ont postée sur des comptes Facebook et Instagram de célébrités mondiales. La vidéo a donc été visualisée des millions de fois par tous les followers de ces comptes. La division Cybernétique n'a pu tracer l'origine de ce piratage, malgré tous ses efforts. Dès que l'on effectue une recherche, ce sont des centaines de serveurs successifs qui surgissent, localisés dans le monde entier. Le groupe qui a revendiqué l'attentat, Deep Core, est complètement inconnu. L'hypothèse la plus vraisemblable est qu'il s'agit de quelques « écoterroristes » issus du mouvement écologiste, qui ont décidé de radicaliser leur propos et de passer à l'action. Les études morphologiques des participants nous indiquent qu'il s'agit deux hommes et deux femmes. Nous avons approximativement leurs taille et poids respectifs. Les vêtements qu'ils portaient ne permettent pas une quelconque identification. La caméra utilisée est un modèle grand public de Sony. Nous avons mis sous surveillance renforcée tous les groupes écologistes en France, et j'ai demandé la même chose à nos voisins européens immédiats. Voilà pour les mauvaises nouvelles !

— Vous avez donc gardé le meilleur pour la fin…

— Tout à fait. Le premier axe concerne le katana. D'après les spécialistes que j'ai pu contacter, c'est la réplique, très coûteuse, d'une arme de collection, faite au Japon par un Maître Forgeron. Sur la lame, il y a une sorte de marque, une « mon », qui nous a permis de remonter jusqu'à la forge de celui qui l'a créée. Cette arme unique a été expédiée en Colombie. Le client est un cabinet financier haut de gamme, Global Investment

Engineering, qui a voulu l'acquérir à des fins de décoration. L'enquête que nous avons menée avec l'aide de nos collègues colombiens n'a rien révélé de particulier au sujet de ce bureau. Les policiers locaux vont se rendre à notre demande sur place afin de vérifier si ce sabre est toujours là. Tout porte à croire que ce ne sera pas le cas. Nous n'avons pas trouvé de lien entre ce cabinet et Deep Core. Pour le moment, nous n'avons aucune preuve de l'acheminement de cette arme entre la Colombie et notre terroriste.

— Êtes-vous certaine qu'il s'agît de la même arme ?

— D'après les éléments de notre enquête, oui. C'est une arme unique.

— Bon, donc on attend le résultat de la visite que vont faire nos collègues colombiens ?

— C'est cela. J'ai une deuxième piste. J'ai soumis les codes informatiques qui ont permis le piratage des comptes et l'envoi de la vidéo à quelques indicateurs que je connais dans le milieu des fous de l'informatique. Et l'un d'entre eux a reconnu une façon très particulière de coder, que l'on peut assimiler, pour faire simple, à une signature. Il pense savoir qui est à l'origine de ce programme.

— Excellent ! Il faut l'arrêter tout de suite et le faire parler !

— C'est l'objectif mais cela ne va pas être simple. Je vais avoir besoin de vous, de toute la force de vos relations à l'international…

— Tout mon réseau est à votre disposition. Expliquez-moi.

— Voilà les éléments que nous savons. Ce hacker, je vais l'appeler X pour plus de facilité, nous ne connaissons absolument pas son identité. Nous savons que X est polonais, qu'il a entre 25 et 35 ans, qu'il vit seul, et que ses préférences sexuelles ciblent des prostituées asiatiques. Nous savons également qu'il a complètement disparu de la circulation en juin, il y a deux ans.

— Pas simple, effectivement. Je…

— Mon hypothèse est la suivante : pour une raison que je ne connais pas, cet homme a dû quitter précipitamment la Pologne. Comme ses pulsions sexuelles le portent vers des femmes asiatiques, je fais le pari qu'il a quitté la Pologne pour un pays d'Asie. Donc en avion. Et comme il paraissait pressé, il a probablement choisi la facilité de partir d'un aéroport polonais. Il nous faudrait donc la liste de tous les hommes entre 25 et 35 ans qui ont quitté la Pologne pour un pays du sud-est asiatique sur une période d'un mois, à partir du moment où mon indicateur a cessé d'être en contact avec lui. Nous allons ensuite demander à nos collègues polonais d'éliminer de cette liste tous ceux qui sont revenus, et qui sont donc encore en Pologne. Toujours mon hypothèse : notre homme n'est pas revenu, et il opère à partir d'un pays asiatique.

— Donc vous voulez que je demande tout ce travail à nos collègues polonais sur la foi du renseignement d'un indicateur et sur votre hypothèse ?

— C'est pour cela que vous êtes le seul à pouvoir obtenir ça, monsieur le Directeur, grâce à vos relations. Si je fais une demande officielle de flic à flic, avec les éléments que j'ai, on va me rire au nez, et je n'obtiendrai rien.

— Je vois. Je vais faire en sorte de mettre nos collègues à contribution.

— Merci monsieur le Directeur. J'espérais bien que vous alliez pouvoir m'aider. Parce que sans cela nous n'avons pas grand-chose.

Vévé quitta le bureau en gardant son sérieux.

Au prix d'un réel effort.

Il n'avait rien suspecté, et avait gobé toute son histoire, sans lui demander plus de détails.

Il allait mettre la pression sur les flics polonais.

Et, qui sait, il en sortirait peut-être quelque chose.

Chapitre 15
Scoop en stock

France, Paris, mai

Guillaume Godefroy composa le numéro de son correspondant, laissa sonner une fois et raccrocha.

Cette petite manip style agent secret à deux balles, il la trouvait trop drôle.

Tout ça pour donner l'impression à sa « source » qu'elle était importante.

Jusqu'à présent, tout ce que lui avait rapporté Philippe Carval, assistant de Marc Puységur, était assez banal. Quelques meurtres, des saisies de drogue, bref, de quoi assurer quelques colonnes en troisième page pour Godefroy, mais pas de quoi frémir.

Et surtout, pas de quoi faire le grand article, voire le dossier dont il rêvait depuis sa prise de fonction en tant que journaliste « faits divers » dans un grand quotidien parisien. Enfin, grand… Disons que c'était un des derniers qui résistait à la poussée du numérique. Une édition papier quotidienne, et, bien sûr, passage obligé, une édition numérique pour les personnes qui ne voulaient pas se salir les mains avec de l'encre d'imprimerie ou qui ne pouvaient se passer de leur smartphone.

Le métier de journaliste avait vraiment changé : presque plus personne ne se souciait de vérifier les informations. Comme, de toute façon, une nouvelle chassait l'autre, les lecteurs consommateurs oubliaient aussi vite qu'ils lisaient.

Godefroy ne faisait pas partie de cette mouvance. Une des premières choses qu'on lui avait enseignée à l'Institut Français de Presse était la vérification des informations.

Un de ses profs était carrément obsédé par cette notion. Alors, à force d'entendre ça à longueur d'année, il avait intégré cette directive comme faisant partie intrinsèque du métier de journaliste. Pour lui, un journaliste, c'est l'historien du quotidien : hors de question de publier une information qui n'aurait pas été vérifiée ! À l'heure des fake news sur les réseaux sociaux, cette vigilance était devenue primordiale. Et plus l'affaire était sensible, plus il fallait vérifier.

C'est pour ça qu'il travaillait ses sources. Ok, ça lui coûtait du fric, mais il était persuadé que cela finirait par payer. En attendant, c'est lui qui déboursait.

Son téléphone sonna. Il décrocha.

— Oui ?

— J'ai une bonne info. 150 ?

— Quel sujet ?

— L'affaire de l'abattoir.

— Ouais, faut voir… C'est quoi ?

— Une hypothèse de travail de l'équipe d'enquêteurs.

— Moi, ce que je veux, ce sont des faits. Pas des hypothèses.

— Oui, mais celle-là, c'est de la dynamite.

— Dites- m'en plus.

— Vous allez me payer ?

— Vous savez comment ça marche, depuis le temps. Si je trouve votre information intéressante, je paye. Sinon, rien. C'est ma règle.

— Ok, ok ! Vous vous souvenez de l'affaire Max Roarsky, il y a trois ans ? Ce tueur qui avait créé ce groupe, La Légion, et qui a fini par prendre le pouvoir dans une petite ville de province en tuant tout le monde ?

— Oui. Les chefs sont toujours en fuite.

— C'est ça. Ce Max, à ses débuts, était accompagné par une fille que la presse avait surnommé la Louve.

— Oui. Elle s'était évadée en tuant son psychiatre pour le rejoindre, je crois.

— Vous avez une bonne mémoire, c'est tout à fait cela.

— Je ne vois pas le rapport avec l'abattoir.

— Les enquêteurs pensent que la femme aux cheveux blonds qui décapite les ouvriers avec un sabre japonais, c'est elle, la Louve.

— Ils pensent ?

— Disons ils soupçonnent. La morphologie correspond. Et cette fille était raide dingue des armes japonaises.

— Bon, ça marche. Vous me procurez une copie des procès-verbaux de l'enquête, et je vous donne 200 €. D'accord ?

— Ok. Mais ce que je viens de vous dire ne va pas figurer sur les procès-verbaux, je l'ai entendu depuis le bureau du chef. Je vous les transmets comment, les procès-verbaux ?

— Vous me les envoyez par courrier au journal. Je vous texte l'adresse. Et faites l'envoi depuis une boîte aux lettres le long de votre trajet habituel et loin du bureau, bien sûr.

— D'accord, ça marche. Et le paiement ?

— Comme d'habitude. Je pose l'enveloppe avec le liquide dans votre boîte, quand j'ai reçu et vérifié les documents.

— Ok.

Guillaume Godefroy raccrocha. Enfin une information qui en valait la peine. Là, c'était le scoop assuré. Rien de tel que la résurrection d'un ennemi public Numéro Un pour vendre ! Les bad guys sont toujours une garantie de tirages exceptionnels... Restait à mettre tout cela en forme, en faisant saliver les lecteurs.

Il allait attendre les P.V. pour avoir un peu plus de renseignements de terrain. Dans les articles, c'était important. Toutefois, il allait falloir border auprès de son rédac'chef, car les réactions allaient déferler. Il rédigea un mail circonstancié.

+++++++

Godefroy le tenait, l'article qui allait lancer l'affaire dans le monde médiatique. Il avait pris connaissance des différents documents que lui avait transmis sa source. Une bonne partie des éléments avaient été présentés dans la conférence de presse organisée après l'affaire de l'abattoir, mais il y avait quelques faits supplémentaires utiles.

Il relut une dernière fois l'article avant de l'envoyer au rédacteur en chef.

« La Louve sème la mort dans l'abattoir ! »

Rappelez-vous, il y a trois ans de cela, la France entière était sous le choc : une bande de terroristes prenait le contrôle d'une petite ville de province, en tuant ses élus, et en attaquant avec des armes de guerre les forces de l'ordre. Dans le même temps, une manifestation dégénérait au centre-ville, causant des dégâts considérables.

Dans ce groupe, qui se faisait appeler La Légion, une femme, Angeline Turqot, occupait une place particulière. Elle était certes la complice, mais surtout l'âme-sœur du chef de bande, Max Roarsky. Depuis l'origine de leur parcours meurtrier, cette relation privilégiée faisait d'elle son égérie.

Eh bien, mes chers lecteurs, cette femme, surnommée la Louve, nous la retrouvons dans le terrible rôle de l'exécutrice dans l'attentat meurtrier de l'abattoir.

Selon nos sources, elle aurait décapité les trois malheureux ouvriers. Pour quelle raison ? À ce stade, personne ne peut le dire avec certitude.

Cependant, ce qui est sûr, c'est que la tueuse a refait surface, et qu'elle se signale de nouveau par des actes d'une barbarie inouïe.

Quels sont ses liens avec ce groupe, Deep Core, qui revendique cet attentat ? Fait-elle partie de cette bande d'écolo-terroriste ? Cela veut-il dire que l'organisation dont elle était membre, La Légion, est devenue Deep Core ?

Ces personnes sont activement recherchées, sans résultat pour le moment. En même temps, souvenons-nous que la Louve s'est échappée de prison depuis trois ans, et que les recherches sur tout le territoire n'ont rien donné. De là à dire que la police est inefficace…

Selon toute vraisemblance, les auteurs de l'attentat auraient retrouvé des complices non loin de l'abattoir, et se seraient enfuis ensuite, après avoir brûlé tout ce qui aurait pu contenir des indices, leurs vêtements et le matériel utilisé.

Alors ? Que va-t-il se passer maintenant ? Faut-il craindre de nouvelles actions sanglantes ? La police pourra-t-elle neutraliser cette menace ?

Affaire à suivre ! »

Ça devrait faire la maille. Godefroy avait pris la précaution de mettre certains faits au conditionnel. Cela dit, par rapport avec ce qu'il avait vu ou lu chez ses confrères, ses informations étaient vraiment sensationnelles.

Tout le monde n'avait pas une source rémunérée au bureau du directeur de la police…

Chapitre 16
La filière belge

France, Paris, mai

Driss était vraiment satisfait. Dans le jargon des flics, il avait fait « une percée ». Et il était fier de ça : une piste, enfin, grâce à un vrai travail d'enquêteur.

Il rassembla son dossier et entra dans le bureau de Vévé.

— J'ai les résultats de ce que tu m'as demandé à propos du cabinet colombien.

— Super, je t'écoute, installe-toi.

— La première chose, c'est que le cabinet colombien, Global Investment Engineering, a été fondé avec les capitaux du cabinet belge. Dans les deux cas, il s'agit d'ingénierie financière de haut vol, pour des clients fortunés. C'est donc cohérent. Le cabinet belge existe toujours, mais il n'a plus d'activité. La dirigeante est la même, mais elle a changé de nom. Visiblement, ce n'est pas un problème en Colombie, à condition d'avoir les moyens. En effet, chaque cabinet possède son site internet, et sur les trombinoscopes on constate qu'il s'agit de la même dirigeante sous deux identités différentes.

— Pourquoi changer de nom ?

— Bonne question. Je dirai pour cacher un passé douteux. La dirigeante du cabinet belge s'appelait Noémie Landelot. J'ai fouillé son passé. Et là, ça devient franchement intéressant !

— Je me disais aussi, tu avais l'air bien réjoui !

— Cette Landelot a une formation initiale d'avocate, qu'elle a doublée par une spécialisation en droit des affaires, option international.

— Et…

— Je suis remonté à son parcours d'avocate. Bonnes notes au niveau de sa formation, père bâtonnier général. Débuts peu prometteurs, beaucoup d'affaires dans lesquelles elle était commise d'office. Donc avec une rémunération minime. Sauf une, la dernière avant son changement d'activité. Elle a défendu… un certain Max Roarsky jusqu'à son évasion !

— Waouh ! Encore un lien ! Le katana acheté par ce cabinet, que l'on retrouve entre les mains de celle qu'on pense être Angeline, et maintenant le cabinet colombien dirigé par une femme qui a commencé par défendre ce Max. Bingo !

— Oui. Pour autant, nous n'avons toujours aucune preuve !

— Ok. Mais maintenant, on reconstitue le puzzle. Les deux cabinets financiers sont les usines à blanchiment de l'argent sale collecté par Max et sa Légion, c'est clair. Le katana est tenu par Angeline, qui est l'exécutrice du groupe Deep Core. La Légion est donc avec Deep Core. Le schéma est sacrément cohérent.

— Ce qu'on ne sait pas, c'est quelles sont leurs motivations. Que cherchent-ils ?

— En effet, je ne crois pas à cette histoire de revendications écologiques. Il doit y avoir autre chose là-dessous. Quel est le véritable objectif ? Que vont-ils faire la prochaine fois ? Car ils vont continuer, c'est sûr ! La difficulté, c'est que je n'arriverai jamais à convaincre la hiérarchie qu'il faut mener une action de grande ampleur tout de suite. Ça va encore traîner, comme d'habitude, et on arrivera quand il sera trop tard. L'histoire de la cavalerie qui arrive après la bataille !

— On commence tout de même à avoir un dossier qui se tient !

— C'est sûr, mais sans preuve véritable. C'est toujours la même chose avec les chefs, surtout avec celui-là qui n'est même pas un vrai flic ! Pas de risques ! Pour lancer la cavalerie, il faut que tout soit vraiment béton !

— Alors, on va faire comment ? Faut qu'on agisse !

— Bon. Je vais essayer de convaincre le chef que nous avons suffisamment de pistes pour continuer à creuser. Ensuite je vais informer François, pour qu'il garde un temps d'avance. Et je me demande…

— Quoi ?

— Ce nouveau chef, je ne le sens pas trop. D'un côté, il ne connaît pas grand-chose au travail d'enquêteur, et ça me laisse les coudées franches pour lui donner juste assez d'infos pour qu'il agisse, mais d'autre part, il est méfiant, il me fait une drôle d'impression à chaque fois que je le vois.

— En clair, tu n'as pas confiance en lui ! Tu vas faire quoi ?

— Il faut mettre la pression sur la hiérarchie. Sans que ça vienne de moi. Un journaliste m'a approché l'autre jour. Je pourrai lui lâcher deux ou trois informations. Histoire d'avoir l'opinion publique avec nous…

— Cool, on va faire la Une !

Chapitre 17
Fil infos 2

France, Paris, mai
Journal de FR3 régions, repris par les journaux nationaux de 20 h.
Script
Aujourd'hui, de nouvelles pistes dans l'affaire du Massacre de l'Abattoir.

Il est maintenant prouvé que le groupe se composait de deux hommes et deux femmes. L'une d'elles, celle qui sait manier le sabre et qui a tué les malheureux ouvriers, eh bien cette femme serait Angeline Turqot, tristement célèbre sous le nom de la Louve.

Elle et son complice, Max Roarsky, avaient fait la Une de l'actualité en prenant le contrôle par la force de Gréville, une petite ville située dans le nord-ouest de la France. Depuis ces faits, qui remontent à trois ans, la bande est en fuite.

Malgré toutes les recherches entreprises, et la coopération entre différentes polices nationales, rien n'a permis de retrouver ces terroristes.

La Louve se rappelle donc à nous par cet acte d'une grande violence.

Images de l'incendie. Puis gros plan sur la silhouette qui tient le sabre

D'après des sources fiables, des mesures morphologiques ont permis de l'identifier avec certitude.

La question qui se pose, c'est comment passe-t-on d'une organisation criminelle à une action d'écoterrorisme ?

Nous avons demandé à Benjamin Fontaine, chercheur spécialisé dans les mouvements radicaux, à l'université de Paris Dauphine, notre expert invité, son avis.

Gros plan sur Benjamin Fontaine, puis plan large sur la journaliste et l'expert

Monsieur Fontaine, comment comprendre cette mutation ?

La première chose qu'il faut intégrer dans le raisonnement, c'est que nous sommes sur ce que nous appelons un territoire de marge. Ce territoire, imaginaire bien entendu, est occupé par de très nombreux groupes marginaux, tous plus ou moins en rébellion contre le système. Ces groupes sont pour la plupart clandestins.

Plan sur la journaliste

Et ces groupes cohabitent ?

Plan serré sur M. Fontaine

Ils cohabitent, parfois au gré des conflits, certains disparaissent ou sont absorbés par d'autres mouvances. Certaines personnes passent d'une organisation à une autre, selon l'évolution de leur engagement, d'autres peuvent être membres de plusieurs cellules à la fois, y compris de groupes concurrents s'opposant.

Plan sur la journaliste

Revenons à cette Louve. Comment interpréter sa présence ?

Plan serré sur M. Fontaine

Nous pouvons faire plusieurs hypothèses. La première est qu'elle a rejoint Deep Core, qu'elle s'est intégrée à leur réflexion, et qu'elle leur apporte son expérience d'hyperviolence. La seconde, c'est qu'elle fait partie d'un autre groupe qui s'est allié avec ces écologistes radicaux, pour une raison que nous ignorons encore.

Plan sur la journaliste

Mais elle était membre d'un groupe criminel ?

Plan serré sur M. Fontaine

Le groupe dont elle faisait partie, La Légion, était avant tout une organisation révolutionnaire en lutte contre les principes de notre société. Ses membres avaient adopté une marginalité culturelle et idéologique : ils vivaient retranchés, et avaient opté pour des solutions radicales en utilisant des méthodes effectivement criminelles.

Plan sur la journaliste

Ce groupe va-t-il s'arrêter là ?

Plan serré sur M. Fontaine

Ils ont prouvé dans l'horreur leur détermination. Ce qui a motivé leur action, l'abattage des animaux pour des motifs alimentaires, existe toujours. Tout laisse à penser qu'ils vont continuer.

Plan sur la journaliste

Merci monsieur Fontaine pour cette analyse.

Voici maintenant notre sujet sur les gâteaux préférés des français.

Chapitre 18
Un voyage imprévu

France, puis Suisse, mai

La sonnerie de son portable le tira de sa lecture.

« Opération soutien logistique. Je vais protéger des mecs, avec Mick et un autre soldat. Train pour Genève. Gare de Lyon 06 h 15 demain. Places 52, 53, 54, voiture 5 ».

François Péqueur sortit son sac de voyage.

Enfin, ça bougeait !

Il tassa quelques vêtements, une seconde paire de chaussures, au cas où.

Quelques chargeurs supplémentaires, entre les tee-shirts. Et son appareil photo.

Prévenir Vévé.

Elle décrocha immédiatement, toujours aussi réactive.

— François ? Que se passe-t-il ?

— Je voulais juste te prévenir que j'allais partir en voyage. Je vais à Genève demain matin, je pense y rester quelques jours, je ne sais pas encore au juste combien de temps.

— D'accord. Tu pars seul ?

— Non, je pars avec le copain que j'ai rencontré dans l'entrepôt. Et puis il y aura aussi un autre pote, celui que j'ai vu place de Clichy, dans ce café, tu sais, je t'en ai parlé…

— Oui, je me souviens maintenant. Sois prudent, ça glisse par-là, en Suisse, avec la neige. Et n'oublie pas de me donner des nouvelles.

— Pas de souci, bisous.

François trouvait que toutes ces précautions que Vévé voulait prendre, c'était un peu trop. Il devait toujours travestir son message, au cas où elle serait sur écoute. Et il n'avait pas assez de temps pour la rencontrer, surtout avec tous les détours qu'il fallait prendre pour se voir.

Cela dit, il lui faisait pleinement confiance, et ça voulait dire se fier aussi à son intuition. Si elle lui avait interdit de parler « en clair » au téléphone, elle avait ses raisons.

Il avait tout de même fallu l'informer : son indicateur de La Légion partait pour une mystérieuse opération, accompagné de deux personnes, dont le « lieutenant » du groupe, celui qu'il avait vu Place de Clichy. Et Péqueur avait pris la décision de le suivre, pour découvrir ce dont il s'agissait. Ce pouvait être un coup d'épée dans l'eau, mais au point où il en était…

Il se connecta sur le site de la SNCF et acheta son billet. Un peu plus de trois heures de voyage.

Il allait devoir se trouver un bon bouquin.

+++++++

Il n'était pas très loin de la voiture 5. Péqueur fit un arrêt à la voiture 4, la voiture-bar, et prit une pâtisserie et un café à emporter. Le tout sur un plateau cartonné affublé du logo de la SNCF, qu'est-ce que c'est chouette le marketing !

Histoire de se donner une contenance.

Il se fraya sans trop de difficulté un passage dans la voiture 4.

Avant de rentrer dans la voiture 5, il activa son appareil photo en position caméra. Le 24x36 reposait sur son estomac. Il tenait son plateau au-dessus.

Il voulait absolument avoir des images du dernier mec qui accompagnait Mick et Virda. Les places qu'ils occupaient étaient dans le fond du wagon. Il se rapprocha en simulant des difficultés pour maintenir son équilibre. Il s'appuya sur pratiquement tous les dossiers

de siège. Y compris sur celui qui l'intéressait le plus…
Vers les places visées. Par chance, il faisait face aux deux
hommes. L'un des deux était le lieutenant de son indic,
celui qui se faisait appeler Mick. Il posa assez longtemps
pour avoir les images nécessaires, mais discrètement, afin
que Mick ne le reconnaisse pas.
Il passa dans la voiture 6.
Maintenant, boire rapidement son café et savourer sa
petite pâtisserie, avant de repasser à la voiture 5 pour
rejoindre la sienne.
Personne ne le remarqua, et il put regagner sa place en
toute tranquillité.
Il visionna ses rushes. Flous pour certains, mais il avait
tout de même assez de matière exploitable. Le dernier
homme ne serait plus longtemps inconnu, Vévé se ferait
un plaisir de l'identifier. C'était sûrement un soldat de
plus. Le lieutenant partait en mission avec deux soldats,
dont son indic. En mission de protection, semble-t-il.
Pour protéger qui ? Et contre qui ou quoi ?
Ce voyage - de l'action, enfin ! -, il n'attendait que ça
depuis longtemps. Il voulait avancer, aller jusqu'au bout
de cette histoire. Pour essayer de trouver une issue, un
futur.
Il en avait assez, il se blindait pour continuer, mais
lorsque rien ne se passait, et c'était plutôt ça l'ordinaire,
il broyait du noir. Il ne pouvait penser à rien d'autre que
cette traque. Il était seul, seul avec ses nuits remplies de
vide et de terreur, il se réveillait en sueur, il revoyait en
boucle cet instant terrible où il avait appris la mort de sa
compagne. Il avait l'impression de sentir encore sur sa
peau le goût de la pluie, mélangée au sel de ses larmes,
sur cet aéroport sinistre, au retour de cette mission qui
s'était soldée par la mort de Charlemagne.

Depuis qu'il avait entrepris cette quête, retrouver ce Max et son gang, et leur faire payer toutes les pertes qu'il avait subies, sa vie était entre parenthèses.

Il ne pensait plus qu'à ça.

Les débusquer, tous, et les tuer.

Tous.

Alors, seulement, peut-être pourrait-il tourner la page, et recommencer à vivre.

Et repousser les fantômes.

Macha, sa compagne, et Charlemagne, son équipier.

Et le fils que portait Macha lorsqu'elle avait été tuée.

Tous.

Il allait tous les massacrer.

Chapitre 19
La piste du katana

Finlande, Helsinki, mai

Pas simple.

Nikolas Virtanen avait vraiment été surpris.

Un paquet en provenance d'Amérique du Sud, pour lui !

D'après le livreur de Fedex, aucune erreur possible, l'adresse était correctement libellée : Luxury Estate, Mr Nikolas Virtanen 14 Döbelninkatu Helsinki. Son agence immobilière.

Autant qu'il s'en souvienne, l'expéditeur ne lui disait rien non plus. Un cabinet à Bogotá, Global Investment Engineering.

Malgré tout, il ouvrit ledit paquet.

Il trouva une boîte extrêmement bien emballée. Un magnifique étui en bois, accompagné d'une enveloppe à son nom à l'intérieur, une carte de correspondance.

Avec un logo qui commençait à lui rappeler quelque chose.

Les instructions étaient très claires : il devait confier le paquet à un coursier, et l'expédier pratiquement sur le cercle polaire, à Rovaniemi. Quel qu'en soit le coût.

Il y avait aussi un numéro de compte et un identifiant. 10 000 dollars l'attendaient.

Le commanditaire, il s'en souvenait bien.

Cette fille, qui œuvrait pour un prétendu fonds de pension américain, cette fille qui avait acheté une île ! Landelot, Noémie Landelot, c'était son nom. Impossible d'oublier une affaire aussi juteuse…

Elle l'avait aussi chargé de trouver des entreprises pour réhabiliter entièrement la demeure princière, qui n'avait plus de princière que le nom, à l'époque. Par ailleurs, elle avait acheté sa discrétion. Jamais il n'avait touché autant d'argent que sur cette affaire ! Une vraie aubaine… Il s'était aussi arrangé pour gonfler les prix des entreprises de rénovation, afin de s'offrir un bonus.

Bien sûr, il n'était pas dupe. Une telle acquisition, sans discuter le budget, une commission monumentale pour qu'il s'occupe de tous les détails administratifs dans la plus grande discrétion, c'était louche, très louche. Le fonds de pension, il n'y croyait pas. Encore qu'il y a bien des fonds de pension qui achètent des clubs de football ! Ses soupçons ne l'avaient pas empêché d'empocher les dollars.

Sa longue pratique de commercial de l'immobilier avait développé en lui une forte souplesse morale. Plus le nombre de zéros qui suivait le premier chiffre était grand, plus l'élasticité de sa morale croissait. Une simple loi de physique.

Mais il était curieux. Rien ne disait qu'il ne devait pas ouvrir la boîte.

Il l'ouvrit.

Et vit un superbe sabre de samouraï. Il n'y connaissait absolument rien, mais l'arme était magnifique. Un très bel objet de collection, assurément.

Il comprenait aussi mieux la destination : le manoir de l'île de Huuhmonen, qui était censé, du moins c'est ce qu'on lui avait dit, abriter une petite colonie d'artistes qui souhaitaient vivre complètement coupés du monde. Une arme de collection pour des artistes dans un château, le schéma était cohérent.

Ce qui ne l'était pas, par contre, c'était ce besoin de discrétion. Et pourquoi payer 10 000 dollars pour qu'il embauche un coursier ?

En empoignant son téléphone, il sollicita donc l'élasticité de sa morale, et accessoirement sa secrétaire :
– Anja ? Vous allez me trouver un coursier de confiance, je veux vraiment quelqu'un au top, pour aller porter un colis à 500 kilomètres de notre agence, à Rovaniemi…

Chapitre 20

Voir Genève… et no comprendo

Suisse, Genève, mai

François Péqueur avait envoyé à Vévé les vidéos qu'il avait prises dans le train. Sans trop d'illusion. Contrairement à ce qu'il craignait, certains des plans étaient vraiment nets, et le mec qui voyageait avec Mick et Virda était parfaitement reconnaissable.

Sauf que très certainement, l'homme en question n'était qu'un soldat de l'organisation. Pas grand-chose à en attendre, mais on ne pouvait jamais savoir.

En tout cas, il se félicitait d'avoir posé un mouchard sur Virda : il pouvait ainsi connaître en continu sa localisation précise. Les trois hommes étaient descendus dans un petit hôtel du centre-ville, le Bon Coin. Péqueur avait pris une chambre dans un autre hôtel, situé dans la même rue. Il s'était posé ensuite quelques instants dans le hall de l'hôtel du Bon Coin, et avait pris un café. Juste à temps pour voir arriver une superbe brune, qui avait demandé à la réception si ses amis étaient arrivés.

Ses trois amis… Péqueur avait bien sûr tilté.

Pas que sur la plastique avantageuse de la fille, quoique… Trois amis… Les mecs de La Légion. Il avait pris deux photos de la fille avec son smartphone.

Après quoi, un rapide repas au fast-food du coin lui avait permis de se restaurer… Enfin disons, qu'il avait mangé…

Depuis qu'il vivait seul, en vrai loner qu'il était devenu, Péqueur se désintéressait complètement de tout ce qui faisait auparavant partie des bons côtés de la vie, lorsqu'il était en couple avec Macha. Avant, il adorait cuisiner, comme Macha d'ailleurs, et les moments où ils préparaient ensemble les repas, surtout lorsqu'ils avaient décidé de faire une petite fiesta, ces moments-là constituaient ses meilleurs souvenirs. Ils se lançaient tous les deux dans des préparations culinaires ambitieuses, tout en parlant de choses et d'autres.

Tout cela ne l'intéressait plus. Il mangeait parce qu'il fallait bien se nourrir, mais les fast-food, plats surgelés et préparations diverses, voilà quel était son ordinaire.

À force de les fréquenter, il avait appris à aimer les univers un peu glauques des MacDo et autres, surtout le soir tard. À cette heure, il n'y avait plus de familles avec des gamins braillards, mais des clients souvent seuls, qui ingurgitaient de façon automatique le contenu de leur plateau. Il essayait de discerner les parcours de vie de ces personnes : une jeune fille maghrébine, penchée en permanence sur son smartphone, un grand échalas entre deux âges, sûrement là pour tenter de lier connaissance avec des nanas, vu la façon dont il les reluquait.

Il ne savait pas exactement pourquoi il prenait tant de plaisir à contempler cette petite humanité sacrifiant au rite de la restauration rapide. Voir défiler les autres, sans but, finalement, cela le reposait. Il pouvait ainsi, en tentant de se plonger dans leur vie, oublier les tourments de la sienne. Cette perte qui lui avait asséché le cœur, qui avait annihilé en lui toute perspective, et ce feu intérieur qui lui brûlait les entrailles, cette soif de vengeance qui était devenue le seul but de sa vie.

Il fallait qu'il retrouve les coupables.

Il ne se posait pas la question de l'après.

Pas encore.

Il avait marché tranquillement jusqu'à son hôtel, en ruminant de sombres pensées.

Sa toilette nocturne n'avait pris que quelques instants, et il s'était allongé sur son lit.

Il se sentait glisser doucement dans le sommeil.

Le « cling » de son portable le tira de ce doux moment.

« 8 h 30. Rue de la Paix »

Cet indicateur était pour le moment très fiable, il jouait bien le jeu. Sans trop le savoir, Péqueur avait fait une bonne pioche.

Il s'endormit après avoir mis une alarme sur son IPhone.

+++++++

Jeudi 13 mai

Vers 7 h 30, Péqueur gara la Golf grise qu'il avait louée au début de la rue de la Paix. Il s'agissait d'une grande avenue en bordure d'un parc.

Il remonta à pied toute l'avenue.

Et passa devant le siège de l'Organisation Mondiale du Commerce.

Pouvait-il s'agir de la cible de La Légion ? Il ne voyait pas en quoi ce bâtiment administratif était intéressant.

Sauf si des hauts représentants du monde politique venaient participer à une réunion. Il consulta rapidement le site de l'OMC sur son smartphone, et vérifia qu'aucun évènement d'importance n'était prévu.

Donc ce n'était pas ça.

Il s'agissait peut-être juste d'un rendez-vous.

Ou alors ils étaient en repérage.

Péqueur ne les voyait pas commettre un quelconque attentat. Pas l'envergure.

Ces mecs n'étaient pas des aigles, c'est le moins qu'on puisse dire.

Vévé avait pu identifier le soldat : petits délits divers, deux mois de prison pour violence aggravée. Juste un accompagnant. Restait la fille : recherche en cours, voilà le message de Vévé.

Il revint vers sa voiture et s'y installa. S'il s'agissait seulement d'un rendez-vous, il fallait en effet être prêt à gicler.

A 8 h 45, il vit les Audi des sbires de La Légion arriver. Elles passèrent au ralenti et remontèrent toute l'avenue. Pourquoi deux voitures, pour seulement trois passagers ? Elles firent demi-tour et se garèrent à environ cinquante mètres de Péqueur. Les trois hommes descendirent et se dirigèrent vers le parc. Péqueur les surveillait depuis son rétroviseur intérieur.

Ils discutaient en gesticulant.

Ce manège dura un quart d'heure, puis ils retournèrent vers leurs voitures.

Les Audi repartirent doucement vers le centre-ville.

Péqueur suivit, n'y comprenant toujours rien.

Deux voitures, cela pouvait vouloir dire une escorte : une voiture devant, et une derrière. Mais escorter quoi ? Ou qui ?

Il reçut un nouveau texto.

« Après-demain. 8 h. Même rue. »

Ce qui voulait donc dire que les mecs de La Légion étaient en repérage, pour le surlendemain.

Péqueur allait devoir prévenir Vévé.

Chapitre 21
Un soupçon de bœuf-carotte

France, Paris, mai

C'était ça qu'il fallait faire.

Marc Puységur, le patron de l'Office Central de Répression du Banditisme, en était convaincu.

Il se glissa hors du lit sans réveiller son épouse.

La maison était froide. À cinq heures du mat', normal.

Il se dirigea vers la cuisine et mit en marche la machine à café.

Quelque chose ne fonctionnait pas avec le commandant Vresky. Il ne pouvait pas vraiment dire quoi.

Mais son instinct lui susurrait de ne pas lui faire confiance. Du moins pas complètement.

Il prit une gorgée de café. Pur équateur, bio, le top du top. La caféine allait l'aider.

Il ne pouvait pas encore appeler, il était vraiment trop tôt.

Puységur se repassait le dernier entretien qu'il avait eu avec Vresky. Le raisonnement qu'elle lui avait présenté se tenait, indubitablement.

Mais les pistes évoquées provenaient toutes de mystérieux indicateurs. Trop facile.

Puységur ne méconnaissait pas l'importance des indicateurs dans le système global d'information de la police, bien sûr. Ces sources de renseignements étaient très précieuses et nombre d'affaires délicates avaient été résolues grâce à une confidence bien exploitée.

Alors, pourquoi douter ?

Puységur n'était pas issu du corps des flics. Il avait été bombardé Directeur par l'actuel Premier Ministre.

Il traînait cette étiquette en permanence. En même temps, cela ne lui déplaisait pas. Car, comme ça, les flics ne se méfiaient pas de lui, en pensant qu'il n'y connaissait rien.

Ce qui était une erreur. Avant d'occuper ce poste, Puységur avait dirigé pendant trois ans le service de sécurité d'un important député.

Lequel député était ensuite devenu Premier Ministre.

Il avait beaucoup appris en fréquentant les politiques.

En particulier en matière de mensonges, de compromissions, d'opérations douteuses, de fausses confidences, de manipulation des media.

Voire de trahisons.

Tout ceci lui servait au quotidien dans son nouveau poste.

Il ne faisait confiance à personne, se méfiait de toutes les informations qu'on lui transmettait. Il cherchait toujours les agendas cachés. Et il savait que certains en avaient, par exemple pour conduire des enquêtes stratégiques à l'échec, et pour faire porter le chapeau à des lampistes.

Cette expérience marquante avait rendu son instinct plus incisif. Il sentait quand ça n'allait pas.

Il mit sa tasse dans l'évier et alla dans la salle de bain. Une bonne douche lui ferait le plus grand bien.

+++++++

Marc Puységur entra dans l'espace Grands Voyageurs de la Gare du Nord. L'hôtesse lui indiqua que ses interlocuteurs l'attendaient dans le salon numéro 3, au bout du couloir à gauche.

Il poussa la porte.

Paul Duplantis, le Directeur de l'Inspection Générale de la Police Nationale, se leva et le salua.

— Bonjour Monsieur le Directeur. Je vous présente l'inspecteur Omar Sari, que j'ai choisi pour la mission dont nous avons parlé au téléphone.

— Bonjour, et merci de vous être rendus disponibles aussi vite.

— J'ai cru comprendre que c'était urgent…

— Ça l'est. Et tout ceci doit rester complètement confidentiel.

— C'est pour cela que je vous ai proposé ce lieu. Personne ne sait que nous sommes ici. Et il n'y aura aucune trace de notre passage. Il suffit de réserver le salon avec cette carte, dont le détenteur n'existe pas. Mais la carte est bien réelle, et l'Inspection Générale de la Police Nationale paye juste la facture.

— Je vous ai contacté car je veux mettre sous surveillance active une de mes collaboratrices, le commandant Véronique Vresky, qui dirige une de mes brigades. Dans la discrétion la plus absolue.

— Qu'est-ce qui motive votre demande, si je puis me permettre…

— Elle est responsable de l'enquête sur les meurtres de l'abattoir, cette tuerie sanguinaire dont tout le monde parle. Elle me fait des points réguliers sur la progression de son enquête, mais je pense qu'elle ne me dit pas tout.

— Monsieur le Directeur, vous savez que les flics n'aiment pas partager leurs informations. Ils gardent toujours quelque chose pour eux, des faits qui ne sont révélés en général qu'à la fin de l'enquête.

— Bien sûr. Mais ce n'est pas ça. Son service est petit, ils ne sont que trois, dont elle. Il est complètement opaque. Visiblement, mon prédécesseur fermait les yeux sur le « silence radio » de ce pôle. Comme les résultats étaient là, il ne s'inquiétait pas du tout de ce qui se passait dans ce service.

— Et ce n'est pas votre cas. Mais pourquoi ne pas simplement exiger des rapports écrits quotidiens, par exemple ?

— Le commandant me fait des comptes-rendus circonstanciés. Mais j'ai une impression de malaise, et rien de ce que j'ai pu faire n'a pu dissiper cette intuition. C'est pour cela que j'ai besoin de vous. Et puis il y a autre chose. Des informations confidentielles ont été transmises à la presse, et elles ont été publiées.

— Vous êtes certain que ces informations n'ont pas été rendues publiques lors de la conférence de presse ?

— Certain. C'est moi qui ai dirigé cette conférence. Je connais parfaitement les éléments qui ont été transmis. Ce qui figurait dans l'article publié dans un journal du soir, ce sont en fait les pistes que suit le groupe d'enquêteurs. Il y a une fuite chez nous, j'en suis convaincu. Et je pense que le responsable, c'est le commandant Vresky.

— Mettre un commandant sous surveillance, c'est un acte grave, qui peut détruire des carrières. La sienne, si c'est justifié, mais aussi la vôtre, si vous vous trompez et que nous ne trouvons rien. Vous avez bien pesé le pour et le contre ?

— Tout à fait. Et je renouvelle ma demande.

— Parfait. Je vais vous demander de remplir ce document qui confirme la saisine de l'IGPN. Vous attendez quoi de nous exactement ?

— Je veux que toutes les conversations et écrits du commandant Vresky soient surveillés. Portable, ordinateur, ligne fixe. Et tous ses déplacements. Je la soupçonne de cacher des informations primordiales, voire de partager ces informations avec une tierce partie.

— Ce que vous nous demandez va nécessiter de gros moyens. Ma cyber équipe va pouvoir traiter toutes les communications sans trop de problèmes. Ce qui m'inquiète le plus, ce sont les déplacements. Il va falloir du personnel, et ce commandant doit être rompu aux filatures. Ça ne va pas être simple de ne pas se faire repérer…

— J'en suis bien conscient. Et je veux que cette opération reste confidentielle. Si cela s'ébruite, vous n'aurez aucun résultat.

— C'est clair. Je vais faire appel à des prestataires externes qui seront pilotés par l'inspecteur Sari. Nous limiterons le risque de fuite, et s'ils sont repérés… Ils ne sont pas de la maison !

— Ok. Vous pouvez commencer quand ?

— Disons lundi prochain. Le temps de recruter les prestataires, et de recueillir tous les éléments techniques. Sauf si nous trouvons quelque chose de grave et d'urgent, je vous propose un point toutes les semaines.

— Ok.

Puységur salua les deux hommes et rejoignit le hall de la gare.

Le plus dur était fait.

L'IGPN était maintenant dans le coup. Ce Sari allait mener son enquête. Comme un bon flic qu'il devait être. Sans se douter une seule seconde des implications politiques de l'affaire.

Les prochaines élections - certes, deux ans, c'est encore loin - allaient se jouer en partie autour de la thématique écologique, au sens large. Et la sympathie grandissante du plus grand nombre pour les actions des écologistes, fussent-elles violentes, inquiétait au plus haut niveau de l'état.

Le Premier Ministre avait été clair : il fallait trouver au plus vite les coupables et les faire passer pour des monstres sanguinaires sans foi ni loi. Pour désamorcer leur cote d'amour. Et si on ne trouvait pas les coupables, il fallait en fabriquer.

Et dans cette situation, jamais le commandant Vresky ne serait d'accord.

Alors, si l'IGPN trouvait quelque chose contre elle, ce serait pratique pour la dessaisir de l'enquête. Et lui faire éventuellement payer les pots cassés, en la faisant passer pour celle qui « fuite » des informations.

S'il y a bien une chose que Puységur avait apprise lors de son passage dans le monde politique, c'est qu'il fallait être sans pitié.

Et border tous les angles.

Chapitre 22
Les chocolats de Stormy

Finlande, puis Angleterre, puis Suisse, mai
Stormy Cat était arrivée la veille au soir à Helsinki.
En train, et elle détestait le train. Elle ne comprenait pas ce que les gens pouvaient trouver de bien à voyager en train. Ce dernier s'arrêtait sans cesse, presque à toutes les gares, les gens descendaient, montaient, prenaient ou posaient leurs bagages avec force grognements, et, de plus, il y avait des moutards partout, qui couraient, braillaient, bref, un rêve !
Elle était en route pour l'aéroport d'Helsinki-Vantaa, assise dans les moelleux sièges de son taxi, une Volvo EX90, et rouler en tout électrique, elle aimait bien. Ce SUV haut de gamme était en parfaite cohérence avec l'image qu'elle s'était donnée pour ce voyage : une jeune femme d'affaires, tailleur Prada noir, avec un décalage sur les chaussures, des Doc Martens platform. Et, bien sûr, un petit bagage Samsonite.
Le chauffeur se gara juste devant la porte. Stormy régla la course par carte, avec la CB d'une entreprise fictive.
Elle se dirigea vers le hall des départs : son vol pour Londres par Scandinavian était affiché : décollage 7 h 15, trois heures vingt de vol pour une arrivée à 9 h 10 heure locale. Elle aurait largement le temps de prendre son vol Londres - Genève, prévu pour 11 h 55. Un peu moins de trois heures de vol, et elle serait à pied d'œuvre pour retrouver les membres de La Légion.
Elle allait voyager en Business, et elle aimait ça. Pour une fois, la couverture prévue par Max était luxueuse.
Stormy appréciait. C'était paradoxal, elle le savait. D'un côté, elle œuvrait avec Max à détruire la société, et d'un

autre côté, elle adorait profiter du luxe offert par les ressources financières de La Légion.

Bon, il ne fallait pas exagérer, les deux billets aller Helsinki-Londres et Londres-Genève pour un total de 1 100 € ce n'était tout de même pas démesuré !

Elle appréciait aussi le regard des hommes qu'elle croisait, fait d'intérêt, d'admiration, voire plus… Il faut dire qu'avec son petit tailleur, ses longues jambes et ses Doc, elle ne passait pas inaperçue !

Ce qui était complètement conforme au plan : qui irait imaginer qu'une jolie business woman était en fait la leader d'un groupe terroriste…

+++++++

Elle sortit de l'aéroport de Genève-Cointrin par la porte affectée aux navettes des différents hôtels, et trouva sans difficulté celle de l'hôtel d'Angleterre. Le véhicule quitta immédiatement son stationnement et roula - toujours silencieusement, encore un électrique - vers le quai du Mont-Blanc, puisque son hôtel était situé au bord du Lac Léman.

Stormy savait bien que rouler « électrique » était moins polluant pour la planète, mais le bruit rauque des moteurs qu'elle appréciait lui manquait… encore un paradoxe !

Le trajet ne prit qu'une vingtaine de minutes.

Après les formalités d'accueil, elle fut enfin seule dans sa chambre.

Enfin, sa première chambre…

Car elle en avait réservé une seconde, dans l'hôtel où étaient descendus les mecs de La Légion. Toujours compartimenter, un principe de base de Max. Au début de leur relation, elle trouvait ça agaçant, cette volonté de séparer, d'avoir des points de retraite si un événement imprévu survenait, mais, à la longue, elle avait été forcée de reconnaître le bien-fondé de cette organisation : si seuls des comparses insignifiants avaient été interpellés, c'est bien que le système fonctionnait.

Jusque dans les détails.

Elle sortit de sa valise un sac à dos noir Elements, mit dedans un jean, un tee-shirt et un sweat-shirt noirs, quitta son tailleur Prada pour enfiler un pantalon Sarah Pacini noir, accompagné d'un top Gaultier. Toujours business woman classe, pour le moment. Elle garda ses Doc.

Histoire de faire un peu de tourisme, toujours en cohérence avec son personnage, elle prit la navette du lac entre Genève-Pâquis et Genève-Molard, 9 minutes sur le Lac Léman, pour se rapprocher du magasin Globus, sur lequel elle avait jeté son dévolu. Quelques minutes de marche, et elle entrait, après avoir fait un sourire au vigile de l'entrée.

Elle pénétra dans les toilettes, situées au premier étage : elle quitta son sac à dos, l'ouvrit, et se changea. Elle remit le pantalon noir et le top dans le sac, referma ce dernier, tira la chasse d'eau et sortit. Elle ajusta une petite casquette sur ses boucles brunes, et quitta le magasin par une autre porte. Cette fois, mine fermée, tête baissée, et pas de sourire à qui que ce soit.

Elle rejoignit à pied l'hôtel du Bon Coin, un deux étoiles plutôt banal et franchement bas de gamme pour Genève. Elle avait réservé une chambre. Le réceptionniste encaissa son paiement en liquide. Elle monta dans sa chambre et attendit l'arrivée des soldats.

+++++++

On frappa à sa porte.

Elle déverrouilla la serrure et Mick entra.

Stormy était parfaitement consciente du fait que Mick, en bon macho stupide, n'aimait pas être commandé par une femme. Mais derrière Stormy, il y avait Max, donc Mick filerait doux.

— Demain matin, tu envoies un de tes gars prendre livraison des armes. Elles seront dans une Volkswagen blanche. Je te texterai l'endroit précis et l'immatriculation de la caisse. Dès qu'il les a, toi et l'autre gars, vous le rejoignez avec les deux Audi.

— Ok. C'est quoi les armes ?

— Un fusil de précision PGM Ultima Ratio, chambré en 7,62 mm. Chargeurs dix coups. Et deux kalachs avec munitions.

— Ok. Le plan ?

— Un de tes gars ou toi avec le PGM dans le jardin d'acclimatation. Vue sur la sortie des bâtiments de l'Organisation Mondiale du Commerce. Vous attendez une BMW noire. Si elle est bloquée à la sortie, ordre de tirer sur le ou les vigiles. Les deux autres, en couverture avec les kalachs. S'il y a du grabuge, vous tirez dans le tas, il faut absolument que les occupants de la BMW s'en sortent sans dégât. Bien compris ?

— Ok, je vais prendre le fusil de précision, c'est moi le meilleur tireur.

— C'est toi qui vois. Je serai là en couverture, mais vous ne me verrez pas. S'il y a un problème, tu sacrifies tes gars. Pour Max, ce qui est capital, c'est que les occupants de la voiture passent.

— Ok. Mais j'espère que ça n'arrivera pas. Les bons soldats, c'est dur à remplacer.

— Oui. Ensuite, vous escortez la BMW jusqu'à la frontière. Après la frontière, une autre équipe la prendra en charge. Vous brûlez les voitures et les armes, et vous rentrez par le train. Des questions ?

— Non, c'est clair.

Il quitta la chambre sans même la saluer. Ce Mick-là, quel spécimen ! À part répondre ok à tout, il n'avait pas beaucoup de conversation.

L'important, c'était l'opération, pas les rapports avec les autres…

Tout était maintenant programmé.

Stormy sortit et prit la direction des rues basses, pour aller chez Zeller, place de Longemalle.

Pour acheter des chocolats, les fameux pavés de Genève. Elle avait eu l'occasion de connaître cette extraordinaire boutique, antre de la gourmandise, lors de sa précédente vie : elle était alors une sportive de haut niveau, et les rencontres de football américain entre l'équipe de Stormy et l'équipe de Genève passionnaient les foules… Voir des filles se taper dessus, ça plaît aux mâles en mal de domination ! À cette époque, Stormy était l'attaquante vedette de l'équipe, alors rien n'était trop beau pour elle. Elle avait donc eu les honneurs de la boutique par une visite privée. Ce souvenir gourmand était resté.

Peu de chance que les employées se souviennent d'elle, après toutes ces années.

Autant faire exploser les saveurs du chocolat dans son palais, après tout.

Explosion pour explosion…

Chapitre 23
Stormy supervise

Suisse, Genève, mai

Après un fort bon petit déjeuner, Stormy Cat quitta l'hôtel d'Angleterre à pied. Elle marcha environ deux cents mètres, et prit le pont du Mont-Blanc

Elle emprunta ensuite un bus jusqu'au jardin d'acclimatation botanique.

Dans son sac à main, son Glock 17.

Juste pour être prête.

Et pour buter le sniper s'il y avait un imprévu. De toute façon, ce Mick, ce ne serait pas une perte.

Il était impératif pour la suite des opérations que les occupants de la BMW s'en sortent. Le risque paraissait minime, mais Max ne voulait négliger aucune précaution.

La précaution, c'était Stormy.

Elle vit Mick arriver avec un sac de golf, garni de clubs.

Bonne initiative pour dissimuler le fusil de précision. Il avait aussi des jumelles qu'il portait autour du cou.

Il marchait pesamment.

Stormy était assise sur un banc, elle lisait Le Temps, pour faire couleur locale.

Visiblement, Mick ne l'avait pas repérée. Il suivait un petit sentier pour monter sur la colline qui faisait face au bâtiment de l'OMC.

Elle avait son gun dans son sac, elle pouvait faire face.

Elle allait se lever lorsqu'elle vit un autre homme prendre la direction qu'avait suivie Mick.

Pas bon du tout, ça. Elle se replongea dans Le Temps, tout en surveillant la zone du coin de l'œil.

Rien ne se passait. Aucun bruit particulier, à part le raffut des divers volatiles.

Que faire ? D'après ce qu'elle avait vu, quelqu'un prenait le même chemin que Mick. Un hasard ?

Ou cela voulait-il dire que leur opération était compromise ?

Intervenir, ou pas ?

Mais intervenir, c'était aussi mettre Mick au courant de la surveillance qu'elle effectuait.

Son inquiétude, c'était peut-être la paranoïa de Max qui la gagnait.

Elle se rendait compte que tenir le rôle que Max attendait d'elle n'était pas aussi simple que ça. Lui, il avait toujours l'air de savoir exactement ce qu'il fallait faire.

Pas de place pour le doute dans le mental de Max, lorsqu'il s'agissait d'action. Cependant, lorsqu'ils discutaient ensemble, lorsqu'ils planifiaient leurs opérations, c'était différent. Ils échangeaient vraiment, chacun écoutait l'autre, et toutes les possibilités étaient envisagées. C'était au cours de ces moments privilégiés qu'elle s'était rapprochée de lui. Au début, elle ne faisait que le respecter et l'admirer. Puis, graduellement, l'admiration s'était doublée d'un attrait de plus en plus marqué. Stormy savait qu'elle plaisait à Max, mais il n'avait jamais voulu aller plus loin. Un jour, il lui avait confié son désespoir. Ils avaient pas mal picolé, ça aidait. Il lui avait dit qu'il sentait que sa fin était proche, et que la seule chose qu'il voulait avant de mourir, c'était réussir ce qui serait leur dernière opération. Elle avait tenté de l'embrasser, mais il l'avait repoussée avec une grande douceur. Il ne fallait pas que leur relation devienne trop fusionnelle car, alors, elle ne pourrait plus partir. Or, à un moment donné, elle allait devoir partir.

C'est comme ça qu'elle s'était pris un râteau de première, ce qui ne lui était pas souvent arrivé !

Le lendemain, à jeun, elle avait mieux compris. Leur équipe rapprochée était toute petite : Max, elle, Jöring et son copain Niilaas le Sami, ainsi que, mais au loin, leur financière, Noémie, et leur hacker de génie, Priotr. Avec, en plus, l'embarrassante Angeline et sa passion pour les armes blanches. Max avait eu raison de l'envoyer avec Deep Core, parce qu'elle était franchement malsaine. Et raide dingue de Max, en plus. Stormy la surveillait de près lorsqu'elle était encore sur l'île. Un coup de katana était si vite arrivé…

Elle vit Mick redescendre assez vite la pente de la petite colline. Donc tout s'était bien passé, la BMW était sortie sans encombre de l'OMC.

Pas de trace du second mec. Plutôt une bonne nouvelle, ça. Peut-être une simple fausse alerte.

Elle se leva et suivit de loin Mick jusqu'à sa voiture. Elle le regarda partir dans son Audi.

Elle sortit du jardin d'acclimatation et héla un taxi, direction hôtel d'Angleterre.

Elle espérait être vite à son hôtel.

Pour assister à l'explosion depuis son balcon.

Chapitre 24
**L'effondrement
du Commerce Mondial**

Suisse, Genève, mai
Eagle était admiratif devant la qualité de la logistique de
La Légion.

Vraiment !

La camionnette banalisée, bourrée d'explosifs, comme
ça, easy, livrée en temps et en heure. Sans qu'il ne
connaisse les détails. D'où ça venait, et tout ça. Juste
magique.

Il était aussi mort de trouille.

Dès la descente du train, à la gare de Genève Cornavin,
il avait eu la gorge serrée. Du fond de son être, il espérait
que cette nouvelle opération ne serait pas aussi sanglante
que celle de l'abattoir. Les images de la décapitation des
ouvriers / tueurs à l'abattoir tournaient en boucle, jour
et nuit, dans sa tête. Et pas que dans sa tête, d'ailleurs…
La vidéo était devenue virale sur le net, les extrémistes
de tous bords s'en étaient emparée et l'avait relayée
encore et encore… Un vrai succès au box-office ! Eagle
avait beau faire le dur, afficher des convictions sans
concession, prôner l'action extrême… Ses jambes
tremblaient. Il savait que c'était ce qu'il fallait faire, il
était complètement convaincu par l'argumentation de
Stormy Cat. N'empêche : entre décider d'une action, et
recevoir le sang des victimes sur ses bottes, il y avait une
sacrée différence !

Il revoyait le faciès extatique d'Angeline, la tueuse au
katana.

Elle était maintenant à côté de lui. Et semblait normale.
Juste une blonde de plus, passant presque inaperçue au

milieu de la foule, sur le quai. Impossible de voir en elle une tueuse impitoyable, qui prenait son pied avec son katana et son wakizashi !

Il aurait fallu la serrer de près pour sentir le contact du petit sabre qu'elle avait toujours avec elle, caché dans la doublure de son manteau, sur le côté gauche. Et dans son étui à guitare, sous l'instrument, son katana.

Leur visibilité allait encore s'accroître grâce à l'action qu'ils allaient mener. Eagle espérait que les gens allaient enfin se rendre compte du bien-fondé de leur combat. Et se révolter !

Wolf avait la lourde responsabilité de conduire la camionnette jusqu'au siège de l'OMC, au 154 de la rue de Lausanne.

Kitten était au volant de leur BMW de location en compagnie d'Eagle et d'Angeline. Depuis la gare, ils avaient emprunté la rue de Cornavin qui se prolongeait par la rue de Lausanne. Dix minutes de route, tranquille. Ils étaient garés avenue de la Paix. Eagle trouvait d'ailleurs cette localisation assez jouissive, par rapport à ce qu'ils allaient faire. Il ne voyait pas les soldats de La Légion qui devaient assurer leur retraite, si quelque chose partait de travers. Mais ils étaient là, il en était certain. Stormy Cat l'en avait assuré.

Le dispositif de protection du site du siège de l'OMC n'était pas très impressionnant. Un simple contrôle des entrées par des vigiles. Plus, tout de même, quelques blocs de béton anti-intrusion, sans oublier le traditionnel tourniquet pour réguler l'entrée des employés. Il fallait juste présenter le badge au lecteur.

Le secrétariat de l'OMC abritait environ 645 collaborateurs pour traiter les demandes des quelques 164 pays membres. Pour établir les règles du commerce international, mettre en place des accords multilatéraux, une armée de gratte-papiers, repartie entre les deux bâtiments qui alliaient tradition et modernité. Le Centre William Rappard (CWR), qui abritait à l'origine, depuis 1926, de nombreuses organisations internationales, s'était en effet trouvé assez vite trop petit. Depuis 1995, l'OMC en était le seul occupant, et un second bâtiment avait été ajouté fin 2012. Une superficie de 36 000 m², de vastes salles de conférence, quatre niveaux souterrains, et bien sûr, toutes les installations *ad hoc*. L'ensemble du site était entouré d'un mur de 800 mètres de long et de 2 mètres 50 de haut. Juste le mur, pas de barbelés au-dessus.

Lorsqu'il y avait des réunions au sommet, avec des invités prestigieux, ministres voire chefs d'état, ce n'était plus la même histoire. La sécurité était décuplée, périmètre extérieur fourmillant de pros des services de protection, chiens renifleurs, M16 de sortie… Plus question de plaisanter et de se contenter d'un simple mur.

C'est pour cela qu'il avait fallu vérifier soigneusement l'agenda.

Pour choisir une période normale.

Avec juste les fonctionnaires internationaux…

Et le petit mur pour protéger le site, avec tout de même les caméras.

Alors qu'il suffisait de rentrer par la porte !

La camionnette arrivait.

Parée du joli logo de l'entreprise de nettoyage qui assurait l'entretien de tout le bâtiment de l'OMC, oh le contrat juteux !

Et Wolf, Adriano Cencini sur son badge avec sa carte d'accès, au volant.

Il approcha doucement le véhicule du portail, et présenta son badge au lecteur. Petite lumière verte, et le portail automatique glissa doucement vers la droite.

Le vigile s'approcha, et vérifia rapidement l'identité du chauffeur.

— L'équipe de nettoyage est déjà là. Vous venez faire quoi ?

— J'apporte le stock de produits pour toutes les opérations du mois qui vient, comme d'habitude.

— Oui, je sais, c'est prévu. Mais je ne vous connais pas.

— D'habitude, c'est Genaro qui s'occupe de ça, mais il est malade. Je fais le remplacement. Après, je vais aux Hôpitaux Universitaires, rue Gabrielle-Perret. Il faut que je livre aussi les produits pour le mois. Et eux, c'est plus simple que chez vous, je laisse tout au parking, et ils répartissent dans les différents bâtiments. Alors qu'ici, je dois tout ranger : on m'a dit que c'était au troisième sous-sol, par l'ascenseur B, c'est ça ?

— Oui, c'est ça. Il faut essayer de vous garer le plus près possible de cet ascenseur, sinon vous allez faire pas mal d'aller et venues…

— Je vais essayer, j'espère qu'il y aura de la place.

— Pas gagné ! Vu les prix du stationnement à Genève, les gens laissent leur véhicule toute la semaine ! Allez, bonne chance et bon courage.

Wolf démarra en douceur, et dirigea la camionnette jusqu'au parking le plus proche de l'ascenseur B. Il recula, et se gara le plus près possible de la porte.

Il descendit, ouvrit les portes arrière, et commença à décharger les produits de nettoyage.

Et pour nettoyer, ça allait nettoyer !

Rien de tel que le C4…

Environ un quart d'heure plus tard, Eagle approcha la BMW du portail.

Il présenta son passeport diplomatique norvégien ainsi que son accréditation.

Le vigile se contenta de scanner le passeport du seul Eagle.

De toute façon, le trio n'avait rien à craindre. Le talentueux « sorcier » informatique de La Légion, Priotr, du fond de son Cambodge, avait fait le nécessaire.

La barrière se leva, et Eagle se gara sur le parking principal du nouveau bâtiment.

Il se dirigea vers l'entrée, accompagné de Kitten et d'Angeline.

Là encore, lecteur de badge, cette fois, pour les trois personnes.

Ils empruntèrent l'ascenseur pour se rendre dans une des salles de réunion, qui avait été préalablement réservée.

Puis l'escalier pour rejoindre Wolf au troisième sous-sol.

Ils disposaient d'environ deux heures pour placer les explosifs.

Ce qui serait amplement suffisant…

Ne pas oublier les détonateurs, surtout !

Ils se répartirent rapidement les piliers. Kitten filmait consciencieusement les étapes. Une charge sur chacun d'entre eux. Un p'tit coup de duck tape, et le tour était joué.

Vraiment pas difficile.

Eagle assujettissait son sixième pack d'explosif. En souplesse.

— Vous faites quoi, là ?

Le vigile avait la main sur son arme.

— Écartez-vous de là, et levez les mains ! Tout de suite !

Eagle se dégagea du pilier.

Angeline se déplaçait silencieusement de pilier en pilier, en prenant soin d'être toujours dissimulée.

Elle dégagea doucement son wakizashi, son « petit sabre » comme le nommaient les samouraïs. Cette arme d'environ 50 centimètres leur servait à se défendre lorsqu'ils étaient en position agenouillée, lorsqu'ils prenaient le thé par exemple. En effet, la taille d'un katana est trop importante pour que le guerrier puisse le dégainer lorsqu'il est à genoux.

Angeline n'était pas là pour le thé.

Elle voyait bien le vigile. Il lui tournait le dos.

Ne jamais tourner le dos à Angeline.

Elle positionna son wakizashi à hauteur de sa hanche droite, tendu, pointe en avant.

Elle s'approcha, fit glisser son pied gauche vers l'avant, lança la hanche droite, et propulsa son sabre dans le corps du vigile au milieu du dos.

Le vigile n'eut même pas le temps de crier. Le sabre le traversa.

Il s'écroula.

Eagle regardait cette scène, statufié.

Angeline essuya soigneusement son wakizashi.

Le sang ne doit jamais sécher sur l'âme d'une arme.

Elle apostropha Eagle.

— Il faut charger le corps dans le coffre de la BMW dès qu'on a fini, on ne peut pas le laisser là, ça donnerait l'alerte.

Toujours la bouche ouverte, Eagle opina du chef.

Une demi-heure plus tard, la BMW se présenta au portail de sortie. La barrière se leva automatiquement.

Le vigile se contenta de leur faire un signe de tête.

Eagle prit doucement à droite la place Albert Thomas, alla jusqu'au carrefour, puis la rue de Lausanne jusqu'au jardin botanique.

Il se gara sur un des emplacements prévus. Kitten sortit et, avec son caméscope, cadra le bâtiment de l'OMC.

Eagle n'avait vu aucun membre de La Légion. Il n'avait vu personne qui les suivait. Ils devaient pourtant être là.
Le cadavre du vigile dans le coffre, ce n'était vraiment pas prévu. Il valait mieux qu'aucun flic ne s'approche, pour éviter un carnage.
Car les mecs de La Légion interviendraient, c'était sûr.
Et vu le comportement de cette Angeline, Eagle craignait la bataille rangée.
Il ne pouvait pas trop s'éloigner.
La portée d'action du radio-émetteur était limitée. Et il fallait que Kitten filme.

+++++++

Jean-Marc Sorlan était responsable de la cellule de sécurité de l'OMC.
Sa vacation ne se terminerait qu'en milieu d'après-midi.
Et, comme d'habitude, il n'y aurait aucun problème. Ce travail était vraiment une planque absolue. Bon salaire, très peu d'ennuis, et le prestige qui allait avec une fonction de direction dans une organisation internationale.
Même si c'était seulement la direction d'une équipe de vigile. Et encore, pas l'équipe entière…
Bon, il se posait tout de même quelques questions.
Importantes pour lui.
Il ne savait toujours pas si, pour le barbecue du week-end, il proposerait à ses invités des travers de porc au miel ou des entrecôtes paprika.
Il savait très bien faire les entrecôtes. Le secret résidait dans le mélange d'épices. Il n'y avait pas que du paprika, mais ça, il ne le disait pas. Un soupçon de téquila, histoire de relever un peu le goût de la viande.

Max Frakert entra en trombe dans son bureau en envoyant claquer la porte contre le mur.

Jean-Marc sursauta :

— Ça va pas, non ! Qu'est-ce qui vous prend d'entrer comme ça !

— Chef, il faut que vous voyiez ça tout de suite !

Il tenait une feuille A4 à la main.

— C'est quoi ?

— Lisez.

Jean-Marc Sorlan empoigna la feuille et lut.

Il n'en crut pas ses yeux.

« Nous sommes DEEP CORE.

Dans 12 minutes, le bâtiment va sauter.

Si vous ne voulez pas porter la responsabilité de centaines de morts, faites évacuer le personnel.

Vous avez juste le temps.

Le commerce des multinationales doit s'arrêter. Les pays doivent cesser de les soutenir.

Le monde doit changer. Le commerce doit être équitable. Stop aux petits arrangements sur le dos du peuple.

Nous frapperons encore et encore.

Nous sommes des milliers, partout.

Nous sommes la force invisible.

Nous sommes DEEP CORE ».

Il empoigna le téléphone et joignit le Directeur Général de L'OMC sur le numéro d'urgence.

Dans le même temps, il déclencha l'alerte générale, signal d'évacuation immédiate.

+++++++

12 minutes plus tard, Eagle appuya sur la touche « on » de la commande à distance des détonateurs.

Ils avaient bien évalué la distance : à portée des ondes radio.

Big Badaboum.

Le magnifique bâtiment aérien, censé faire écho à la transparence des actions de l'OMC, vola en éclat.

Tel un château de cartes, il s'écroula en un fracas de tonnerre.

Kitten n'en avait pas perdu une miette. La vidéo serait très parlante !

Il allait falloir une importante rallonge au budget de fonctionnement de l'OMC. Pour reconstruire, les 188 millions d'euros du budget annuel seraient trop juste…

Un rien suffit à bouleverser le commerce mondial, c'est bien connu !

Encore un effet papillon… substantiel !

Chapitre 26
Fil infos 3

France, Paris, mai
Journal national de 20 h.
Script
Bonsoir. Aujourd'hui, vers 17 h, le groupe écolo-terroriste Deep Core a fait exploser le bâtiment de l'Organisation Mondiale du Commerce à Genève. Cet attentat n'a fait aucune victime, car les terroristes ont revendiqué l'acte 10 minutes avant l'explosion, ce qui a laissé le temps aux autorités d'évacuer les quelques mille personnes travaillant dans le bâtiment.
Images du bâtiment détruit, filmées par la TV suisse
Les auteurs sont en fuite, ils sont activement recherchés par la police suisse. Compte tenu de la proximité avec la frontière française, un mandat de recherche international a été lancé. Ce groupe, Deep Core, est le même que celui qui a perpétré les meurtres de l'abattoir il y a bientôt deux mois désormais.
Autres images de la TV suisse montrant l'environnement de l'OMC
Pour rappel, l'OMC est une organisation internationale dont le but est de réguler le commerce entre les états, et de permettre, en cas de différends, de trouver des compromis acceptables par tous. Dans sa revendication, le groupe Deep Core exige un changement total de ce modèle économique.
Nous avons à nouveau invité Roland Sicard, sociologue, notre expert, pour recueillir son avis sur ce nouvel attentat.
Gros plan sur Roland Sicard, puis plan large sur la journaliste et l'expert

Monsieur Sicard, comment comprendre cette nouvelle attaque ?

Il y a plusieurs niveaux d'analyse, si je puis dire. Le premier révèle la puissance de ce groupe : ils sont capables d'agir en France - l'abattoir - et en Suisse - l'OMC -. Ils disposent donc d'une logistique importante. Le second élément porte sur la nature de l'action. Ils sont passés d'une action que je qualifierai de locale, liée au bien-être animal, à une action visant un symbole international. Leur rayon d'action s'est de fait élargi au monde entier. Enfin, le troisième niveau révèle une progression. Ce dernier acte, dans un bâtiment gardé jour et nuit, suppose un entraînement de type militaire. Nous ne sommes pas du tout en présence d'actes isolés : derrière tout cela, il y a un plan.

Plan serré sur la journaliste

Lors du premier attentat, trois ouvriers ont trouvé la mort dans des conditions particulièrement horribles. Cette fois, les terroristes ont alerté avant de faire sauter le bâtiment, et cette action a permis d'éviter de nombreuses pertes humaines. Comment expliquer ce changement d'attitude ?

Plan serré sur Roland Sicard

Cette différence révèle une vraie « conscience politique » : pour ces terroristes, les trois ouvriers étaient des tueurs d'animaux. Ils étaient donc « coupables », et « méritaient », dans leur logique, d'être tués à leur tour. Une sorte de loi du Talion, si vous voulez. Le personnel qui travaillait à l'OMC, c'étaient des administratifs, sans réelle implication dans les décisions : ce sont les états qui négocient, pas l'OMC. Ils ne sont donc que des rouages du système, d'où cette alerte qui a permis l'évacuation. Ce qui est caractéristique de leur extrémisme, c'est le fait qu'ils s'arrogent le droit de décider qui doit vivre et qui

146

mérite de mourir. C'est une sorte de « complexe de Dieu » que l'on retrouve assez fréquemment dans les groupes extrémistes.

Retour sur la journaliste

Après l'attentat contre l'abattoir, il y avait eu des manifestations de soutien à la cause animale. Faut-il s'attendre ici à d'autres mouvements ?

Plan serré sur Roland Sicard

On peut le penser. En épargnant le personnel de l'OMC, les terroristes clarifient leur message. Ils s'attaquent au modèle sociétal, qu'ils veulent détruire, et pas aux personnes qui travaillent dans ces organisations. Ces dernières sont considérées comme « innocentes ». S'attaquer au système peut susciter des sympathies, car nombreux sont ceux qui se sentent opprimées dans le système économico-politique actuel.

Retour sur la journaliste

Est-ce que cela va continuer ? Jusqu'où vont-ils aller ? Pensez-vous qu'ils vont poursuivre leurs agissements ?

Plan serré sur Roland Sicard

Ils combattent système de production de notre société. Les cibles potentielles sont malheureusement très nombreuses : on peut penser aux organismes bancaires, aux bourses internationales, et aussi aux grands groupes industriels.

Retour sur la journaliste

Merci M. Sicard. Espérons que ces terroristes seront arrêtés avant de nouvelles actions. Et maintenant, la météo.

Chapitre 27
Un thé parlant

France, Paris, mai

François Péqueur appuya sur le bouton de l'interphone et se mit bien en face de la caméra qui, règlementation pour les personnes handicapées oblige, était vraiment trop basse, il fallait se pencher ou fléchir fortement les genoux pour être à la hauteur de l'objectif.

Il n'eut pas besoin de parler, la porte s'ouvrit.

Il emprunta l'escalier jusqu'au cinquième étage, et sonna à la porte de Mohamed Salah, plus connu sous le diminutif de Driss.

— Bienvenue, chef !

— Merci Driss. Mais je ne suis plus ton chef, je te le dis à chaque fois. Ton chef, c'est la jeune dame assise là-bas.

— Je sais bien, chef, mais ça me fait plaisir de t'appeler comme ça. Et Vévé s'en moque, alors…

François s'assit sur le fauteuil, en face de Vévé.

Driss alla mettre le thé à infuser - 4 à 5 minutes à 85° C - et le rapporta avec trois mugs.

— J'espérai que tu nous offrirais quelque chose de plus corsé, Driss, tu sais…

— Le thé est excellent pour la santé, surtout celui-là, un « écailles de Dragon ». C'est un thé blanc d'exception, en provenance directe des montagnes du Vietnam. C'est aussi pour rester en forme. Ça me permet d'être vraiment affuté au karaté.

— Comme si tu avais besoin de ça ! Tu en es à quel dan ?

— Je m'entraîne pour le quatrième…

Vévé s'interposa.

— Bon, les garçons, on va peut-être arrêter de causer chiffons et parler boutique, non ?

François tourna les yeux vers elle. Elle avait tellement changé depuis qu'il avait démissionné de son poste de commandant de la brigade. Elle avait pris sa succession facilement, elle était si brillante… Il ne put s'empêcher de remarquer le léger changement d'attitude de Driss. Lorsque Vévé prenait la parole, Driss était plus attentif. Il redevenait à 100 % l'adjoint du commandant, prêt à obéir à ses ordres. C'était elle la patronne, c'était clair !

— François, on commence par l'OMC. Nous ne sommes pas encore officiellement saisis, mais tout le monde ne parle que de ça. Et puis, toujours cette vidéo sur les réseaux sociaux. Le bâtiment s'effondre en direct ! Tu as vu quoi ?

— J'ai entendu l'explosion du bâtiment. J'ai pisté quelque temps les voitures qui fuyaient, une grosse BMW et deux Audi, mais elles étaient trop rapides pour ma Golf et je les ai perdues. J'ai tout de même des informations et à ma connaissance, nous sommes les seuls à les avoir. Les mecs de La Légion, dans les deux Audi, assuraient la sécurité des occupants de la BMW. Ces derniers devaient être les membres de Deep Core, puisqu'ils ont revendiqué l'attentat. Nous avons donc maintenant la certitude que derrière le groupe écolo-terroriste, il y a Max et La Légion.

— Eh bien, moi qui pensais vous faire une méga-surprise… Tu me casses mes effets, François…

— ???

— Vous ne pouvez pas comprendre, un peu de patience…

— Et la fille dont je t'ai transmis la photo ? La grande brune ?

— Une dénommée Catherine Lantier. Ex-star du football américain. Attaquante vedette d'une équipe alsacienne. Surnommée Stormy Cat dans son équipe. Puis, une grave blessure, et elle disparaît du radar. Pas de casier. Quelques contraventions, c'est une grande fan de moto, et elle roule visiblement trop vite… Rien d'autre.

— Moi je l'ai vue rencontrer les mecs de La Légion. À mon avis, elle était là pour donner des ordres. Et puis elle a disparu. Il ne faut pas la lâcher !

— On ne peut rien faire de plus à son sujet. On ne peut absolument pas lancer un mandat contre elle. Nous n'avons strictement rien qui le justifie. Tu l'as vue discuter avec un mec de La Légion, et tu n'es même plus flic…

— Je t'accorde qu'on est léger, ok. Mais il faut tout de même la garder en mémoire.

— Ok. Bon, alors, la suite !

Vévé les mit au courant des données qu'elle avait communiquées au directeur. En ménageant ses effets.

— Je vais maintenant vous dire ce que je lui ai caché. Ma source, c'est une copine hackeuse de mon ancienne vie. Elle a enregistré toutes les conversations. On sait donc qu'elle a contribué à hacker une banque lituanienne, et on sait quand. J'ai mis la cyber-division là-dessus, en lui demandant de fouiller la situation de cette banque. Là aussi, j'ai mis ça sur le compte d'une information donnée par un indic. Et comme ils n'ont pas grand-chose à faire en ce moment, à part la vidéo virale qu'ils n'arrivent pas à décoder, ils se sont jetés dessus.

— À ton avis, ça peut donner quoi ?

— Je ne sais pas. S'ils ont piqué du fric, suivre la trace informatique ? Mais la news majeure, ce n'est pas ça…

— Arrête Vévé ! Allez !

— Je fais référence à un mot qu'a prononcé ce hacker. En parlant du fait qu'il exécutait les demandes que lui faisait l'organisation pour laquelle il travaillait, il a dit « je suis un vrai légionnaire… »

— Putain, ça y est, c'est vraiment le groupe de Max !

— Je suis sur la même longueur d'onde que toi. Si je résume : la tueuse au katana pourrait être Angeline, l'égérie de Max. La vidéo a été codée par un pirate informatique que ma copine dit avoir reconnu, qui a disparu de Pologne juste au moment de l'opération terroriste de ce Max… et qui se dit « légionnaire », alors que l'organisation mafieuse créée par Max s'appelle La Légion… Le siège de l'OMC est partiellement détruit par Deep Core, et nous soupçonnons que ce groupe disposait d'une équipe de protection de La Légion…

— Mais nous ne savons pas pourquoi La Légion aide Deep Core. Dans quel but ?

— Sûr. On ne sait rien d'autre, pour le moment. Nous suivons aussi la piste du katana. La police colombienne doit visiter le cabinet pour vérifier la présence du katana en question. Le directeur s'occupe de mettre sous tension les flics polonais. Et toi, François, la piste du lieutenant de La Légion ?

— Rien donné. Grâce au soldat qu'on avait chopé avec Driss, j'ai pu remonter à ce fameux lieutenant. Je l'ai coincé, et je lui ai fait passer un sale quart d'heure. La seule information que j'ai pu lui arracher, c'est qu'il reçoit ses instructions sur Telegram, et qu'elles s'effacent tout de suite dès qu'il les a lues. « On » lui dit de faire un truc, il le fait, et il est payé. Personne ne lui cherche jamais des noises, personne ne l'interroge jamais. Il dit qu'il est protégé, comme tous les membres de La Légion. À part les soldats à qui il fait appel pour les opérations, il ne connaît personne. Et c'est lui, ce Mick, que j'ai retrouvé dans le train pour Genève. Heureusement qu'il ne m'a pas reconnu quand j'ai pris les photos…

— Tout cela, on le savait déjà. À l'époque où tu étais en poste, François, c'était déjà comme ça, un modèle de cloisonnement, en fait !

— Exactement. Mais j'ai quand même un petit levier. Je lui ai dit que je pouvais faire courir le bruit qu'il était devenu copain avec les flics. Et ça, dans La Légion, ça veut dire une balle. Il pense que je suis une sorte de mercenaire employé pour des opérations « sales ».

— Il n'a pas tout à fait tort…

— Ok, mais bon. Je lui ai dit que personne n'était au courant qu'il s'était fait choper. Et que ça pouvait rester comme ça. Que la seule chose que je voulais, c'est qu'il me donne l'information lorsque La Légion lui demanderait de mener une action. Suivant le type d'action, on pourrait peut-être en tirer quelque chose. Je lui ai refilé un portable prépayé pour qu'il m'appelle dès qu'il a quelque chose.

— Tu y crois ? Dans le passé, nous avons pu mesurer la loyauté de ces types de La Légion. Ils ne balancent pas.

— Vrai. Je n'y crois pas trop. Mais le fait qu'il ne connaisse personne au-dessus de lui dans l'organisation est aussi une faille. Il est tout seul. C'est pour ça que je pense que la fille est venue donner les ordres.

— On verra ce que ça donne. Et toi, Driss, tu as pu avoir Fantôme ?

— Bien sûr. Comme toutes les semaines, il m'a fait son rapport. Il a infiltré la mouvance écolo. Il participe aux réunions, il fréquente les mêmes milieux alternatifs. Il a même manifesté. Il ressort de tout ça que d'après lui, le mouvement est en train de se radicaliser, au sens large. Beaucoup de membres n'approuvent pas l'action extrême de l'abattoir, mais ils disent comprendre pourquoi ces mecs ont fait cela. Et les militants s'éloignent de plus en plus de l'écologie institutionnelle, politique. Ils disent que cela ne sert à rien, et qu'il faut marquer les esprits pour que les gens comprennent l'absurdité du système dans lequel ils vivent. En revanche, il n'a absolument aucun tuyau sur le mouvement Deep Core. Complètement inconnu, personne ne sait qui sont ces mecs.

— Un peu inquiétant… J'espère que personne ne voudra faire comme eux ! Et sur la Colombie ?

— Notre Fantôme a chauffé la petite Maria… Une de ses ex, mais toujours active…

— La vache, quel séducteur, ce Fantôme !

Vévé ne put s'empêcher d'intervenir :

— Ce gars, c'est une tuerie ! Aucune fille ne lui résiste, il est beau comme un dieu, hyper intelligent et cultivé, et cool comme c'est pas permis…

François en rajouta :

— C'est aussi pour ça que je l'avais recruté dans l'équipe. Il est capable de se fondre dans n'importe quel environnement, s'il y a des nanas, c'est encore mieux, mais il est tellement fort que ça passe aussi avec les mecs. On aurait pu l'appeler caméléon, d'ailleurs !

Vévé revint au business.

— Alors, la Colombie ?

— Eh bien, cette Maria s'est rencardée au pays. La situation qu'elle lui a décrite est franchement plus trouble que ce que l'enquête de la division internationale a décrite en ce qui concerne ce cabinet. D'abord, Global Investment Engineering est protégé par un gang très puissant à Bogotá. Personne n'approche, sinon les chiens sont lâchés. Certains des clients sont des narcos notoires. Donc ce cabinet n'est pas clean.

François reprit la parole.

— En même temps, en Colombie, je pense que, si on ne veut pas d'ennuis, il faut payer un gang pour être protégé. Et si on tient un cabinet d'ingénierie financière haut de gamme, les clients colombiens fortunés ne doivent pas être nets. Je ne suis pas surpris. Ce que je vois pas du tout, c'est le rapport entre ce cabinet, le katana et notre « supposée » Angeline.

— C'est évident, il faut creuser. Mais avec le contexte policier en Colombie…

— Vévé, tu veux dire que nos amis flics touchent ?

— Écoute François : un, ce cabinet a beaucoup de fric, et est protégé par un gang. Deux, leur situation, telle que décrite par les autorités, est un vrai modèle d'honnêteté… Alors que certains clients sont des narcos. CQFD, non ?

— Donc, rien à attendre en matière de coopération ?

— Ils vont nous enfumer, j'en suis sûre.

— Le seul lien, c'est le katana…

— Et…

— Ta copine hackeuse ?

— Je lui demande d'hacker les systèmes d'information des transporteurs internationaux opérant à Bogotá pour trouver la trace du katana ?

— C'est ça. On sait qu'il est arrivé par Fedex. Et si celui d'Angeline est bien le même, il a fallu qu'il quitte la Colombie à un moment donné.

— Ça se tient. Mais je joue un jeu très dangereux. D'abord au niveau de la hiérarchie. Et puis avec Nicky, on lui demande beaucoup, on va lui devoir beaucoup !

— Tu as raison, nous sommes sur le fil du rasoir. Mais tu sais pourquoi il faut qu'on aille jusqu'au bout. On a des morts à venger : Charlemagne, notre équipier dans la brigade, et ma femme… avec mon futur fils dans son ventre. Ce groupe les a tués. Et si on veut avoir ces mecs, impossible de se contenter d'être flic. Trop de règles, trop de limites. Pour tuer une bête féroce, il faut se transformer en une bête féroce. Pas en agneau.

— On y va.

Jusqu'au bout !

Chapitre 28
Un scoop total combo ?

France, Paris, mai
Guillaume Godefroy brossa soigneusement son costume Kenzo avant de l'enfiler.
Pas question de laisser un poil de chat !
Il adorait sa matière, à la fois chaude, épaisse, et fluide.
Sa veste bougeait bien, et c'était essentiel.

Il voulait faire bonne impression à cette fille.
Jorma Silieski, présentatrice vedette du journal de 20 h sur TT1.
Il lui avait déjà glissé quelques informations, mais il voulait plus. Il avait franchement insisté pour qu'elle accepte de déjeuner avec lui. Il avait réservé une table à L'Escapade. Tout un programme ! Et comme elle était franchement jolie, il n'était pas contre poursuivre éventuellement l'escapade sur d'autres terrains.

Dix minutes plus tard, il était assis à la table qu'il avait réservée. Il n'eut pas à attendre longtemps. Jorma Silieski fit une entrée remarquée, en particulier par tous les membres de la gent masculine. Robe vert pâle très ajustée, longs cheveux blonds, sourire ravageur.

Guillaume sentit qu'il allait passer un bon moment.
En même temps, il était là pour du business…
— Bonjour Jorma, comment vas-tu ?
Elle s'assit, sans débrancher son fabuleux sourire.
— Très bien. Tu as quoi pour moi ?
— Toujours aussi directe, tu ne changes pas !

— C'est le formatage du journal de 20 h, tu sais bien…
Alors ?

— Ça concerne l'OMC et l'abattoir. Je t'ai dit que j'avais une source chez les flics…

— Oui. C'est grâce à cette source que tu me passes des tuyaux.

— Correct. Mais j'ai mieux. J'ai rencontré le commandant Véronique Vresky, qui est chargée de l'enquête.

— Et…

— Elle m'a donné une information confidentielle que la police suisse lui a transmise.

— Tu m'intéresses… Mais je n'aime pas trop le « confidentiel » …

— Ouais, moi non plus. Mais le « confidentiel » d'aujourd'hui ne le sera peut-être plus demain.

— Elle t'a dit quoi ?

— Au cours de la dernière opération des terroristes, un vigile a été tué. Il a été retrouvé à l'extérieur de Genève, le corps balancé en plein champ.

— Ah, ça change un peu la donne sur le nouveau côté non-violent de ce groupe Deep Core…

— Et ce n'est pas tout. Il a été tué à l'arme blanche, une lame très coupante lui a perforé le corps. Cela renforce la présomption que la Louve est bien dans cette bande. Elle est de retour !

— J'aime bien le côté bad girl, c'est bon pour l'audience.

— J'ai creusé l'histoire de cette fille, et ça m'a amené à chercher aussi chez les flics.

— Tu veux m'emmener où, là ?

— Bon, alors, je vais te faire un résumé. Mais avant, je veux une chose. C'est-à-dire, en plus de déjeuner avec la plus jolie femme du restaurant…

— Tu veux quoi ?

— Quand j'aurai finalisé toute l'histoire, je veux être sur ton plateau pour la raconter. Je veux être la vedette.

— Rien que ça ! Tu sais que la file d'attente pour être dans mon émission est longue…

— C'est pour ça que je te propose ce deal. Ton plateau sera le lieu de la révélation du dossier. Et le lendemain, tous les détails seront dans mon journal, avec des ventes historiques.

— J'écoute le résumé… Il a intérêt à être bon !

— Ça remonte à environ trois ans. La Louve, de son vrai nom Angeline Turqot, était l'apprentie de quelqu'un qui allait devenir un tueur en série, Max Roarsky. Ils ont fini par attaquer un poste de police, elle a été gravement blessée et coffrée et lui a été arrêté par un flic du nom de François Péqueur. Ce Max s'est évadé lors d'un transfert vers sa prison. Il a été aidé par une ex-flic, Marion Stoken, qui était aussi une collègue de ce Péqueur. Max a créé un groupe mafieux, La Légion, qu'il a dirigé depuis sa planque. Ce groupe a tenté de prendre le pouvoir dans une petite ville de province, à Gréville, en tuant tous les représentants des corps établis. Entre-temps, la Louve s'était évadée elle aussi et avait rejoint la bande de Max.

— Belle histoire, mais rien de nouveau. Tout ça, on sait.

— Oui, d'accord. Mais ce passé donne à mon avis une sacrée piste sur un truc pas net qui se passe maintenant. La bande s'est retrouvée face à face avec les flics dans une forêt des Vosges, il y a eu des pertes des deux côtés, mais les chefs de la bande ont pu s'enfuir. Et depuis trois ans, plus de nouvelles.

— Je ne vois toujours pas ce qu'il y a de nouveau.

— À la suite de cette affaire, le flic en chef, ce Péqueur, a démissionné. Un des membres de la bande avait tué sa compagne chez lui, à Paris. Et lors de l'opération dans les Vosges, il y a eu un mort dans l'équipe des flics. Celle qui a repris la direction de la brigade, c'est le commandant Vresky, que j'ai rencontrée.

— Et ?

— Je me demande s'il n'y aurait pas une histoire plus personnelle là-dessous. Parce que, grâce à ma source, je sais que la hiérarchie du commandant doute de sa loyauté… Et puis quand j'ai téléphoné pour la rencontrer, elle a accepté tout de suite, ce qui n'est pas le genre des flics. Lorsque je lui ai demandé pourquoi elle me donnait ces informations, elle m'a dit que c'était pour elle une sorte de garantie, car elle craignait que son patron ne lui retire l'affaire. Elle m'a fait tout un couplet un peu larmoyant sur le thème du camarade tombé au combat, et sur le désespoir de son ex-chef après la mort de sa compagne. Je n'ai pas vraiment acheté ça en bloc, mais à mon avis, il y a tout de même du vrai. Ça cache quelque chose, je le sens. Elle veut une sorte d'assurance, ça je le crois. Pourquoi, je ne sais pas.

— Et le flic qui était le chef, il habite où ?

— Il a disparu dans la nature. Aucune présence sur les réseaux sociaux, un fantôme numérique. Elle ne m'a rien dit sur lui, mais elle en a parlé avec tellement d'intérêt…

— Elle sort avec lui ? Et lui mène l'enquête incognito ?

— Peut-être. Il y a quelque chose de bizarre, je le sens.

— Pourquoi tu me dis tout ça ? On ne peut rien sortir maintenant, tu le sais.

— Oui, bien sûr. Mais j'ai besoin que tu pousses mon nom et celui du journal dans ton JT, à mesure que je vais te donner des infos. Ça va préparer l'émission dans laquelle je serai la vedette. Deal ?

— Ok, deal. C'est tout ce que tu veux ?

— Oui.

— Ça, je ne crois pas. Et je crois que tu n'oses pas
demander. Tu as peut-être tort…

Elle se leva et chaloupa jusqu'à la porte d'entrée.
Guillaume Godefroy n'en revenait pas.
Elle l'avait dragué méchant ! C'était presque fait !
Il finit son verre de Bourgueil cul sec.
Le plateau télé et la fille, total combo !

Chapitre 29
Oil story / rencontre

France, juin

Max était ravi de retrouver Philippe, un remarquable « lieutenant de terrain » comme il aimait appeler les responsables locaux de La Légion. Il avait pu apprécier son appui lors de l'opération Total Kaos. Même si cette dernière, finalement, n'avait pas été une aussi grande réussite qu'il l'avait espéré. Max et son équipe rapprochée avaient pu s'exfiltrer grâce aux préparatifs de Philippe.

Un mec top, efficace, jamais de doutes, des remarques toujours judicieuses, Max appréciait.

D'autant que certaines des recrues de La Légion n'avaient pas inventé la poudre.

Et pour l'opération à venir, il fallait vraiment le haut du panier

Pour enfin quitter son île, et participer d'un peu plus près à son grand œuvre. Max était passé par le Danemark, puis l'Allemagne, et enfin de retour dans la « doulce France ». Depuis son dernier séjour, son apparence avait complètement changé. Maintenant, il avait le crâne rasé, une assez longue barbiche blanche, et il avait pris soin de porter des lunettes, avec des verres neutres, ok, mais ça, personne ne pouvait vraiment le savoir sauf en se les mettant sur le nez.

Il s'était longtemps interrogé sur l'opportunité de participer en direct à cette action. Mais il fallait qu'il retrouve cette adrénaline, ce surge de l'instant. Bon, il fallait qu'il montre aussi à son équipe proche qu'il ne faisait pas que planifier, qu'il était toujours un homme de terrain ! À force d'être planqué dans son île en

Finlande, il avait quelque peu perdu de vue les aléas de l'action. Certes, son équipe rapprochée était très efficace, en particulier Stormy Cat, mais il ne pouvait pas toujours se reposer sur les autres. Sa rage contre la société était intacte, ses actions passées n'avaient pas suffi à en éteindre la flamme. Il devait continuer, et aller jusqu'au bout, jusqu'à l'ultime confrontation, celle qu'il avait choisie.

Philippe, comme demandé par Max, était venu de son lointain département avec une demi-douzaine de durs à cuire. Ils avaient pris des chambres dans des hôtels séparés, pour ne pas attirer l'attention.

Tous étaient toutefois localisés dans les Yvelines, pas très loin du lieu de leur future opération.

La section locale de La Légion s'était occupée de rassembler les armes nécessaires, ainsi que les voitures, et les camions volés, indispensables pour le piège.

Ils étaient en possession de tous les renseignements voulus, leur lointain collaborateur du Cambodge, Priotr, n'avait eu aucun mal à copier l'agenda du dirigeant du plus grand groupe pétrolier du moment, Staroil.

Donc, toutes les réunions, tous les voyages.

Ce PDG, Carlos Bernos, bénéficiait d'un service de sécurité rapproché, assuré par des vigiles d'une société de surveillance.

Tant pis pour eux.

Priotr avait élaboré le petit logiciel qui allait leur permettre de faire participer les followers sur les réseaux sociaux. Ce point était pour Max capital : c'était un des seuls outils de mesure de l'impact de leurs actions auprès du plus grand nombre.

Max servit à Philippe un verre bien tassé de single malt.

— Tout est ok ?

— Oui, j'ai vérifié. Les gars ont les kalachs. Le camion attendra sur la petite route que nous avons déterminée : il y a un emplacement de stationnement un peu plus loin, pas de souci. J'ai prévu un guetteur plus en avant sur la route, au cas où des flics se pointeraient, mais cela serait étonnant.

— Et pour la voiture de Bernos ?

— Même chose, j'ai un second observateur qui donnera le top. Et dans le village précédent, on a des gars du coin qui vont mettre en place des panneaux de déviation dès que notre cible sera passée. On bloquera la route après son passage avec un camion de travaux. J'ai pensé à ça, comme ça, on sera tranquilles.

— Top !

— Ensuite, on se replie, direction le petit entrepôt pour notre prise de vue.

— Ok. Allez, on se finit notre malt, et repos pour les braves. Demain, ce sera une journée spéciale !

+++++++

À 7 heures, l'équipe était en place.

Les guetteurs, les camions, les intercepteurs, Max et Philippe.

La voiture de Carlos Bernos quitta le domicile de ce dernier à l'heure habituelle, vers 7 h 30. Une grande maison située dans un cadre bucolique dans la Haute Vallée de Chevreuse, pauvres s'abstenir. Là, il y avait des millions d'euros au kilomètre carré.

La voiture, une Mercedes-Maybach classe S, était conduite par un chauffeur de l'agence de sécurité. À côté de lui, Michaël, un autre vigile balèze. Tout électrique, elle glissait silencieusement sur les petites routes.

À l'arrière, Carlos Bernos dégustait son troisième café. La journée s'annonçait bien, il avait juste une réunion, et ensuite il irait au golf. Le temps était magnifique, exactement ce qu'il aimait. Les haut-parleurs Bower et Wilkins diffusaient une douce musique apaisante. Il adorait ces moments, loin de ses obligations de PDG. Juste une voiture qui file silencieusement grâce à l'énergie électrique, un comble pour le directeur du plus grand groupe d'hydrocarbures !

Ils passèrent les deux ronds-points du village tranquillement, les habitants n'étaient visiblement pas encore en activité. À la sortie du village, la Mercedes accéléra, mais en respectant toujours les limitations de vitesse. Le paysage défilait, Bernos contemplait.

À la sortie d'un virage, la Mercedes ralentit fortement pour finalement s'arrêter.

— Que se passe-t-il ?

— Un camion a eu un accident. Je vais voir.

La route était bloquée aux trois-quarts. Une semi-remorque avait mordu dans le fossé, la cabine était inclinée, la remorque était en travers. Un homme téléphonait avec son portable.

Le balèze, Michaël, qui était assis sur le siège passager, sortit de la voiture et se rapprocha de l'homme.

— Ça va ? Vous n'êtes pas blessé ?

L'homme se retourna, son téléphone toujours à l'oreille. Il fit un grand sourire.

Deux hommes sortirent de derrière la remorque et braquèrent leurs kalachs, l'un sur le garde du corps, l'autre sur la voiture.

Max et Philippe, chacun avec une arme de poing, s'avancèrent.

— Personne ne bouge. On ne touche pas à son arme ! Mains en l'air !

Paul Verhoux ne joua pas au héros. Pas assez payé pour ça. Il leva les deux mains bien haut.

Le chauffeur, tout aussi sage, mit les deux mains sur le volant.

Philippe ouvrit la portière arrière de la Mercedes, braqua son Glock sur Carlos Bernos, et lui fit signe de sortir. Ce dernier obéit sans renâcler, pas vraiment le choix. En tout cas, bravo la protection super efficace de la société de sécurité…

— Toi, tu viens avec nous.

Philippe empoigna Bernos et lui passa une paire de menottes en plastique.

Les deux soldats de La Légion assommèrent les vigiles. Ils leur passèrent également des menottes et les remirent dans la Mercedes. Dans le coffre de cette dernière, ils déposèrent un jerrycan d'essence relié à un détonateur qui se déclencherait une demi-heure plus tard, et bye-bye les vigiles…

Max, Philippe, les soldats de la Légion et Bernos passèrent de l'autre côté de la remorque du camion. Deux véhicules les attendaient. Ils montèrent dans les voitures et s'éloignèrent, direction un petit entrepôt tranquille.

Le calme, c'est important, surtout au début d'une oil story.

Chapitre 30
Vévé devient worldwide

France, Paris, juin

Eric Puységur reposa le combiné de son téléphone sur son socle. L'IGPN n'avait toujours rien trouvé de louche dans les agissements de Vresky. Elle disparaissait de son bureau de temps à autre, souvent pour se rendre dans des cafés, mais après tout, c'est aussi là que l'on rencontrait les informateurs, et les indics, pour les flics, c'est capital.

Le commandant Vresky n'allait pas tarder à entrer dans son bureau.

On frappa.

— Entrez, commandant. Alors, du neuf j'espère !

— Oui, l'enquête avance bien.

— Je vous écoute. Et soyez précise, car le ministre est très friand de détails. Conférence de presse à venir, vous imaginez…

— D'abord, le travail des policiers polonais. Vous avez dû être très persuasif, car ils ont fait une super enquête. Ils nous ont communiqué une liste réduite à dix noms. Des hommes qui ont quitté la Pologne par avion, à destination de l'Asie du Sud Est, et qui ne sont jamais revenus. Au niveau destination, ils se partagent à peu près équitablement entre la Thaïlande, le Vietnam et le Cambodge. Nous avons pu restreindre ce nombre, en obtenant la coopération des polices locales, sous un prétexte de vérification des numéros de passeport. Deux sont morts, et trois ont complètement disparu. Restent cinq noms. Trois au Cambodge et deux en Thaïlande. J'attends des compléments d'enquête. Ce qui est difficile, c'est de rester discret.

— Pourquoi ? Je ne comprends pas.

— Si l'un de ces hommes est le hacker de La Légion, il est là depuis trois ans. Il a dû arroser copieusement les autorités locales pour être tranquille. Car nous savons que les finances de cette organisation permettent largement ce genre de chose. Donc si nous agissons officiellement en demandant la coopération forte des polices locales, notre cible risque d'être avertie. Si notre homme décampe, nous perdons toute chance de l'arrêter.

— Alors vous voulez un voyage tous frais payés en Asie…

— Non, en ce qui me concerne, j'ai d'autres projets, nous allons en parler. Je préconise Fantôme pour cette mission.

— Ah oui, votre spécialiste de l'infiltration. Il s'appelle comment déjà ?

— Jeremy Moher. Lieutenant Jeremy Moher. Je pense que nous pourrions encore raccourcir la liste.

— Comment cela ?

— Grâce à la cyber-division. En fouillant tout ce que l'on peut trouver sur ces cinq personnes, ce serait bien le diable si cela ne nous permettait pas d'en éliminer quelques-uns. Et ce sera autant de recherches en moins à faire sur le terrain. Il faut tout explorer, les emails, Facebook, Snapchat, plus toutes les autres applis des réseaux sociaux. Mais il y a un problème : nous n'avons pas encore de mandat, et à mon avis, nous n'avons pas ce qu'il faut pour en obtenir un.

— Je connais bien le directeur de la cyber-division. Je vais l'appeler et lui dire que nous sommes en attente d'un mandat, mais comme cela doit être un mandat international, ça va être long. Il ne fera pas de problème. La suite ?

— La piste du katana.

— Ah oui, le sabre japonais… Un peu tiré par les cheveux, non ?

— Pas tant que ça ! Grâce à la marque qui figure sur la lame, qui s'appelle une « mon », nous savons quel artisan l'a forgé. Nous savons également où il a été expédié par Fedex. Nous avons ces deux informations grâce à la police japonaise. Le katana a été acheté par un cabinet financier colombien, domicilié à Bogotá. D'après la police colombienne, ce cabinet est parfaitement légal, et tout à fait clean. Cette arme aurait été achetée à des fins de décoration du cabinet. Je pense que le sabre n'est plus en Colombie : nous savons qu'il était entre les mains de l'exécutrice qui a tué les trois ouvriers de l'abattoir.

— Vous êtes vraiment certaine qu'il s'agit du même sabre ?

— Absolument. Il s'agit d'un exemplaire unique, la reproduction exacte d'un sabre de samouraï du 15e siècle. Le Maître Forgeron japonais l'a attesté, et il s'agit d'une personne éminemment respectable. Cet homme est ce que le Japon nomme un Trésor Vivant, c'est la plus haute distinction accordée à un artiste. Jamais un tel homme ne mentirait à la police.

— Admettons. Alors ?

— J'ai pris sur moi de chercher des renseignements sur la base du transporteur. J'ai un indic là-bas, et j'ai pu obtenir des informations. Le sabre est reparti par Fedex pour une agence immobilière située en Finlande, à Helsinki, du nom de Luxury Estate.

— Mais comment s'est-il retrouvé entre les mains de cette fille ?

— Ça, l'histoire ne nous le dit pas encore. Mais j'ai une hypothèse : depuis trois ans, nous recherchons la bande de terroristes dirigée par Max Roarsky. Après avoir attaqué la ville de Gréville, ils ont pris la fuite jusqu'à leur planque en Alsace. Là, nous les avons interceptés avec l'aide du GIGN. Une bonne partie d'entre eux, les chefs en fait, sont parvenus à s'échapper. Et nous ne les avons jamais retrouvés. Compte tenu de la qualité d'anticipation qu'ils ont démontrée dans leurs actions, je pense qu'ils sont parvenus à sortir du territoire avant que nous ne soyons capables de fermer les frontières et d'accentuer la surveillance. Cela s'est sûrement joué à quelques heures. Ils ont pu rejoindre facilement la Finlande via l'Allemagne ou le Danemark.

Et la Finlande, ce n'est pas la France. Ce n'est à la fois pas très loin au niveau kilométrique, et très différent en ce qui concerne la densité de population. S'ils avaient des appuis locaux, je pense qu'ils pouvaient se cacher assez facilement.

— Donc vous pensez que c'est ce groupe terroriste qui est derrière ces écologistes radicaux, Deep Core ?

— Là aussi, c'est une hypothèse. Si la tueuse est bien cette Angeline Turqot, rien ne dit qu'elle fait toujours partie de cette Légion. Elle pouvait être là à titre individuel en quelque sorte, parce qu'elle avait rejoint ce groupe. Ou alors, c'est bien à une alliance à laquelle nous assistons.

— Tout cela pourrait se tenir. Mais nous manquons cruellement de preuves !

— Et vous n'en n'aurez pas ! Ils laissent des cadavres et des ruines derrière eux, voilà ! Et nous, nous identifions les corps, nous faisons toutes les analyses, nous reconstituons le mode opératoire… Et pour le reste, chou blanc ! Ils ont toujours un train d'avance, nous courons après les événements, impossible dans ces conditions de remonter la piste jusqu'à eux. Malgré tout, nous avons maintenant deux embryons de piste. Je suis d'accord avec vous, ce n'est pas grand-chose, et cela ne saurait tenir devant n'importe quel procureur, et je ne parle même pas d'un tribunal, mais cela pourrait aboutir à une mise en examen. Et là, on interroge, on creuse.

— Vous pensez donc qu'il faut foncer.

— Oui. Les enjeux sont trop importants pour attendre. D'après les informations qu'a pu recueillir notre agent infiltré, Fantôme, les écologistes traditionnels commencent sérieusement à sympathiser avec les vues plus radicales de ce groupe, Deep Core. En dépit des morts qu'il y a eu. Ils sont en train de monter en puissance. Un abattoir, et puis un bâtiment de l'OMC en Suisse ! Nous devons essayer d'anticiper leurs actions avant qu'ils n'aillent trop loin.

— Vraiment, j'aurais préféré que l'anti-terrorisme s'en occupe…

— Ce ne sont pas du tout leurs réseaux. Eux, leur spécialité, c'est le terrorisme « classique », si je puis dire. Celui qui est commandité par des organisations type Al-Qaïda. Là, ils sont forts, ils ont leurs circuits, leurs indics. La Légion ne rentre pas du tout dans cette catégorie. Mais moi, j'ai l'antériorité. Cela fait trois ans que je les traque. J'étais dans le groupe qui a été face à eux dans la forêt alsacienne. À l'époque, la brigade était dirigée par le commandant François Péqueur, qui a démissionné depuis. C'était avant votre arrivée, Monsieur.

— Oui, je sais tout cela. Mais je ne pensais pas que c'était aussi compliqué de remonter la piste de ce groupe.

— Ils sont complément sous nos radars. Et dès que nous parvenons à identifier quelqu'un, si nous tentons de l'approcher, ils le tuent. C'est aussi simple et terrible que ça. Alors, tout le monde se tait, et nous pataugeons.

— Je comprends mieux votre frustration. Donc, la piste finlandaise…

— Oui. Je pense qu'il faut un mandat international via Interpol, qui va nous permettre de demander une enquête préliminaire à la police finlandaise. En savoir plus sur cette agence, son dirigeant, son activité, ses employés, etc. Mais surtout, avec la plus grande discrétion, sans se faire repérer. Car si nous avons affaire à des intermédiaires, la piste est sérieuse et il ne faut pas la gâcher.

— Bien sûr. Et après ?

— Une fois l'obtention du mandat, je pars là-bas, et je travaille avec nos amis finlandais.

— Ok, vous avez le feu vert pour mettre en œuvre. Je veux être informé des développements, même quand vous ne serez plus là.

— Pas de problème. Je laisserai toutes les instructions au lieutenant Salah, et je vous contacterai pour faire des points réguliers.

Vévé se leva et quitta le bureau de Puységur en étant soulagée. Il avait gobé sans problème les entorses qu'elle avait faites au déroulé de l'enquête. Et les omissions.

Restait maintenant à informer François.

La traque se resserrait, et le chasseur devait être en première ligne.

Et puis ils allaient être ensemble, comme avant. La seule différence, c'est que maintenant, elle dirigeait.

Mais ce qu'elle voulait surtout, c'est de nouveau partager avec lui ces moments d'excitation, lorsque les chasseurs sont sur une piste brûlante.

Elle voulait repousser les questions sur le futur, sur ce qui allait se passer une fois leur traque terminée.

Pour le moment, retrouver François, c'était la seule chose qui comptait.

Puységur prit son téléphone et appela son collègue de l'IGPN.

— Ne lâchez pas Vresky. Resserrez la surveillance, car je pense que quelque chose va se produire dans un délai très bref.

Il sentait de moins en moins Vresky. Elle était « border » avec les règles, c'était de plus en plus clair. Il ne croyait pas une seule seconde à son histoire de collaboration de la police du Japon. Vresky ne pouvait pas le savoir, mais la femme de Puységur avait travaillé de très nombreuses années comme collaboratrice d'un écrivain japonais. Elle connaissait très bien l'hyper protectionnisme japonais : jamais la police du Japon ne donnerait des informations à un gaïjin à un étranger. Encore plus vrai s'il n'y avait pas de mandat. Or, Puységur n'avait validé aucun mandat international.

D'un autre côté, cette Vresky suivait toutes les pistes possibles avec détermination et opiniâtreté. Il était tout à fait possible qu'elle obtienne des résultats.

Puységur n'aurait plus qu'à la faire virer par l'IGPN pour endosser seul les bons résultats de l'enquête…

Chapitre 31
Angeline et sa copine, in and out

France, mai

Angeline endossa de nouveau l'étui de guitare qui abritait sa précieuse Fender Telecaster. Un instrument parfaitement cohérent avec son personnage de guitariste de blues-rock. Une des préférées de Keith Richards, c'est dire ! Bon, elle n'allait pas jusqu'à lui donner un nom, comme Keith, mais c'était quand même une compagne de choix.

Son étui vraiment bien pratique : sous la Telecaster, un double-fond qui permettait de loger son katana et son wakizashi. Personne ne lui posait jamais de questions.

Après avoir quitté l'Audi, elle avait pris le train pour rejoindre sa planque française, en Alsace. Un billet de première classe, grand confort avec les sièges douillets, et assez de place pour conserver son étui à guitare devant elle. Le contrôleur avait eu l'air intéressé. Plus par ses formes que par la guitare. Il avait même engagé la discussion : « c'est votre destination finale ? Ce n'est pas une grande ville, vous allez donner un concert ? ».

Elle s'en était débarrassé en lui demandant son mail, pour lui transmettre les prochaines dates de ses shows.

Le gars avait eu l'air tout content, et n'avait pas hésité à lui dire que si elle avait besoin de quoi que ce soit, il lui suffisait de l'appeler, et qu'il se ferait un plaisir de lui procurer ce qu'elle demandait.

C'était un peu le problème avec ce personnage : une fille musicienne, à la cool, easy, pas farouche, donc on tente une approche, au cas où. Elle ne passait pas inaperçue.

D'un autre côté, on ne risquait pas de faire le rapprochement avec une dangereuse tueuse armée de sabres mortels. C'était juste une nana avec qui on pouvait tenter quelque chose…

Elle allait retrouver Martha, qu'elle avait rencontrée après son évasion hypermédiatisée. Bon, il faut dire que tuer son psychanalyste en lui enfonçant un crayon à papier dans l'œil droit, ça appâte forcément l'audimat !

Martha ne faisait pas à proprement partie de La Légion, mais c'était une fidèle sympathisante. Elle était parfaitement en règle, et tenait un petit bar de quartier. Les locaux venaient là, « Au Coin Tranquille », prendre un petit café, une bière, ou un pastis, au choix. Angeline donnait un coup de main au comptoir, ce qui aguichait la clientèle masculine. Et ça, Martha aimait. Bon pour le business !

Ce que les clients ne savaient pas, c'est qu'Angeline payait son hébergement en nature.

Angeline avait toujours été bi, aussi loin qu'elle se souvienne. Juste une affaire d'opportunité.

Ce qu'elle voulait, c'est une planque sûre, jusqu'à l'opération suivante.

C'est « Au Coin Tranquille » qu'elle se réfugiait.

Mentalement, elle n'était plus qu'une arme.

Ce qui c'était passé avec Max, lorsqu'elle l'avait rencontré, leur fusion, ce n'était plus qu'un souvenir. Avec lui, grâce à lui, elle avait découvert la folie du sang qui gicle. La lame qui tranche, le jaillissement du liquide de vie. Cet extraordinaire pouvoir, elle s'en abreuvait. Elle jouissait de donner la mort, de sentir les derniers soubresauts des corps que son katana pénétrait. Max l'avait guidée.

Elle lui serait éternellement reconnaissante pour cette renaissance.

Elle était devenue l'exécutrice.

Donner la mort, sa raison de vivre.

Lorsque Max lui avait expliqué qu'il fallait un membre de La Légion dans le groupe Deep Core, et qu'il voulait que ce soit elle, elle n'avait pas hésité.

Tout, plutôt que rester sur cette maudite île en Finlande.

À compter les points entre cette Stormy Cat et Max. Elle avait vite compris que ces deux-là étaient proches. Elle ne savait pas jusqu'à quel point, mais il était clair qu'ils partageaient beaucoup de choses.

Et que c'était au-delà de ce qu'Angeline pouvait espérer.

Alors, faire le sale boulot de La Légion avec Deep Core, pourquoi pas ?

Au moins elle se servirait de son katana.

Sans trop se poser de questions.

De toute façon, elle savait bien que la pente sur laquelle Max l'avait engagée la conduirait à sa perte.

Tôt ou tard.

Les guerriers ne sont pas faits pour vivre vieux.

Tout ce qu'elle espérait, c'est qu'elle mourrait au combat, en étreignant son sabre, en parfaite symbiose avec lui.

En attendant, elle allait retrouver Martha.

Elle allait peut-être même lui faire toucher son sabre.

Histoire d'amplifier les choses.

Et hop, in and out.

Chapitre 32
Oil story / intimité

L'entrepôt numéro 4 de la zone industrielle des Bruyères, au Nord-Ouest de Trappes, ne payait pas de mine. Un abord classique pour un bâtiment logistique, bardage en tôle, peu de fenêtres, un parking, et deux quais de chargement.

Ce parc d'activité était situé au pied de la colline de la Revanche, et cette coïncidence sémantique plaisait vraiment à Max.

Un des soldats actionna l'ouverture de la porte sectionnelle, et les deux voitures pénétrèrent dans l'entrepôt.

Tous descendirent des véhicules, les deux soldats se mirent en faction de chaque côté de la porte, kalachs prêtes à cracher.

Philippe traîna Carlos Bernos jusqu'à une chaise posée devant un fond blanc. Face à cette chaise, à environ deux mètres cinquante, une caméra. Philippe enleva les menottes à Bernos. Max s'avança :

— Tu vas lire cette déclaration devant la caméra, quand je te le dirai. Si tu fais ce qu'on te dit, tout se passera bien, et tu seras relâché. Si tu refuses d'obéir, on va te torturer jusqu'à ce que tu le fasses, et tu vas vraiment souffrir. Compris ?

Le Bernos était tout pâle, plus du tout le grand patron sûr de lui devant les comités de direction. Il opina du chef.

Philippe mit la caméra en marche.

Max tendit à Bernos une feuille A4 sur laquelle un message était inscrit en capitales.

— Tu le lis une fois pour toi, et tu recommences pour la caméra quand je te le dirai. Ok ?

Bernos fit oui de la tête et parcourut le texte. Il devint encore plus pâle.

Max prit son téléphone Iridium et appuya sur enter.

À l'autre bout du monde, l'un des équipiers de Priotr lança l'application.

Max donna le top départ à Bernos. Celui-ci commença la lecture :

— « Je suis Carlos Bernos, PDG de Staroil, la plus grosse compagnie pétrolière du pays. Le groupe Deep Core me retient prisonnier. La société que je dirige a réalisé l'an passé un chiffre d'affaires de 180 milliards d'euros. Nous avons fait un bénéfice net, sur l'exercice, de 18 milliards, soit une multiplication par 4,4 de notre performance de l'année précédente. Nous sommes présents dans 130 pays, et le groupe emploie 105 000 salariés, dont 25 % en France. L'année dernière, j'ai ordonné le licenciement de 12 500 collaborateurs, dont 1 750 dans trois dépôts situés en France. Ces départs ont permis d'alléger les charges fixes de l'entreprise et d'augmenter les revenus versés aux actionnaires. J'ai obtenu du conseil d'administration un relèvement de ma rémunération de 17 %. Malgré une grève très suivie, nous n'avons pas augmenté les salaires du personnel, ce qui a permis de verser des dividendes record à nos actionnaires. Deep Core n'accepte pas la façon de faire de cette entreprise. Continuer sur cette voie du profit des seuls privilégiés est inadmissible. Deep Core exige que cela cesse. »

Bernos s'arrêta. Le texte remis par Max était terminé.

En léger différé, cette captation vidéo fut diffusée sur des millions de comptes, sur les comptes de tous ceux qui s'étaient connectés sur la vidéo de l'abattoir et sur celle de la destruction du bâtiment de l'OMC, ainsi que sur les sites d'un certain nombre de célébrités du show-biz et du sport.

La vidéo tournait maintenant en boucle sans discontinuer.

En bas de l'écran, Priotr avait intégré un message et deux boutons interactifs, selon les ordres de Max.

Le message disait : « ce dirigeant mérite-t-il de vivre, alors qu'il a mis des milliers de personnes à la porte pour accroître le profit de Staroil ? ».

Les deux boutons, fort simples, proposaient « oui » ou « non ».

Sous chaque bouton, un compteur affichait le nombre de votes.

Les chiffres défilaient à une allure vertigineuse.

En particulier ceux du « non ».

Sale temps pour Bernos !

+++++++

Le soir venu, les deux voitures quittèrent la zone industrielle des Bruyères.

Dans la seconde voiture, en compagnie de Max, Carlos Bernos avait vraiment perdu de sa superbe.

Max était silencieux.

La dernière partie de l'opération comportait indéniablement des risques, car à la suite de la vidéo, tous les flics de France devaient rechercher le PDG. Cela dit, la traque ne faisait que commencer, les flics avaient plusieurs longueurs de retard, comme d'habitude. Le temps de consulter les caméras vidéo des routes qui étaient proches de l'enlèvement, de remonter la piste des camions volés, qui d'ailleurs ne donnerait rien, d'examiner grâce à la brigade scientifique les restes de la

Mercedes, avec ceux des deux vigiles calcinés, de géolocaliser le portable de Bernos, tout cela ne se faisait pas en un claquement de doigt.

Bien sûr, il pouvait y avoir un coup de malchance : un contrôle inopiné, une voiture de flic en vadrouille qui ferait du zèle, mais Max n'y croyait pas. Les policiers étaient mobilisés sur autre chose.

De toute façon, les armes qu'ils possédaient feraient la différence si besoin était.

Max avait anticipé le verdict des réseaux sociaux, avec raison. Le vote des internautes était sans appel : une écrasante majorité avait jugé que Bernos ne méritait pas de vivre. Max avait donc choisi un dépôt d'hydrocarbures à une cinquantaine de kilomètres de l'entrepôt. Quarante-cinq minutes en voiture, en respectant scrupuleusement toutes les limitations de vitesse.

Ils arrivèrent sur zone vers 20 h 45.

Le dépôt était sous surveillance, comme prévu. Un gardien et des caméras, le dispositif habituel.

Philippe indiqua à Jonas sa première cible, la caméra qui était au-dessus de la grille d'entrée.

Jonas visa soigneusement. La caméra était pile sur la croix du viseur de son fusil de précision. Il appuya sur la détente. Il y eut un « plop » et la caméra s'éteignit.

Philippe courut jusqu'au côté droit de la grille. Le vigile ne pouvait pas avoir entendu la détonation, car le fusil de précision était équipé d'un silencieux. Mais l'écran de visualisation de cette caméra était brusquement devenu noir.

Il sortit de la guérite pour aller vérifier la caméra.

Philippe le mit en joue avec son Glock.

— Tu lèves les mains ! Tout de suite !

Le vigile obtempéra.

— Tu débloques manuellement la grille et tu l'ouvres.

Un vigile bien obéissant, ça aide.

Les deux véhicules s'approchèrent et pénétrèrent dans le dépôt.

Philippe assomma le vigile d'un coup de crosse sur le haut de la nuque, lui passa des menottes et, avec l'aide d'un soldat, le mit dans le coffre d'un des véhicules.

Les deux voitures filèrent jusqu'à la cuve numéro trois, qui était la plus proche de l'entrée du personnel. Il s'agissait d'une cuve à toit fixe, utilisée pour le stockage des hydrocarbures lourds, en l'espèce du pétrole non raffiné.

Exactement ce qu'il fallait.

Le plus compliqué fut de hisser Bernos en empruntant l'escalier extérieur qui, d'un mouvement de spirale, faisait le tour du réservoir. Heureusement, l'un des soldats de La Légion était un gros costaud !

Arrivé en haut, ce dernier déposa Bernos sur la plate-forme située en haut de la rampe d'accès. Il déverrouilla la trappe de vérification et laissa le corps inanimé de Bernos glisser dans le liquide visqueux.

Il redescendit sans plus tarder l'échelle.

Philippe avait terminé d'écrire à la bombe rouge le message destiné aux employés du site :

« Votre patron aimait tellement cet or noir qu'il s'y est fondu. Deep Core a exécuté la sentence du peuple ».

Ce dépôt avait été durement touché par les licenciements initiés par Bernos.

Pour augmenter les dividendes des actionnaires.

Toujours une histoire de liquide…

Chapitre 33
Une 72ᵉ conférence plutôt originale

France, Toulouse, juin

Mario Bravi reposa sa tasse de café.

Cette énième conférence sur le climat, il ne la sentait pas trop. Malgré tout le travail effectué en amont, il craignait qu'une fois de plus, cela ne serve à rien. Il avait participé, comme ses collègues délégués, aux travaux préparatoires qui avaient eu lieu à Helsinki, l'année passée. Et maintenant, la 72ᵉ conférence se tenait à Toulouse. C'est sûr, ils voyageaient beaucoup. En avion, d'ailleurs, bonjour la contradiction !

Il faisait partie de la délégation italienne, qui avait été chargée de réfléchir sur l'impact climatique du réchauffement des océans. L'équipe avait travaillé très sérieusement, et ses conclusions étaient sans appel : le réchauffement des océans augmenterait la salinité, avec des conséquences catastrophiques sur la faune, les courants seraient modifiés, ce qui renforcerait les bouleversements de climat sur terre. Le niveau des océans monterait, de nombreuses villes auraient les pieds dans l'eau, voire sous l'eau.

Il allait devoir présenter ces conclusions à l'assemblée plénière. Tous seraient d'accord avec lui, les applaudissements crépiteraient.

Et alors ?

Comme d'hab'.

Un rapport général serait établi, rapport qui compilerait les contributions des différentes délégations. Une déclaration commune chapeauterait ce pensum.

La conférence ferait l'objet d'une couverture médiatique modérée, car les organes de presse savaient pertinemment que rien ne changerait. En tout cas, que les changements ne seraient pas suffisamment significatifs pour être qualifiés d'événement. Donc, peu d'intérêt.

Alors, lorsqu'un grand gaillard allemand l'avait abordé, il l'avait écouté.

Ce dernier, qui s'appelait Mickaël, lui avait confié faire partie d'un groupe écologiste radical. D'après lui, le temps n'était plus à la parole mais à l'action. Il fallait contraindre les pouvoirs publics à mettre en place des actions conduisant à des vraies modifications. Mickaël avait évoqué, comme exemple, la destruction du bâtiment de l'OMC : pour lui, c'est ce type d'action qu'il fallait impulser.

Mario Bravi n'avait jamais été engagé à ce point dans l'action, mais il comprenait ce point de vue. Il ne pouvait en effet s'empêcher de penser à toute l'énergie dépensée depuis des dizaines d'années, pour finalement assez peu de résultat. Peut-être fallait-il envisager une évolution de stratégie.

L'urgence d'un changement de praxis dans les enjeux climatiques devenait prégnante. Le rythme du changement s'accélérait, c'était une certitude.

Or, les politiques de tous bords, du moins ceux qui étaient au pouvoir, ne faisaient que pondre des dispositifs de communication vertueuse. Ils ne voulaient jamais toucher aux entreprises, jamais réglementer le trafic routier, et ils n'imaginaient même pas s'attaquer au trafic maritime. La seule chose à laquelle ils pensaient tous : se faire réélire pour rester au pouvoir. Le pouvoir, voilà ce qui les passionnait. Contrairement à ce que l'on aurait pu attendre, ils n'avaient aucune vision d'avenir. Ou s'ils en avaient une, ils ne la concrétisaient pas par des actions marquantes, trop risquées pour leur carrière future. Et les politiques qui n'étaient pas au pouvoir avaient beau jeu de dire ce qu'ils feraient… car ils n'étaient pas en position de décision. Alors, facile !

Ce Mickaël lui avait demandé de le faire intervenir pendant sa présentation. Il avait une déclaration à faire, et comme il ne faisait pas partie d'une organisation invitée, il n'avait pas de temps de parole.

Mario avait donc pris la décision de s'interrompre pendant sa présentation pour que Mickaël puisse s'exprimer. Il avait maintenant la conviction que les organisations écologistes institutionnelles étaient devenues trop protocolaires, trop rigides.

Il allait donc permettre à ceux qui composaient la frange la plus dure de l'écologie de se faire entendre.

Il était maintenant convaincu que le temps était venu pour qu'une dynamique nouvelle surgisse.

Il n'allait pas être déçu…

Chapitre 34
Priotr et son challenge

Cambodge, Siem Reap, juin

Parfois, ce que demandait Max était vraiment compliqué.

Priotr sirotait son Perrier rondelle dans le lobby de l'hôtel Angkor Lodge. Pas question de prendre un alcool il était au travail ! Cela faisait maintenant deux ans qu'il était le Responsable Sécurité de ce palace. Priotr avait fait modifier toute l'architecture numérique de l'hôtel, et tous les clients appréciaient au plus haut point la fluidité et la rapidité de leurs connexions avec leurs lointains domiciles. Le Haut Management de l'hôtel ne pouvait que se féliciter de la qualité de ses prestations.

En effet, bien des palaces de Siem Reap rencontraient des difficultés avec leurs installations… Mais jamais l'Angkor Lodge !

Il était maintenant bien connu des autorités locales.

Comme un ingénieur informatique de haut niveau, un expatrié qui faisait le bonheur du Cambodge, et dont le talent rendait les clients heureux, donc par ici les dollars.

Personne ne connaissait l'existence de The Farm, une simple grange en bois sur pilotis, située à une heure de 4x4 de Siem Reap. Proche du lac Tonlé Sap, qui tous les ans, lors de la période de crue, isolait tout le voisinage. Bien pratique !

À l'intérieur, saut temporel.

Top matos customisé, alimentation par une pile à hydrogène, le nec plus ultra des microcomposants informatiques. Le tout dans une installation « tropicalisée », histoire de se prémunir contre les méfaits de la chaleur et de l'humidité.

Priotr avait tout réalisé lui-même avec l'aide de ses deux geeks cambodgiens, Arun Khlot et Montah Reav. Grâce aux moyens illimités de La Légion, il s'était procuré les meilleurs composants, et avait réalisé une installation profondément originale, qui lui permettait d'hacker pratiquement n'importe quel système dans le monde. Pratique pour obtenir des fonds, en prélevant dans des banques de préférence exotiques, moindre système de protection oblige.

De plus, il était tranquille.

Il payait assez cher pour ça le commandant de la zone militaire et le commissaire divisionnaire de la place. Juste pour ne pas voir.

La dernière commande de Max avait constitué un joli défi.

D'abord, hacker le dispositif de surveillance radar russe sur un périmètre défini, à une période donnée, afin d'empêcher tout repérage d'un hélicoptère. C'était en fait assez simple.

Priotr n'avait jamais pu comprendre comment une nation comme la Russie, qui comptait assurément de remarquables hackers parmi sa population, avait pu laisser ses systèmes informatiques en totale déshérence. Avec le démantèlement de l'URSS, toutes les opérations de maintenance avaient été négligées. Plus personne ne s'occupait alors de remettre en état le matériel, et cette carence perdurait. Côté software, c'était la même chose. Même l'armée n'était pas à l'abri de cette dérive.

Bon, d'un autre côté, tout cela l'arrangeait bien. Moins compliqué de pénétrer des systèmes obsolètes.

La seconde commande lui avait donné un peu plus de fil à retordre, mais il y était parvenu. Il avait fait disparaître des missiles et une torpille des inventaires, dans deux bases différentes.

Les pares-feux n'étaient pas très résistants.

En tout cas, pas assez.

La suite, ce serait plus complexe.

Beaucoup plus.

Il allait devoir rédiger un message à l'attention d'un sous-marin.

Un ordre de tir, qui devait provenir du Kremlin, par satellite.

Ensuite, guider la torpille jusqu'à sa cible, via la programmation d'un satellite.

Et attendre l'ordre de Max.

Il ne savait pas encore comment il allait faire.

Mais il devait y arriver.

L'échec, avec Max, il valait mieux éviter.

Priotr se leva, rapporta son verre et sa bouteille au bar, et sortit de l'hôtel.

Il monta dans sa Subaru 4x4, et se dirigea tranquillement vers un dancing qui avait ses préférences.

Les filles étaient peu regardantes sur le physique, tant que les dollars coulaient à flot.

Il shunterait l'étape danse pour aller vers des plaisirs plus consistants.

Et comme tous les dancings étaient surveillés par les flics, il continuerait à se situer dans la normalité des étrangers.

Surtout, ne pas éveiller les soupçons. Même s'il arrosait un certain nombre de policiers, il n'était pas à l'abri d'un flic un peu trop curieux. Il fallait qu'il soit juste « normal ».

Enfin, normal…

Chapitre 35
Promenade dans la neige

Russie, juin

L'hélicoptère se posa dans un champ recouvert de neige, à l'abri des arbres qui entouraient le champ. La forêt était dense, sombre. Jöring et Niillas fixèrent la bâche de camouflage sur l'hélicoptère.

Cette zone était très isolée, le risque de croiser quelqu'un était minime, mais tout de même.

Max avait été catégorique : opération incognito, et pas de témoins.

Ils prirent leurs armes, surtout ne pas être pris au dépourvu : deux fusils de précision DXL-4, deux pistolets Oudav, et leurs couteaux Storm, Russian only !

Ils pénétrèrent dans la forêt. Sous les arbres, la lumière était tellement faible que l'on se serait cru en pleine nuit. Ce qui les arrangeait bien.

Ils n'étaient qu'à deux kilomètres de la base de Rova, située à environ 25 kilomètres de Karevala.

Une demi-heure plus tard, ils avaient le périmètre en visuel.

Le premier mot qui venait à l'esprit de Jöring était « délabré ». Bien sûr, l'entrée était gardée par un soldat avec une kalach', il y avait également des plots anti-intrusion. Et une guérite en ciment. Après avoir scruté le grillage à la jumelle, Jöring vit qu'il était en partie déchiré.

Et dans cette base, la Russie stockait du matériel nucléaire !

Il fallait le voir pour le croire.

Max se méfiait de Vassili. Certes, c'était l'intermédiaire indispensable pour se procurer des armes dans l'arsenal de l'ex-U.R.S.S. : il connaissait toutes les filières, il avait des entrées partout.

Tant que Vassili pouvait gagner quelque chose, tout allait bien. Mais si un problème survenait, où irait sa loyauté ?

Aux millions de dollars, ou à sa liberté, voire à sa peau ?

L'armée russe était désorganisée, gangrénée par des multiples maux, mais il restait encore, malgré tout, des militaires loyaux. Si l'un d'entre eux tombait par hasard - ou par déduction - sur le trafic de Vassili, cela pouvait ruiner l'opération.

Jöring et Niillas étaient sur place pour s'assurer du succès de la mission.

Et au besoin pour nettoyer la zone.

Ils étaient tous les deux allongés dans la neige. Leurs tenues blanches les dissimulaient complètement aux regards. Tout comme le tissu blanc qui protégeait leurs fusils.

Le camion porte-container arriva à l'heure, et s'arrêta devant la grille d'entrée. Le soldat de faction vérifia un document, et s'effaça pour le laisser passer.

Niillas toucha la manche de Jöring et lui indiqua une direction vers la gauche. À environ trois cents mètres, Jöring distingua quelques silhouettes. Il ajusta sa vision dans les jumelles.

Et susurra à Niillas :

— Trois hommes armés. Pas des soldats. Surveille-les.

Niillas pointa son fusil à lunettes sur les trois hommes. Ils ne bougeaient pas.

Jöring surveillait toujours la base.

Calme plat.

Une demi-heure plus tard, le camion ressortit.

Un container avait pris place sur la remorque.

Tout s'était semble-t-il bien passé.

Puis les trois silhouettes se mirent en mouvement.

Elles descendirent jusqu'au grillage qui entourait la base et se faufilèrent par l'une des trouées. Elles se séparèrent alors : l'une d'entre elles se dirigea vers la guérite de l'entrée, et les deux autres partirent vers les baraquements.

Niillas suivit avec sa lunette la seule qui était encore visible.

Cette dernière s'approcha du garde.

Qui, comme tout bon garde posté à une entrée, regardait devant lui, en direction de la route.

Il ne vit donc pas arriver l'homme derrière lui.

L'autre lui enserra le cou et lui plongea à plusieurs reprises un couteau dans le corps. La sentinelle s'écroula sans un cri.

Jöring fit un signe à Niillas, ils se reculèrent dans le bois.

— On y va. Ce Vassili a tenu sa part du marché. Les mecs sont des nettoyeurs. Ils vont liquider les témoins. Personne ne saura ce qui s'est passé avec le container.

Petite marche sympathique et oxygénante jusqu'à l'hélico.

Les missiles Kalibr 32-54 étaient en route.

Tranquilles, dans leur petit container.

Chapitre 36
Maxi total combo

France, Paris, juin

Le restaurant de l'hôtel du Crillon, vrai ! Un, si ce n'est le meilleur hôtel de Paris, avec un restaurant qui fait les délices des gourmets fortunés…

Guillaume Godefroy n'y avait jamais mis les pieds jusqu'à présent. Pas dans ses moyens !

Mais là, son rédac' en chef s'était laissé attendrir pour accepter la dépense.

Il faut dire qu'avec la folie médiatique autour du groupe Deep Core, le tirage du quotidien Le Soir s'envolait.

Alors, passer à la télé, ça ne pouvait que booster encore plus les ventes.

Une fois de plus, il était arrivé le premier. Jorma Silieski jouissait d'une réputation à préserver, elle arrivait toujours un peu en retard. Comme si elle avait besoin de se faire désirer !

Cette fois, elle portait une robe du plus soyeux bordeaux. Toujours aussi ajustée. Plus un gant qu'une robe, en fait. Godefroy appréciait.

Il était ravi de voir l'effet qu'elle faisait sur les autres gourmets mâles. Et c'est avec lui qu'elle allait dîner.

Il se leva, elle lui fit la bise.

Parfum légèrement capiteux, notes de fruits rouges. Mmm.

— Dis donc, Guillaume, nous montons en gamme. L'écrin, le très sélect restaurant du Crillon, carrément !

— Il fallait au moins ça…

— Tu as du neuf, donc…

— De la vraie dynamite, tu vas voir ! J'ai commandé deux coupes de champagne en apéritif, tu n'y vois pas d'inconvénient ?

— Parfait !

Il fit un signe au sommelier, qui leur apporta les deux coupes.

Ils trempèrent leurs lèvres de concert.

— Je t'écoute… Il est excellent, ce champagne !

— Ce que j'ai, c'est toujours en rapport avec le groupe Deep Core et La Légion. J'ai une source très sûre au plus haut niveau chez les flics. Et j'ai revu le commandant Vresky, dont je t'ai déjà parlé.

— Oui. Et ?

— J'ai fait une proposition à Vresky, car j'avais sur elle une information du plus grand intérêt. Un échange de bons procédés tu vois…

— Prometteur… Alors ?

— Ce que je vais te dire est également assorti d'une proposition.

— Bon, dis-moi ce que tu as, et ce que tu veux…

— Ok, je te la joue straight. J'ai appris au commandant Vresky que son supérieur hiérarchique, Marc Puységur, avait demandé à l'IGPN de faire une enquête sur elle. Elle est suivie jour et nuit, son téléphone est sur écoute, sa messagerie est surveillée. Son hiérarchique ne lui fait absolument pas confiance, et, si elle n'obtient pas les résultats escomptés sur son enquête, il lui fera porter le chapeau. Il l'a dit en ces termes.

— Waouh, elle a dû être surprise !

— Oui, mais finalement, pas tant que ça. C'est une femme très intelligente, elle rebondit vite, et elle savait que ce Puységur n'était pas franc du collier. Je n'ai fait que lui confirmer ce qu'elle sentait confusément.

— Ça a quand même dû être un choc. Être sous surveillance alors qu'elle est responsable d'une enquête de premier plan…

— C'est là qu'elle m'a complètement surpris ! Je comptais lui demander de me filer de l'information sur le point d'avancement de l'enquête, enfin des choses relativement habituelles… Eh bien non ! Elle a pris l'offensive tout de suite, et c'est elle qui m'a fait une proposition très surprenante…

— Tu n'écris pas un article, là ! Tu me la donnes cette info, oui ?

— Résumé en un mot, elle me donne tout ! Depuis le début.

— Le début, tu veux dire la tuerie de l'abattoir ?

— Non, bien avant. Elle a enquêté sur Max Roarsky avant même qu'il n'ait fondé La Légion. Et cela remonte loin, bien avant l'apparition du groupe Deep Core. Elle va me donner accès à l'ensemble des documents de l'enquête, et surtout, elle va me raconter la version réelle des évènements. Et me confier ce qu'avait écrit ce Max à l'époque. Personne ne connaît cette histoire, elle n'a jamais été publiée. Or cette histoire, ce n'est pas celle que les médias ont rapportée. Vresky va m'enregistrer ça sur des clés, et me les donner. Il y aura tout, les noms, les errances des flics, les compromissions, l'opération de l'attaque de Gréville, enfin la totale !

— Elle est consciente que, dès que ces informations seront divulguées, sa carrière est morte ?

— Attends, ce n'est pas fini ! Le plus fort reste à venir ! Elle m'a aussi indiqué qu'avec son ancien chef, celui qui a démissionné, elle conduit en ce moment une enquête parallèle pour neutraliser ce Max et sa bande ! Elle est persuadée qu'en agissant dans le cadre de la loi, les flics ne pourront pas l'attraper. Alors, elle et son petit groupe, ils ont décidé de passer outre. Et de mener leur vendetta personnelle. Car c'est une vengeance : la bande de Max a tué un de leurs collègues, et surtout la femme du flic qui dirigeait l'enquête, un dénommé François Péqueur !

— C'est dingue ! Pourquoi elle te dit ça ! Elle pourrait être poursuivie ! Elle est complètement en dehors des clous.

— Elle veut que la presse la soutienne, en révélant ce qui n'a jamais été dit. C'est sa seule protection. Elle veut montrer que le système est pourri, et que pour neutraliser la menace que représente Max, il faut sortir du cadre légal. Car elle ne croit pas aux déclarations révolutionnaires de Max et de Deep Core : pour elle, c'est un groupe mafieux, qui prolifère sur les peurs du moment. Sa stratégie, à mon avis, c'est de faire soutenir son action par la presse, pour contrer les menaces de sa hiérarchie. Tout en conservant l'avantage, car son chef ne sait pas « qu'elle sait » ! Avec son ex-chef, ce Péqueur, ils ont clairement un côté Bonnie and Clyde. Cette quête est suicidaire.

— C'est un jeu dangereux…

— Sûr… Mais on n'a rien sans rien ! Et puis tu es là…

— Nous y voilà… tu veux quoi ? Je suis sûre que tu as pensé à quelque chose… Tu combines toujours des plans d'enfer !

— J'essaie d'anticiper, c'est tout… J'ai effectivement pensé à une opération… Une grosse opération en fait !

— Je t'écoute…

— Comme nous l'avions envisagé lors de notre dernière rencontre, je pense que l'on va mixer la télé et la presse. D'après ce qu'a commencé à me raconter le commandant Vresky - et nous nous sommes vus pendant près de trois heures -, la totalité du récit va s'articuler en trois axes : le début, le milieu et le dénouement. Bon, je ne vais pas les appeler comme ça ! Je vais devoir me creuser un peu, trouver des titres accrocheurs ! Je vais publier cette histoire sous forme d'un feuilleton : quelques pages tous les jours, dans mon quotidien. Et je m'étais dit que tu pourrais m'inviter toutes les semaines pour que j'annonce ce qui va paraître, l'objectif étant de donner envie de lire le détail. À chaque intervention je résume brièvement les évènements de la semaine écoulée et je révèle ce qui sera développé dans les pages de mon quotidien à venir.

— Comme une sorte de fil rouge, en fait. Oui, je vois bien ça…

— Il y a tout de même des risques…

— La réaction des flics !

— C'est ça. Et celle du gouvernement. Il va y avoir de grosses pressions ! Voire des interdictions ! Et puis le second risque, c'est que je ne dois pas donner des éléments qui permettent de « brûler » ma source. Tout cela sans gêner l'enquête en cours. Et ça va dégager, au niveau de l'enquête… Le commandant Vresky vient de partir en Finlande, et un de ses adjoints va mener des investigations au Cambodge.

— On est carrément sur une enquête internationale ! Je vais border l'affaire en présentant le projet au PDG. C'est mon émission qui a la meilleure audience ! Je vais mettre en place des teasers, sous forme de bandeaux dans nos émissions. Ça, je peux le gérer toute seule, sans avoir besoin d'autorisation. Le mec qui fait les bandeaux, je l'ai dans ma poche… Il bave, le pauvre, tu vois ! Si la première émission fait un carton, on a tout gagné. L'audimat, c'est le juge absolu ! Ça et les réactions sur les réseaux sociaux.

— Bon. On se lance ? Quitte ou double, parce que si ça ne marche pas…

— Ok, on y va !

— Une dernière question avant de passer au repas ?

— Ok.

— Tu prends quoi, au petit déjeuner, demain matin, thé ou café ? Je dois le confirmer au room service…

— … Café…

Chapitre 37
Briefing à la sauce finlandaise

Finlande, Helsinki, juin

Vévé, confortablement installée à bord de l'Airbus A320, contemplait le paysage par le hublot lors de la descente sur l'aéroport d'Helsinki-Vantaa. La vue était saisissante. Lors de l'amorce de la descente, la haute altitude permettait de se rendre compte à quel point la Finlande est le pays des lacs. En jetant un œil sur le guide, Vévé avait d'abord cru à une erreur : 188 000 lacs ! Elle comprenait maintenant qu'il n'y avait pas eu de faute de frappe.

Cela étant, elle ne venait pas pour faire du tourisme.

Plutôt pour une partie de chasse.

Sous réserve que la piste ténue du katana les conduise à quelque chose ! Bien sûr, Vévé avait des doutes : d'abord, sur l'enquête elle-même… Cela pouvait être un coup d'épée dans l'eau ! Mais aussi et surtout sur François Péqueur… Si le repaire de la bande était découvert, les événements allaient se précipiter, et rien ne disait qu'ils allaient s'en sortir vivants. Tout cela tournait sans cesse dans sa tête. Elle ne voulait plus penser, il fallait qu'elle agisse vite.

Se jeter dans l'action.

L'avion se posa en douceur sur le tarmac, et roula jusqu'à la passerelle de débarquement. Vévé enfila son petit sac à dos et suivi le flot des passagers jusqu'à la zone de récupération des bagages. Elle empoigna son sac North Face, qu'elle avait privilégié au détriment d'une valise classique, ne sachant pas trop à quelle météo s'attendre. Ce sac était en effet parfaitement étanche, donc sécurité assurée pour ses petites affaires, même en cas de fortes pluies.

Elle se dirigea vers les contrôles de police et de douane.

Un grand gaillard blond, en uniforme, l'attendait.

Pur scandinave, plutôt tendance suédois que finlandais d'ailleurs.

Il accueillit Vévé dans un anglais impeccable.

— Bonjour commandant Vresky. Bienvenue en Finlande. Je m'appelle Ari Korhonen. Je suis sergent de la Police Nationale finlandaise. Je suis chargé de votre accueil, et je serai votre… Je ne sais pas comment vous dites en France, ici on dit « votre agent de liaison » …

— Bonjour et merci ! Je suis ravie de vous rencontrer. La police finlandaise fait bien les choses ! Je pensais que j'allais devoir me rendre au commissariat principal seule…

— Ah non alors ! Vous êtes la Chief Investigator d'une enquête anti-terroriste internationale, nous allons prendre soin de vous. Vous verrez, la Finlande est un pays tranquille, nous ne traitons jamais des cas comme celui qui vous amène. Nous allons d'abord aller à votre hôtel, puis au quartier général. Le commissaire principal vous attend pour le briefing dans trois heures, le temps pour vous de vous installer et de lire le dossier préliminaire.

Il lui remit une pochette, prit son sac et le déposa dans le coffre de sa Saab.

Vévé monta à côté de lui.

La Saab XC60 se glissa souplement dans le modeste flot de circulation.

— C'est loin d'ici, Helsinki ?

— Non, pas du tout. Une trentaine de kilomètres. L'hôtel que nous avons choisi pour vous se situe dans le quartier d'Etu-Töölö. C'est le quartier chic des monuments et galeries. Le siège de la police y est implanté. C'est également là qu'est située l'agence qui nous intéresse, Luxury Estate. Helsinki est une petite ville, rien à voir avec Paris !

— Très bien. Donc je vais avoir de la lecture dans un bon hôtel, c'est ça ?

— Tout à fait. Nous avons retenu le Töölö Towers. Il est vraiment bien, et surtout il est près de tout. Vous verrez, c'est plaisant.

— Cool.

Le trajet ne prit qu'une vingtaine de minutes. La circulation était fluide, rien à voir avec les encombrements parisiens, effectivement.

Vévé laissa son accompagnateur retourner au quartier général de la police. Elle récupéra la carte magnétique à la réception, et rejoignit sa chambre au 3e étage. Belle pièce, lit King Size, décoration scandinave, un lieu confortable mais sans vraiment de charme. Fonctionnel. Du bois blond, quelques notes d'aluminium, des formes anguleuses. Vévé n'avait jamais été une grande fan du design nordique, mais elle appréciait tout de même son côté très bien pensé : utilitaire avant tout.

Avant même de sortir ses affaires de son sac, elle se plongea dans la lecture du dossier que lui avait remis Ari Korhonen.

La police finlandaise avait pris l'enquête préliminaire très au sérieux.

La première recherche avait porté sur l'agence elle-même. Sur le plan financier, Luxury Estate était indubitablement en excellente santé. Les deux comptes professionnels de l'agence présentaient des soldes avantageux. Les services fiscaux n'avaient aucune remarque à faire, les impôts étaient payés en temps et en heure. L'agence se consacrait uniquement à la vente de propriétés et de bureaux. Pas de locations ni de gestion d'immeubles. Sur les trois dernières années, l'agence avait effectué une centaine de transactions. Le dossier comportait une synthèse de ces actes, y figuraient le nom et l'adresse des propriétés, le montant de la transaction, les noms et adresses des acquéreurs. Ces derniers étaient de différentes nationalités, il y avait bien sûr une majorité de finlandais, mais il y avait aussi quelques étrangers, en particulier quelques fonds d'investissement américains. Visiblement, l'agence n'avait jamais été mêlée à des affaires louches, de près ou de loin.

La seconde partie du dossier portait sur le personnel de l'agence. Deux vendeurs, deux administratifs dont une secrétaire et le Chief Dealer, du nom de Nikolas Virtanen. Vévé passa vite sur les administratifs et les vendeurs. Les fiches signalétiques ne faisaient rien ressortir de notable. Le Chief Dealer était âgé de 45 ans, il était marié et avait deux enfants de 8 et 12 ans. Son épouse travaillait dans une clinique privée. Virtanen avait fondé cette agence immobilière une douzaine d'années auparavant. Il avait visiblement commencé seul, et au fur et à mesure de la progression du chiffre d'affaires, il avait embauché du personnel. Il habitait une confortable maison dans la grande banlieue d'Helsinki. Le couple possédait deux voitures et un petit bateau, ce dernier n'étant absolument pas un yacht de luxe. Avoir un bateau dans un pays qui compte près de 200 000 lacs n'avait en soi rien d'étonnant. Virtanen n'avait pas de casier judiciaire et il n'était connu des services de police que pour quelques contraventions pour excès de vitesse. Donc, en bref, chou blanc sur toute la ligne. Un dossier immaculé.

Vévé sortit un casque sans fil Marshall de son sac à dos, sélectionna le dernier CD des Black Keys sur son téléphone, et s'allongea sur le lit.
Faire le vide.
Ne plus penser à rien.
Juste écouter la musique.

+++++++

Ari Korhoenen était parfaitement à l'heure. La Saab de la police attendait Vévé devant l'hôtel. Elle monta sans plus attendre dans le véhicule.
— Nous allons donc au quartier général ?
— Parfaitement. Réunion avec l'ensemble de l'équipe d'enquêteurs.
— Très bien. J'ai oublié de vous demander : vous avez bien récupéré mon arme de service à l'aéroport ?
— Absolument. Le commandant de bord me l'a remise. C'est le commissaire général qui vous la donnera, avec un document d'identité provisoire de la police finlandaise. Cette carte indique que vous êtes en mission internationale avec la totale coopération de la police finlandaise.
Le trajet ne prit que quelques minutes, mais Vévé fut surprise, car ils repassèrent près de l'aéroport.
— Je croyais que le siège était près de l'hôtel ?
— Il l'est, mais le briefing a finalement lieu à Vantaa, dans le bâtiment de la Police Criminelle Centrale, la Keskusriskospoliisi en finnois. On dit la KRP en fait. C'est là que se trouvent les enquêteurs. Alors plutôt que les faire venir tous, on a préféré faire l'inverse !
— Logique. J'étais surprise, c'est tout.
La Saab se gara devant un imposant bâtiment à l'architecture massive. Au moins quinze étages.

Guidée par son accompagnateur, Vévé arriva dans la salle située au 7e étage.

Le commissaire général, un homme corpulent à la stature massive, l'accueillit :

— Bienvenue, commandant Vresky. Bienvenue en Finlande, et dans notre quartier général.

Et la quinzaine de participants de l'applaudir !

Vévé ne s'attendait assurément pas à un tel accueil.

— Merci beaucoup. Je suis ravie d'être ici dans votre beau pays, même si j'aurais préféré d'autres circonstances que l'enquête qui m'amène ici.

Le commissaire reprit la parole.

—Je vais donc vous laisser exposer le point d'avancement de l'enquête. Avant cela, pour vous tous : le commandant Vresky dirige en France une brigade nationale chargée de toutes les affaires complexes de banditisme. Elle est ici munie d'un mandat international de recherche qui porte sur un terroriste notoire en fuite depuis trois ans, du nom de Max Roarsky. Vous avez sa photo dans le dossier qui vous a été remis. Ce dossier comporte également les photos des complices connus de ce Roarsky. Commandant, à vous !

— Merci commissaire. Je vais vous retracer tout cela. N'hésitez pas à m'interrompre et à poser des questions si quelque chose n'est pas clair. L'origine de ma présence ici remonte en fait à une attaque dans un abattoir en France il y a quatre mois de cela.

Vévé retraça dans le détail tous les éléments en possession des enquêteurs. Elle insista sur la vidéo :

— Nous avons soigneusement analysé la vidéo et nous sommes parvenus à repérer des éléments significatifs. Le premier motive directement ma venue ici : sur la lame du sabre japonais qui a servi aux décapitations, il y a une marque. Une « mon » comme disent les Japonais. Cette marque est la signature d'un Maître forgeron nippon : la police locale l'a contacté et il a donné l'adresse de l'acheteur, il s'agit…

Une main se leva : une femme mince, l'air énergique et décidé interrompait l'exposé.

— Êtes- vous sure qu'il s'agit du même sabre ?

— Oui. J'ai fait personnellement expertiser ce katana par un Maître japonais de la Voie du Sabre qui vit à Paris. Il a reconnu que cette arme était une copie d'un sabre de samouraï du 15e siècle, et il m'a donné l'identité du forgeron qui a réalisé cette arme. Ce Maître Forgeron a le statut de Trésor National Vivant, ce qui est la plus haute distinction possible pour un artiste au Japon. Ce maître a parfaitement reconnu sa marque, et a donc indiqué l'identité de l'acheteur : un cabinet financier colombien, localisé à Bogotá, qui a réglé la somme de 4 000 € pour cette acquisition. Ce sabre a été acheminé par Fedex depuis le Japon. Le cabinet financier paraît au-dessus de tout soupçon, un peu comme l'agence immobilière Luxury Estate. Le katana a ensuite été expédié, toujours par Fedex, jusqu'à l'agence immobilière en question. J'ai la preuve de cette expédition, sous la forme d'un bon d'envoi.

La même enquêtrice, qui décidément voulait connaître tous les tenants et aboutissants…

— Et quel est le lien entre Helsinki et l'abattoir en France ?

— J'y viens, un peu de patience. C'est le deuxième élément dont je vous parlais. Grâce à la vidéo des meurtres, nous avons des images des silhouettes des écoterroristes. Une de ces personnes a exactement les mêmes mensurations qu'une fugitive recherchée depuis longtemps par la police française : Angeline Turqot, dite « la Louve ». Elle a participé à de nombreux crimes, et en a commis certains elle-même. En particulier l'attaque d'un commissariat de police. Elle a été gravement blessée à cette époque-là : elle a fait un séjour en prison, a réussi à s'évader en tuant son psychanalyste. Nous la retrouvons ensuite auprès de son mentor, un dénommé Max Roarsky. Cet homme a fondé une organisation clandestine du nom de La Légion. Ils ont attaqué et pris le pouvoir d'une petite ville de province, Gréville. J'ai fait partie du groupe qui a réussi à remonter leurs traces : nous les avons rejoints dans la planque où ils s'étaient réfugiés, dans une forêt de l'Est de la France. L'affrontement qui a suivi a été très violent, il y a eu plusieurs morts et blessés, dans les deux camps. Mais les chefs de cette bande sont parvenus à s'enfuir, malgré tous nos efforts. Ils ont fait l'objet de mandats de recherche internationaux, mais sans résultat. Nous essayons de les retrouver depuis cette période.

Une autre main levée, cette fois un grand gaillard blond, intervint :

— Vous n'êtes donc pas certaine que ce soit cette femme ? Il n'y a pas de preuve dans ce que vous dites.

— Vous avez absolument raison. Et c'est tout le problème dans l'enquête que nous menons, depuis le début. Nous n'obtenons jamais de preuve flagrante, nous arrivons toujours en retard car nous attendons d'avoir des certitudes. Or, avec cette organisation, les preuves, il n'y en a pas. Nous constatons après coup ce qu'ils ont fait, et ils sont déjà partis ! Et s'il y a un maillon faible quelque part chez eux, ce n'est pas compliqué, il est tué. Il s'agit donc d'une très forte présomption : les mensurations de la femme de la vidéo correspondent aux siennes, et si l'on ajoute à ça le fait que cette Angeline Turqot est complètement fanatique des katanas japonais - elle a attaqué un commissariat et tué plusieurs policiers avec des petits sabres japonais - le rapprochement s'impose : de plus le but avoué de cette bande terroriste, La Légion, est le renversement du système politico-économique, comme le groupe Deep Core qui a revendiqué l'attaque et la destruction de l'abattoir, je trouve que cela commence à faire beaucoup de coïncidences. Et les coïncidences, moi, je n'y crois pas. Les visages des flics s'étaient durcis. L'attention était maintenant très soutenue. De flic à flic, ils voyaient bien maintenant l'enchaînement des déductions. Et les coïncidences, ils n'y croyaient pas non plus !

— Et enfin, un dernier élément, et non des moindres. Ce groupe Deep Core est responsable de la destruction d'une partie du siège de l'Organisation Mondiale du Commerce à Genève. Un vigile a été retrouvé mort, le corps transpercé par une arme extrêmement tranchante. Comme par un sabre. Nous sommes en présence d'une escalade. Ce groupe exige une redéfinition du commerce international, entre autres pour préserver la planète à des fins écologistes. Une véritable révolution de notre système, voilà le fond de leur revendication. Personne n'ose imaginer quelle sera la prochaine action. C'est pour cela que nous devons suivre la moindre piste, si ténue soit-elle. Le katana a dû être livré ici, à cette agence. Et on le retrouve dans les mains d'Angeline Turqot, en France. Comment ? Je ne sais pas. Mais nous pouvons formuler une hypothèse : et si les chefs de ce groupe, La Légion, s'étaient réfugiés en Finlande après la confrontation que nous avons eue dans la forêt vosgienne ?

Le commissaire général reprit la parole.

— Merci pour ce partage d'informations très complet, commandant. Nous allons maintenant décider ce que nous allons mettre en place pour exploiter cette piste. Je ne sais pas comment vous faites en France, mais ici, tout le monde donne son avis, et les décisions sont collectives, même si c'est moi, et moi seul, qui en porte la responsabilité. Je vous écoute. Allez, nous procédons comme d'habitude ! Ce n'est pas parce que nous avons une « invitée » qu'il faut se censurer !

Quelques murmures dans la salle. De nouveau la femme décidée :

— Il faudrait avoir la preuve que le colis de Fedex est bien arrivé à l'agence immobilière. Nous savons qu'il est parti de Colombie, mais il faut vérifier qu'il est bien arrivé ici. On pourrait demander aux Douanes de contrôler : tous les bordereaux de livraisons de Fedex sur une période donnée, pour toute la Finlande, pour ne pas éveiller l'attention. Comme nous connaissons le destinataire que nous cherchons, la vérification sera rapide.

— Excellente idée.

— Et puis un autre point. En encadrant la date possible de livraison, cela nous permettrait aussi de savoir si ce colis est reparti par Fedex. Parce qu'après tout, rien ne dit qu'Helsinki soit la destination finale.

— Parfait. À mettre en œuvre. Autre chose ?

Un autre enquêteur :

— Nous pourrions mettre sous surveillance le chef de l'agence.

— Trop risqué dans un premier temps. S'il s'aperçoit de quelque chose, l'effet de surprise sera perdu. Oui ?

— Nous pourrions déclencher un contrôle fiscal avec l'aide des impôts et de notre brigade financière. Cela permettrait d'éplucher leur comptabilité, pour des éventuelles rentrées d'argent inexpliquées, et tous les documents. Si ce sabre est reparti ailleurs sans passer par Fedex, il devrait y avoir une trace quelque part.

— Parfait ! Et la police n'est toujours pas « visible », ce qui est le but recherché.

Vévé lança également son idée :

— Dans la mesure où nous avons la liste des transactions réalisées par l'agence, je pense qu'il faudrait enquêter là-dessus. Par rapport aux acquéreurs, il faudrait écarter ceux qui sont, de notoriété publique, au-dessus de tout soupçon : les personnalités, les entreprises connues, etc. La liste serait forcément réduite. Et ensuite, exclure les propriétés urbaines. En effet, si une acquisition a été faite par La Légion, on peut supposer qu'il s'agit d'une base de repli, donc forcément isolée. Et enfin enquêter en profondeur sur les acquéreurs de cette liste réduite. Cela donnerait peut-être quelque chose.

— Eh bien, je crois que nous avons là un bon dispositif. Merci commandant Vresky pour cette dernière idée. Je vais procéder aux répartitions de responsabilité avec mon adjoint. Vous aurez vos feuilles de route d'ici une demi-heure, pour une exécution immédiate. Commandant Vresky, prochain briefing après-demain, le temps de mettre en œuvre tout cela.

Les conversations reprirent.

Vévé rejoignit son hôtel. Un peu de repos serait le bienvenu.

Et elle devait voir Péqueur dès son arrivée.

Il fallait qu'il conserve une longueur d'avance.

Pour leur vengeance.

Chapitre 38
Oil story /rupture

Jean-Marc Kowalski se leva avec difficulté.

Un peu comme tous les matins.

Il en avait assez de se réveiller à l'aube pour aller bosser. Heureusement, il y avait les potes, et ça, ça comptait vraiment, même si depuis les licenciements, l'ambiance n'était plus la même. Avant, il y avait les pots, toutes les occasions étaient bonnes. On était solidaires, on se serrait les coudes face à la direction, face à ces foutus cadres qui passaient leur temps à contrôler et à faire des remarques.

Et puis il y avait eu la grève, trois semaines à tenir, avec les camarades. Ils voulaient faire plier la direction, et obtenir enfin une augmentation, pour limiter un peu les effets de la hausse du coût de la vie. Tout était plus cher, et c'était de plus en plus dur de s'en sortir.

Donc ils avaient tenu le coup, trois semaines de grève, c'est long. Occupation du dépôt jour et nuit, les équipes se relayaient. Le piquet de grève devant l'entrée, ça c'était chouette. On se les gelait, mais on avait chaud au cœur.

Ensuite, il y avait eu les CRS. Au début, ils avaient juste « pris position » comme ils disaient. Ils faisaient face aux grévistes. Pendant ce temps-là, les discussions continuaient avec la direction. Au bout de la deuxième semaine, quelques gars avaient quitté le mouvement, sans prévenir.

Et deux jours après, ils étaient revenus avec les non-grévistes, les jaunes*, sous escorte des CRS. Il avait bien fallu les laisser entrer, les camarades ne faisaient pas le poids face aux flics.

Avec le redémarrage du dépôt, le mouvement de grève s'était essoufflé : les négociations avaient cessé avec la direction, et tous avaient dû reprendre le travail, la mort dans l'âme.

Sans rien obtenir, même pas quelques euros, alors que le groupe Staroil affichait des bénéfices records, et que le patron, ce gros salopard, avait encore été augmenté !

Depuis cette période, Jean-Marc Kowalski n'avait plus goût au travail. Il se levait à contre-cœur et allait bosser en traînant des pieds. Dans le dépôt, il fallait aussi se farcir les sourires des lâches qui avaient cassé le mouvement en reprenant avec les jaunes.

Bien sûr, des licenciements « pour raison économique et pour rationaliser la production » avaient suivi, et comme par hasard, beaucoup de grévistes avaient été virés. Mais pas les délégués syndicaux, comme ça on respecte la loi, et l'Inspection du Travail n'y trouve rien à redire.

Il avala rapidement son petit déjeuner, ferma à clé son deux pièces, emprunta les escaliers, car, une fois de plus, l'office HLM n'avait pas fait réparer l'ascenseur, et rejoignit son Duster d'occasion.

Depuis sa cité, le trajet jusqu'au dépôt ne lui prit que 10 minutes en dépit de la circulation, déjà dense à cette heure-là.

Il se gara sur le parking du personnel, et fut tout de suite surpris par l'agitation ambiante.

Des voitures de police étaient stationnées un peu partout, gyrophares en action.

Jean-Marc Kowalski sortit de sa voiture, verrouilla les portes et s'approcha de la grille d'entrée.

Devant lui, dans la file d'attente, Larbi, un de ses bons potes :

— Qu'est-ce qui se passe ? Pourquoi y a les flics ?

— T'as pas écouté les infos ce matin ?

— Ben non, je les écoute plus. C'est toujours pareil leurs conneries…

— Ce matin, ça parlait de nous !

— Quoi ?

— Tu sais, la cuve numéro 4…

— Ouais, celle qui est devant l'entrée avec le tourniquet, je vois.

— Eh ben, dedans, ils ont retrouvé le grand patron, mort, englué de mazout !

— Sans déconner !

— J'te jure. C'est le groupe écolo qu'a revendiqué le truc. Ils l'ont foutu dans son pétrole !

— Ben j'le pleurerai pas. C'était une ordure, ce type, à licencier tout le monde comme ça. Il l'a pas volé. Finalement, tu vois, c'est une bonne journée.

— Pas pour lui…

* : se dit des non-grévistes, fait référence à la Fédération des Jaunes de France, mouvement créé en 1901 par Pierre Biétry, par opposition aux syndicats dits « rouges », c'est-à-dire socialistes. Ce syndicat « jaune » refusait certains modes d'action comme la grève et l'affrontement contre le patronat.

Chapitre 39
Fil infos 4

France, Paris, juin
Journal national de 20 h
Script
Gros plan sur Jorma Silieski
Bonjour. Aujourd'hui, en début de matinée, le corps sans vie du PDG de Staroil a été retrouvé noyé dans un réservoir contenant du pétrole brut. Cet industriel, monsieur Carlos Bernos, avait été enlevé par le groupe terroriste Deep Core : au cours d'une séance vidéo diffusée en direct sur les réseaux sociaux, ce PDG avait dû lire sous la contrainte un document, rédigé par les terroristes, dans lequel il reconnaissait avoir favorisé les actionnaires et sa propre rémunération au détriment des employés du groupe. Les personnes qui voyaient cette vidéo pouvaient voter sur la vie ou la mort de ce dirigeant. Le groupe Deep Core a revendiqué le meurtre, en disant qu'ils avaient exécuté la sentence du peuple.

La France entière est en alerte maximale. Les forces de police quadrillent le territoire, et les frontières sont sous très haute surveillance.

Images de l'extérieur du dépôt de carburant. Images des forces de police

Pour nous aider à comprendre cet acte horrible, nous avons invité Marc Villemotte, docteur en addictologie comportementale au Centre d'Enseignement, de Recherche et de Traitement des Addictions et auteur du livre « L'addiction aux jeux, prélude au chaos ? » et José Perthuis, chercheur en sociologie à l'université de la Sorbonne.

Monsieur Villemotte, comment comprendre ce terrible vote ? Comment le relier aux jeux vidéo ?

Plan serré sur M. Villemotte

Les jeux vidéo reposent sur des valeurs fondamentales qui sont l'interaction, l'immersion, le sentiment de présence et la personnalisation. Cette extension de soi dans le virtuel accroît la perméabilité entre réalité et jeu. Jouer suppose agir même si c'est pour se distraire. Par ailleurs, l'accélération de la « numérisation des modes de vie » accroît le déni de réalité. Nous vivons de plus en plus dans une société du virtuel, et le joueur perçoit de moins en moins de différences avec le monde réel.

Plan serré sur M. Perthuis

M. Perthuis, une société du virtuel ? Cela vous parle, j'imagine ?

Bien sûr. La frontière s'amenuise entre les deux mondes chez beaucoup d'acteurs, cela a été démontré par de nombreuses études. Il faut aussi noter que l'on nous demande de plus en plus notre avis, en votant, sur ce que nous avons acheté, ou écouté, ou vu, même après votre visite chez le garagiste. Nous sommes sollicités en permanence, et nous n'avons jamais de retour. Au mieux, une note générale annuelle pour un produit ou une entreprise. Le fait d'être sollicité est donc habituel. Et le « votant » ne voit pas l'impact de son vote. Cela pourrait d'ailleurs aussi s'appliquer à l'électeur… Donc, la frustration s'accroît.

Retour sur la journaliste

Monsieur Villemotte, les internautes qui ont voté se rendent-ils compte de la portée de leur acte ?

Plan sur M. Villemotte

Je ne peux être catégorique. Certaines personnes ont dû croire que le fait de voter pour « mort » n'allait pas se traduire par une mort effective. D'autres, au contraire, ont dû agir sciemment. Mais appuyer sur une touche « enter » ne fait pas couler de sang. Ces internautes n'ont pas de contact direct avec la scène en vidéo. Et puis, vient une autre notion : l'impunité. Le vote est anonyme, personne ne peut savoir qui a voté quoi. Et donc, décharge de toute responsabilité.

Plan sur la journaliste, puis sur M. Perthuis

Monsieur Perthuis, un commentaire ?

Oui, une double notion. D'abord, cela fait penser aux jeux du cirque, lorsque le public votait pour la vie ou la mort des gladiateurs. Et même si les mœurs ne sont plus les mêmes dans la société actuelle, cette appétence pour le sang est malheureusement toujours présente… Et il faut aussi mentionner, en complément, le fait que les jeux vidéo, mais aussi les réseaux sociaux, favorisent la libération des instincts y compris celui de la violence, car les personnes ne sont jamais confrontées aux conséquences de leurs pulsions, alors que dans le monde réel, elles devraient rendre des comptes. Cette liberté banalise donc les expressions, pour le meilleur comme pour le pire.

Retour sur la journaliste

Merci messieurs. Nous n'avons plus qu'à espérer que la police finisse par capturer les membres de ce groupe, afin que cesse cette terreur.

Et maintenant, notre sujet sur la nidification des colombes.

Chapitre 40
Le bœuf-carottes mijote

France, Paris, juin

Puységur se réunissait déjà pour la troisième fois avec l'IGPN.

Toujours à l'espace Grands Voyageurs de la Gare de Lyon, c'était devenu une habitude.

Le directeur Paul Duplantis et son enquêteur Omar Sari étaient arrivés les premiers. Ils l'attendaient.

Puységur les rejoignit et s'assit.

— Vous avez souhaité me voir. Du nouveau ?

Le directeur de l'IGPN avait la mine sombre.

— En quelque sorte. Le comportement du commandant Vresky soulève quelques questions.

— J'en étais sûr ! Vous avez quoi ?

— Pas de preuve en tant que telle. Pas de comportement illicite mais des faits troublants, qui, à mon avis, peuvent éventuellement justifier une poursuite d'enquête, mais rien de plus.

— Je vous écoute.

— Selon votre demande, nous avons mis en œuvre une surveillance rapprochée de Vresky. Elle se déplace souvent, et passe de courtes séquences - 10 minutes environ - dans des cybercafés. Première question : pourquoi, particulièrement pendant ses horaires de travail ? Ensuite, elle change à chaque fois de cybercafé : ce comportement paraît surprenant. Nous avons alors eu un coup de chance : un des derniers cybercafés qu'elle a visités est tenu par un de nos indicateurs. Lorsqu'elle est sortie, l'inspecteur qui la suivait a eu un excellent réflexe ; il a laissé tomber la filature et est rentré dans le cybercafé. Il s'est fait connaître de notre indicateur et a pu avoir accès au poste que le commandant Vresky venait d'utiliser. L'historique des connexions montre qu'elle s'est branchée sur Telegram. Comme vous le savez, cette application cryptée permet d'envoyer des messages sans que personne d'autre ne puisse les lire, à part le destinataire bien entendu. Les messages s'auto-détruisent très vite, aucune trace ne demeure. Nous ne savons donc pas avec qui elle a communiqué, ni ce qu'elle a écrit.

— Ok. Alors quoi ?

— C'est un comportement pour le moins étrange. Elle envoie des messages sur une application cryptée utilisée par tous les criminels et les terroristes, et elle le fait à partir d'un cybercafé différent à chaque fois. Elle a quelque chose à cacher. Mais en même temps, rien ne l'empêche d'utiliser Telegram. Ce n'est pas une infraction. Toutefois, ce n'est pas tout.

— J'écoute.

— Mes enquêteurs ont été très prudents dans leurs filatures, ils n'ont jamais été découverts, en revanche ils ont pu vérifier que le commandant Vresky agissait comme si elle essayait de déjouer une éventuelle filature. Prendre le métro dans une direction, puis changer et prendre la même ligne dans l'autre sens. Utiliser une entrée d'un parking et sortir par une autre entrée, à pied. Et ce ne sont que des exemples. Pourquoi faire ça si elle n'a rien à se reprocher ?

— Effectivement.

— Et un dernier élément. Nous avons pu établir qu'elle avait participé à une « réunion », je ne sais pas trop comment appeler ça, avec les deux membres de son équipe, les inspecteurs Idriss Salah et Jeremy Moher, au domicile de Monsieur Salah. À cette réunion, il y avait un participant supplémentaire, l'ex-commandant

François Péqueur, l'homme qui avait la charge de la brigade jusqu'à sa démission.

— ...

— Absolument rien de répréhensible en soi. Voir des gens avec qui on travaille en dehors du cadre professionnel ne présente aucun problème. Mais, avec la présence avérée de l'ex-commandant Péqueur, on est en droit de se demander pourquoi l'ancienne équipe se réunit. Certes il peut juste s'agir d'une rencontre « sociale » de l'ancienne équipe. On prend un verre ensemble et on discute. Nous n'avons donc rien de vraiment définitif, mais comme je vous l'ai indiqué, nous avons un faisceau de faits troublants. Et si cette visite de l'ex-commandant Péqueur cachait autre chose. S'il venait là pour obtenir par exemple des informations ? On pourrait alors formuler l'hypothèse que le commandant Vresky utilise les ressources de la police pour une affaire qu'elle veut garder non-officielle.

— Cela confirme ce que je pressentais. Il faut donc continuer la surveillance. Et l'amplifier : les deux collaborateurs, ainsi que ce François Péqueur.

— Pour les deux policiers, pas de souci, c'est de mon domaine. Cependant, je ne peux faire surveiller François Péqueur. Il n'est plus dans la police, je n'ai donc pas le droit, en tant qu'IGPN, d'enquêter sur lui. Mais vous pouvez le faire suivre par un de vos hommes si vous le souhaitez, ce ne sont pas mes affaires.

— Je verrais. Vous préconisez quoi ?

— À ce stade, nous n'avons pas assez d'éléments pour convoquer et interroger officiellement le commandant Vresky. Nous pouvons poursuivre notre surveillance, en restant invisibles. Il nous faut espérer qu'elle va se trahir d'une façon ou d'une autre, et que nous pourrons avoir la preuve *a minima* qu'elle donne à des tiers non-autorisés des renseignements confidentiels venant des enquêtes en cours.

— Et si c'est le cas ?

— Ce serait une infraction mineure qui lui vaudrait tout au plus un avertissement. Bien sûr, les policiers n'ont pas le droit de mentionner à des tiers des éléments issus des affaires en cours, mais vous savez comme moi qu'une bonne partie des enquêteurs raconte ses journées à son conjoint, avec plus ou moins de détails. C'est un fait connu. Et l'avocat du syndicat va vous le mettre en avant. Vous ne tirerez rien de ça.

— Moi, je suis certain que ce qu'elle fait est plus grave que ça. Je le sens. Son comportement n'est pas clean.

— J'entends bien votre conviction, mais je ne peux fabriquer des preuves ! Elle n'a rien commis de répréhensible.

— Ok. Je vous demande de continuer votre surveillance. Et le téléphone ?

— Rien de notable.

— Vous pouvez aussi surveiller les autres membres de l'équipe ?

— Non, pas au sens physique. Je ne vais pas mettre plus d'effectifs là-dessus. Vous m'avez demandé d'enquêter sur le commandant Vresky, et je le fais. Mais je ne vais pas mettre son groupe sous surveillance physique, pas avec les éléments recueillis jusqu'ici. Cela n'aurait pas de sens. Je peux faire écouter leurs téléphones de service, c'est le maximum que je puisse faire.

— Je prends note. Nous avons terminé ?

— Oui. Je vous contacterai en cas d'éléments nouveaux.

Puységur se leva et quitta l'espace Grands Voyageurs d'un pas rapide.

Contrarié.

Cette Vresky le menait en bateau, il en était persuadé.

Mais elle était plus maligne que lui.

Et ça, il n'aimait pas.

Ce Duplantis, avec ses airs « ça, je ne peux pas le faire, ce n'est pas un flic » … Il se prenait pour qui ! Même pas fichu d'avoir des preuves.

Il allait devoir trouver quelque chose.

Peut-être même inventer quelque chose…

Elle n'allait pas s'en tirer comme ça !

Chapitre 41
Un katana voyageur part two

Finlande, Helsinki, juin

Vévé, Helsinki, ça commençait à la gonfler.

Rien à faire.

Rien à voir, à part les sites pour touristes et elle n'était pas là pour ça. Elle n'en pouvait plus de cette attente. Plus elle approchait de la fin, plus elle voulait que cela s'accélère, pour enfin passer à autre chose.

En même temps, elle avait peur : ce qui l'avait tenue debout, jusqu'à présent, c'était cette traque. Une fois cette dernière terminée, qu'allait-il rester ? Comment continuer ? Elle n'en pouvait plus des compromissions de son boulot. Lorsque Péqueur dirigeait l'unité, elle ne subissait pas la pression de la hiérarchie, ni les combines de ceux qui détenaient le pouvoir.

Et puis il y avait François. Cette dernière étape était très dangereuse. Max et sa garde rapprochée n'étaient pas de enfants de chœur… Et François allait les attaquer seul.

Elle retournait tout cela dans sa tête, et elle n'en pouvait plus !

Son ange gardien blond s'était révélé d'une infinie platitude.

Et Péqueur qui avait du retard. Toujours les super horaires des trains.

Donc, vraiment ras-le-bol !

Lorsque le sculptural finlandais lui avait dit que le commissaire principal avait en main les résultats des différentes actions, elle avait failli sauter de joie.

Elle avait un quart d'heure d'avance sur l'heure à laquelle ils s'étaient mis d'accord.

La Saab arriva en douceur. Le flic la salua obséquieusement.

Ça aussi, ça l'énervait : toujours courtois, pas un mot plus haut que l'autre, aimable, mièvre !

Devaient manger trop de navets, les flics finlandais !

— Bonjour commandant. Vous allez bien après ces petites journées de tourisme ? Vous avez pu visiter un peu notre belle capitale…

— Oui, je suis ravie. Nous allons au briefing ?

— Bien sûr. Cette fois, c'est à notre quartier général, vous verrez, c'est plus près. À peine à deux rues d'ici.

Effectivement, le trajet ne prit que quelques minutes.

Bâtiment un tantinet stalinien, imposante guérite de sécurité à l'entrée.

Direction la salle de réunion, hop hop hop.

Le commissaire général, à son aise dans le rôle de Monsieur Loyal.

— Bonjour à tous. Mon commandant, nous allons partager les résultats des enquêtes menées. Tout d'abord, une confirmation de votre intuition : Fedex a bien livré un colis, un seul, à l'agence Luxury Estate. Le contenu indiqué sur le bordereau est « objet de collection ». Par ailleurs, les douanes colombiennes ont effectué un marquage particulier sur le paquet. Ce marquage signifie qu'il s'agit d'un objet tranchant. Sans avoir vraiment une preuve formelle, nous sommes pratiquement certains qu'il s'agit de ce sabre. Fedex n'a fait aucune difficulté pour donner aux services des douanes une copie de la totalité de leurs arrivées sur la semaine.

Vévé en était certaine, mais cela valait tout de même la peine d'être confirmé.

— Le deuxième axe de notre action est moins net. Les services du trésor sont intervenus comme je leur ai demandé. Ils ont eu accès à toute la comptabilité, et, après analyse, rien ne semble sujet à caution. Toutefois, il n'y a aucune trace de la valeur de ce sabre dans leur suivi. La secrétaire fait une sorte de main courante des dépenses, qui est ensuite reprise par la comptable, et imputée sur les bons comptes en fonction du plan comptable général. Nous avons donc un listing, et sur ce listing apparaît une somme relativement importante pour une entreprise de logistique, Express Fret. J'ai demandé à un de mes inspecteurs d'aller questionner cette entreprise. Il s'agit d'une structure familiale : deux chauffeurs, pour des courses de proximité. Sauf celle que leur a commandée Luxury Estate. Helsinki - Rovaniemi, 830 kilomètres. Un trajet de presque dix heures aller. Mon enquêteur n'a pu rencontrer le chauffeur qui a effectué cette course, car il est en congé en Suède. Il ne rentre que dans 10 jours. Mais le dirigeant se souvient très bien de cette course : il s'agissait de livrer un paquet de forme allongée à la poste restante de Rovaniemi. Le paquet était destiné à un certain Niillas Valkeapaa. J'ai fait effectuer une recherche sur ce nom, et nous avons trouvé une correspondance. Cet homme a fait partie des forces spéciales finlandaises. Il est revenu à la vie civile après sa période militaire. Son casier est vierge. Il est propriétaire d'un important troupeau de rennes. C'est un Sami qui vit au nord de Rovaniemi, dans une ghoati, l'habitat traditionnel des Samis.

Vévé intervint :

— Un Sami ? Une ghoati ?

— Oui, bien sûr, vous ne pouvez pas savoir. Les Samis sont une minorité autochtone du nord de la Scandinavie. On les retrouve en Suède, en Russie et en Finlande. Il y en a à peu près 6 000 en Finlande. Vous les connaissez sûrement sous le nom de « Lapon », mais ce terme est péjoratif pour eux, car il veut dire en suédois « porteur de haillons ». Ils vivent pratiquement tous de l'élevage des rennes, et ils habitent souvent dans des huttes faites en bouleau, les ghoatis.

— Je vois. Mais ce type-là, un collectionneur ? Un éleveur de rennes qui acquiert un sabre de ce prix-là ? Pour le revendre ? Et quel parcours depuis le Japon… Je n'y crois pas.

— Moi non plus. D'après son dossier militaire, qui est finalement la seule chose que nous ayons sur lui, ce Valkeapaa était un excellent soldat, sans plus d'envergure que cela. Il n'est fait mention nulle part d'un intérêt particulier pour les arts martiaux japonais ou les armes japonaises. Ses notes sont très bonnes dans tous les exercices. Et comme tous les Samis, il résistait très bien aux températures très basses que nous pouvons avoir ici. Côté psychologique, il est décrit comme un homme renfermé, avec peu de contacts extérieurs, obéissant sans poser de questions, mais peu capable d'initiatives. Il était visiblement très proche d'un dénommé Jarno Nieminen, surnommé « Jöring » à cause de sa passion pour ce sport. J'ai également effectué des recherches sur lui : tireur d'élite, expert en explosifs, beaucoup de potentiel, mais il a été renvoyé des forces spéciales pour avoir frappé son officier. On retrouve ensuite sa trace en Afrique, où il a fait partie d'un groupe de mercenaires se vendant au plus offrant. Et depuis, plus rien. Trace perdue.

— Deux ex des forces spéciales finlandaises, dont un avec un passé criminel, ça commence à me plaire, comme piste, vous ne trouvez pas, commissaire ?

— Complètement en phase avec vous, commandant. Bien, maintenant, le dernier point que vous souhaitiez étudier : l'équipe a examiné toutes les transactions effectuées par l'agence au cours des trois dernières années. Sur les sujets fiscalité et provenance de l'argent, rien de particulier. Sachant que pour les propriétés acquises par des personnes ou fonds extérieurs à la Finlande, nous n'avons pas pu enquêter bien loin dans ce domaine. Nous avons donc recherché des biens situés dans des lieux isolés, comme vous l'aviez indiqué, ce qui nous a d'ailleurs facilité la tâche. La liste s'est alors réduite à dix-sept propriétés. En enlevant celles qui ont été achetées par des personnes très connues ou des groupes financiers au-dessus de tout soupçon, il nous reste quatre biens. Un seul de ces biens ne fait pas l'objet d'une exploitation commerciale. Il a été acquis par un fonds américain pour des artistes. Et tenez-vous bien, il s'agit d'une île, Huuhmonen, située à proximité de la petite ville de Kajaani, près du cercle polaire.

— Yes ! C'est là, sûr ! Et cette ville, c'est loin de Rovaniemi ?

— Assez. 336 kilomètres pour être précis. Mais si vraiment ils ne veulent pas se faire repérer, c'est jouable. Car le Sami habite au nord de Rovaniemi. Ce n'est donc pas étonnant qu'il aille chercher du courrier à la poste restante de Rovaniemi.

— Effectivement. Que préconisez-vous pour la suite ?

— Nous allons devoir monter une opération d'envergure. Je vais en référer au ministre : selon ce qu'il me dira, nous aviserons.

Vévé sortit du Quartier général d'un pas vif.

La piste était brûlante, un comble pour le climat en Finlande.

Vite, François !

Chapitre 42
Scoop toujours

France, Paris, juin

Aujourd'hui, Jorma Silieski jouait gros. Un genre de quitte ou double ! Soit l'audience la suivait, et elle sortait renforcée grâce à l'audimat, soit c'était un flop, et alors là, bye-bye la présentation du journal télévisé. Convaincre le PDG de la chaîne n'avait pas été simple. Le seul argument qui portait avec lui, c'était le fric. Donc l'afflux des demandes d'écrans publicitaires, grâce aux téléspectateurs toujours plus nombreux. Le reste, il s'en foutait royalement. Elle avait pourtant coché toutes les cases : professionnalisme éthique - l'intérêt d'un scoop visant à révéler une histoire inconnue -, sens de l'à-propos - montrer le dessous des cartes d'une enquête policière -, et enfin « je suis la plus jolie et super sexy » - une tenue très ajustée, robe Versace perchée sur des Louboutin Hot Chick.

En vain.

Just money, money !

Donc elle était nerveuse.

Elle rejoignit le plateau et, au passage, salua Guillaume Godefroy, qui n'avait pas l'air beaucoup plus rassuré qu'elle.

Script

Gros plan sur Jorma Silieski

Bonjour à tous. Bienvenue dans notre émission spéciale d'information. Depuis l'enlèvement puis le meurtre du dirigeant du groupe pétrolier Staroil, la France est en état de choc. À cela s'ajoutent la tuerie de l'abattoir, et la destruction du bâtiment de l'OMC à Genève. Les forces de police sont en alerte maximale, les présumés coupables - le groupe d'écolo-terroristes Deep Core, qui a revendiqué ces actions - sont activement recherchés.

Mais, vous dit-on la vérité ? À TT1, nous avons décidé de mener l'enquête. Nous allons vous révéler des informations exclusives, des informations qui jusqu'à maintenant étaient cachées au public. À TT1, nous avons décidé que vous aviez le droit de savoir.

Nous avons invité un collègue de la presse écrite, Guillaume Godefroy, journaliste au Soir, un grand quotidien d'information national.

Gros plan sur l'arrivée de M. Godefroy

Bonjour Guillaume. Que pouvez-vous nous confier sur les enquêtes en cours ?

Comme vous l'avez indiqué, la police dissimule des faits. Et ces faits sont de nature à changer le regard que portent les téléspectateurs sur ce groupe Deep Core.

Plan sur Jorma Silieski

Que voulez-vous dire par là ?

Plan sur M. Godefroy, puis images de la destruction du bâtiment de l'OMC

Lors du dynamitage du bâtiment de l'OMC à Genève, le groupe Deep Core a indiqué avoir contacté les autorités avant l'explosion, afin que les employés puissent être évacués. D'après les données des enquêtes d'opinion, les personnes sondées ont apprécié cette alerte préventive.

Retour sur Jorma Silieski

Oui, d'ailleurs, j'avais invité un sociologue qui évoquait un changement de stratégie de Deep Core.

Gros plan sur M. Godefroy

Ce que la police n'a pas dit, c'est qu'un vigile a été tué lors de cette opération. Il s'agit là aussi d'une exécution à l'arme blanche, sûrement un sabre d'après les premières constatations de la police suisse. Donc ce groupe a eu recours à une violence extrême.

Gros plan sur Jorma Silieski

Pourquoi cacher ce meurtre ?

Gros plan sur M. Godefroy

La police a une tradition de silence. Sous couvert de « protéger l'enquête en cours », la police manipule l'opinion publique.

Retour sur Jorma Silieski

Je crois que vous avez d'autres informations à partager avec nos spectateurs ?

Images d'une table recouverte de documents, Guillaume Godefroy est debout, à côté de la table

Oui. Ce que vous voyez à l'écran, ce sont tous les documents que j'ai pu obtenir. Ces écrits, des rapports, des comptes-rendus d'interrogatoires, mais aussi un document rédigé par Max Roarsky, une sorte de journal de bord, ce sont toutes ces informations que je vais partager avec vous. Demain, dans le quotidien Le Soir, vont paraître les trois premiers chapitres de ce récit de meurtres et d'attentats. Vous y apprendrez comment ce Max Roarsky a commencé sa « carrière », si je puis dire, de serial killer.

Retour sur Jorma Silieski

Et quel est le rapport avec le groupe Deep Core, qui a revendiqué les attentats ?

Plan serré sur M. Godefroy

Le groupe Deep Core semble être une sorte d'émanation de l'organisation mafieuse créée par Max Roarsky, La Légion. Comprendre le fonctionnement de La Légion, c'est comprendre comment ce groupe d'écolo-terroristes peut frapper. La police ne souhaite pas le dire, car elle ne veut pas que le public ait peur. C'est pour cela qu'ils nous cachent des informations. Dans le journal Le Soir de demain, vous découvrirez la vérité sur les débuts de l'histoire. Et, par publications successives de trois chapitres à la fois, toutes les semaines, vous saurez tout de ce sanglant parcours.

Plan sur Jorma Silieski, avec le logo de TT1

Vous pensez que les autorités vont vous laisser publier ce récit ?

Plan sur M. Godefroy

La police et le gouvernement vont essayer de nous faire taire. TT1 et Le Soir, ces deux médias vont subir des pressions. Pour nous réduire au silence. Je fais confiance à mes lecteurs et à vos spectateurs pour nous permettre de résister. Je leur lance d'ailleurs un appel : pour continuer à connaître la vérité, vous devez être nombreux à nous soutenir. Plus vous serez nombreux, plus ce sera difficile pour le gouvernement de nous bâillonner. La liberté d'information dépend de vous tous.

Plan américain sur Jorma Silieski

Merci M. Godefroy. Toutes les semaines, vous serez notre invité, pour nous faire de nouvelles révélations.

Et maintenant notre sujet contemplatif : la vie des poissons rouges dans nos aquariums, avec une question choc : faut-il interdire les aquariums ronds ?

Chapitre 43
Une croisière rémunératrice

Océan Atlantique, juin
Ok. Ils étaient tous payés pour ne pas poser de questions.
Royalement payés.
Mais bon, être rejoints par une vedette rapide, prendre quatre passagers à bord, c'était une sacrée surprise !
Le capitaine Joko Putra s'apprêtait à protester.
Son énervement n'avait pas duré longtemps : juste le temps d'ouvrir le sac noir contenant une modeste contribution supplémentaire, 250 000 dollars.
Il avait bien vu l'armement des deux mecs, mais les questions, ce n'était pas son fort. L'argent tombait, c'était tout ce qui comptait. Il avait guidé ses passagers vers les cabines disponibles. En fait, il avait dû virer le maître d'équipage et le chef machiniste de leurs cabines. Les dollars avaient vite étouffé les récriminations.
Ses instructions étaient très précises, mais un tantinet laconiques : le container open top 010082 ne devait ni être bougé, ni être recouvert. Son porte-container devait mettre en panne à 270 miles nautiques des côtes américaines - environ 550 kilomètres -, à une distance médiane entre Washington et New-York. Une grosse dizaine de jours. Il avait calculé précisément la position, et mis le cap dessus, après avoir notifié sa destination à son port de rattachement, Tanjung Priok, Jakarta.
Il ne savait pas exactement ce qui allait se passer, mais le container, ou plutôt son contenu, allait jouer un rôle.
Des armes, sûrement.
Pour faire quoi ?

+++++++

Kitten vérifia une nouvelle fois son drone. Pas le moment qu'il tombe en panne. Elle en avait pris un deuxième, pour être parée, mais il était moins puissant. Cela dit, toujours des Mavic. Son préféré était le Mavic 3, quarante-six minutes d'autonomie par batterie… Largement suffisant, car la transmission devait être courte.

Elle était bluffée par la qualité du retour full HD des images, grâce au logiciel Ocusync 3, lorsqu'elle l'avait essayé.

En revanche, elle n'avait rien compris au fonctionnement du boîtier qu'il avait fallu coller au drone. Eagle lui avait expliqué que ce boîtier allait envoyer les images à une très grande distance, mais il n'avait pas su lui en dire beaucoup plus. De toute façon, elle n'avait pas à s'en occuper, le fonctionnement était automatique. Elle devait juste piloter le drone et le maintenir au-dessus du cargo, à une altitude permettant de voir l'intérieur du container. Le monde entier devait pouvoir reconnaître les missiles Kalibr. C'était ça le plus important. Eagle l'avait bien expliqué : il s'agissait de présenter une menace crédible, pour obtenir de l'ONU et du président des États-Unis des engagements fermes, devant le monde entier. La mise à feu des missiles pouvait être commandée à distance, mais Eagle avait insisté pour que Wolf détienne ce pouvoir, à l'aide d'un simple bouton poussoir. Ce sera plus photogénique, avait-il affirmé. Alors Kitten avait fait un gros plan sur la main de Wolf, pour que tous puissent voir.

Elle avait un peu de mal à prendre conscience du moment présent. Elle, une modeste employée d'un magasin de photographie, elle qui passait ses journées à prendre des photos d'identité pour des passeports et à

shooter des gamins plus ou moins turbulents, elle, une moins que rien, elle était l'une des deux personnes qui tenaient la vie du président des States entre leurs mains ! Si Wolf appuyait sur le bouton, 20 minutes plus tard, plus d'ONU, plus de Maison-Blanche. Elle aurait accompli ça, elle rentrerait dans l'histoire !
Wolf était crispé. Il n'arrêtait pas de tourner autour de Kitten, en lui demandant sans cesse si tout allait bien avec le drone, si on allait pouvoir transmettre. Kitten savait bien qu'il était angoissé. Pour lui aussi, la tâche était immense. Dans le « civil », il était moniteur d'auto-école. Toujours les doubles commandes ! Ici, rien de tel : c'était du live, direct sans filet. Kitten se demandait s'il allait tenir le coup. Une bonne partie de l'opération dépendait d'eux. S'ils paniquaient devant les spectateurs du monde entier, c'était à coup sûr le fiasco de leur opération de dissuasion. La menace devait être crédible, sinon elle ne provoquerait aucune réaction. Déjà que c'était loin d'être gagné.
Il y avait tout de même les deux mecs de La Légion et leurs flingues. Pour faire se tenir tranquille l'équipage, si besoin.
Car aucun membre de l'équipage ne savait que dans le container, il y avait des missiles.
Et ça, avec les marins, ça pouvait tanguer.
Car les vraies vedettes, c'étaient les missiles Kalibr.
Alors, en cas de forte houle, rien de tel qu'une bonne rafale de kalach' pour rétablir un calme plat.

Chapitre 44
Les vacances de Fantôme

Cambodge, Siem Reap, juin
Fantôme - Jeremy Moher sur son passeport - emprunta le tunnel de sortie de l'avion et se dirigea vers le retrait des bagages.

Les contrôles policiers de l'aéroport de Siem Reap avaient été une formalité. Sur le document présenté aux autorités, Jeremy Moher était journaliste, il venait faire un reportage sur des entrepreneurs expatriés.

Ses vêtements cadraient avec sa profession : chemisette unie, veste et pantalon en coton, le tout dans des teintes beiges.

Les deux interviews que Fantôme avaient menées en Thaïlande, juste du temps perdu : les deux mecs n'étaient assurément pas le sorcier informatique de La Légion. Juste des Polonais qui avait trouvé en Thaïlande de meilleures conditions de vie que dans leur pays natal. Donc direction le Cambodge, aéroport international de Siem Reap. Fantôme avait voyagé avec des touristes avides de découvrir les merveilleux temples d'Angkor. Tous consultaient les nombreux guides qui promettaient les meilleures conditions de visites pour les temples.

Fantôme n'était malheureusement pas là pour ça. Depuis la Thaïlande, il avait pris ses deux rendez-vous. Les deux expatriés polonais vivaient à Siem Reap, ce qui lui évitait une balade pittoresque dans l'intérieur des terres.

Il déposa sa valise à l'hôtel et, sans plus attendre, alla retrouver Bronek Parlov.

Ce dernier habitait une petite maison dans les faubourgs de Siem Reap.

Jeremy toqua à la porte.

Une femme cambodgienne, toute menue, lui ouvrit.

— Oui ?

— Bonjour Madame. Je suis Jeremy Moher, journaliste, j'ai rendez-vous à cette adresse avec monsieur Parlov.

— Entrez, je vous en prie. C'est mon mari.

— Je suis là, venez.

Moher passa dans une seconde pièce.

Un homme l'accueillit et lui serra la main. Grand, le regard clair, il portait sur ses vêtements un tablier maculé de terre.

— Bonjour ! Bienvenue au Cambodge ! Je suis Bronek Parlov. Que puis-je faire pour vous ?

— Bonjour, merci de me recevoir. Comme je vous l'ai expliqué au téléphone, je travaille pour un magazine économique français, qui m'envoie faire un reportage sur les personnes qui ont quitté les pays de l'Est pour l'Asie, afin de développer leur activité. Ce reportage viendra prendre sa place dans un gros dossier consacré à l'Asie du Sud-Est. Si vous en êtes d'accord, je vais donc vous poser des questions afin de mieux comprendre ce que vous faites, et quelles sont vos motivations.

— Ok. Tant que ça peut me servir pour mon business, je suis partant !

Fantôme sortit son petit magnétophone.

— Vous viviez donc en Pologne. Quel était votre métier, et pourquoi avez-vous quitté ce pays ?

— J'étais potier. Je possédais un petit magasin, et je vendais ma production et aussi les céramiques de certains collègues. La majeure partie de ma clientèle était composée de touristes. Ils achetaient volontiers quelques petits objets en céramique comme souvenirs. Au début, mon activité marchait bien, et puis, petit à petit, les acheteurs se sont faits plus rares, sans que je sache pourquoi. Donc c'est devenu plus difficile, je vivotais.

— Je vois. C'est ce qui vous a poussé à partir de Pologne ?

— En partie. En fait, le véritable élément déclencheur, c'est le départ de la jeune femme avec qui je vivais.

— Ah…

— Une histoire terriblement banale. Tant que je vendais bien mes céramiques, tout allait bien, j'étais capable de lui assurer un train de vie correct. Quand cela a commencé à se gâter, elle m'a trouvé beaucoup moins intéressant. Elle a fini par rejoindre un médecin.

— Et donc ?

— Je me suis dit : tu fais quoi là ? Je n'avais plus aucune attache, mon commerce ne marchait pas, et j'en avais vraiment assez du climat très rigoureux de la Pologne. Tant que vous avez de l'argent, tout est facile : on surchauffe les appartements, on possède une belle voiture, et tout va bien. Dès que vous avez moins de moyens, vous trouvez qu'il fait froid partout. Alors j'ai vendu ma boutique, vidé ce que j'avais sur mon compte en banque, et je suis parti pour le Cambodge. J'y avais déjà passé des vacances, et j'avais trouvé ce pays super. Et plein d'opportunités.

— Vous avez repris votre métier ici ?

— Tout à fait. Le petit pécule que j'avais en Pologne, ici, c'est miraculeux ! Et au Cambodge, la bonne terre à poterie ne coûte pratiquement rien. J'ai commencé par la fabrication d'objets usuels, et je les ai vendus sur les marchés, et un peu dans les hôtels. J'ai vite compris qu'il fallait des productions plus ambitieuses pour les hôtels. Car les hôtels à Siem Reap, c'est vraiment le top de l'hôtellerie. Les touristes qui logent dans ces palaces ont des gros moyens. J'ai commencé à créer des pièces plus spectaculaires, et je me suis rendu compte que c'était très rémunérateur. Il fallait que je vende cher, voire très cher des pièces uniques. C'est ça que cette clientèle de luxe voulait. Et plus c'était cher, plus ils en demandaient. Ils avaient alors la fierté d'acquérir une œuvre d'art originale.

— Dans notre jargon, on appelle ça le business model. Vous avez découvert votre micro-cible, et vous avez les moyens de lui procurer ce qu'elle attend.

— C'est ça. J'ai pu acheter plusieurs fours perfectionnés, j'ai acquis cette maison, et j'ai rencontré Miaï Taï, qui est devenue ma femme.

— Et un retour en Pologne ?

— Hors de question ! Je suis parfaitement heureux ici. Et puis au Cambodge, si vous avez un peu d'argent et que vous êtes étranger, tout va bien. J'ai même eu des contacts avec le musée de Phnom Pen qui voudrait exposer certaines de mes créations. Je suis en train de devenir un artiste reconnu.

— Et vous n'avez pas songé à vendre vos œuvres sur internet ?

— Pas vraiment. Et puis je n'y connais rien en informatique. Il faudrait que je fasse appel à un prestataire extérieur pour gérer ce business, car moi, je suis complètement ignare. Je sais à peine me servir de mon smartphone, c'est vous dire !

— Ça pourrait tout de même vous donner de nouveaux débouchés. Vous ne connaissez pas une structure qui pourrait vous aider ?

— À vrai dire, je ne me suis jamais renseigné. Et puis je gagne suffisamment bien ma vie avec les touristes sans être obligé de m'embêter avec internet.

— Je vous comprends. Puis-je prendre quelques photos de vos œuvres ? Vous serez cité, et il y aura un copyright sur les photos, bien sûr.

— Pas de souci. Nous allons passer dans mon atelier.

Un quart d'heure plus tard, Fantôme sortit de la petite maison après avoir pris congé de Bronek Parlov. Pas le client qu'ils cherchaient, sûr !

Dernière chance, son entretien suivant, Priotr Vacek, hôtel Angkor Lodge.

+++++++

Jackpot !

Fantôme en avait l'intime conviction.

C'était leur homme.

Responsable Sécurité dans un grand hôtel, de fortes capacités en informatique, puisqu'il avait transformé toute l'architecture technique de l'hôtel pour offrir un niveau de sécurité de connexion inégalé. Pas marié, vit seul, pas implanté dans la vie locale. Pas vraiment de raisons pour expliquer son départ pour le Cambodge, juste « envie de changer d'air ». Et puis quelque chose de pas net chez ce mec par-delà la façade. Fantôme était flic, ces choses-là, il les sentait.

Profil impec'.

Restait à le prouver, et à savoir comment tout cela se passait.

Fantôme allait faire son rapport à Driss, qui le transmettrait à Vévé, qui devait se les geler en Finlande.

Il allait commencer par suivre ce Vacek. Il avait une grande habitude des filatures.

Toutefois, pas ici.

Il allait vite se rendre compte que ce n'était pas si simple.

Chapitre 45
Un lancement réussi

Océan Atlantique, juin

Igor Semonov, le capitaine du sous-marin russe K-329 Belgorod, n'était pas complètement tranquille. Bien sûr, Vassili lui avait donné des assurances.

Et un confortable paiement.

L'ordre de lancement allait devoir paraître authentique.

La procédure voulait que son second reçoive la confirmation de l'ordre.

Les codes des deux documents devaient correspondre parfaitement, sinon une ultime vérification devait être demandée à l'état-major.

Et Igor ne savait pas à qui.

Personne ne savait d'ailleurs.

Ce serait indiqué par un code spécifique d'erreur.

Il n'y avait aucun moyen de savoir quel était le décideur ultime. Ou qui la personne contactée devait joindre pour la décision finale.

Igor espérait vraiment que ce fameux hacker était à la hauteur, et que le « faux » message allait sembler authentique.

L'appareillage s'était bien déroulé, et le sous-marin de 180 mètres de long avait plongé à une profondeur de 300 mètres, certes encore loin de sa profondeur cible de 500 mètres, mais tout à fait suffisante pour ce début de mission. Sa vitesse avoisinait les 35 nœuds - environ 65 km/h - et il resterait à cette vitesse pendant toute la première phase de sa mission.

Officiellement, assurer une présence de la force de contre-attaque russe. Ils partaient pour dix-huit mois.

Off the record, lancer la torpille selon les ordres du leader de La Légion. Igor ne connaissait même pas son nom. D'ailleurs, il n'en n'avait rien à faire. La seule chose qui lui importait, les dollars. Encore et toujours les bons vieux dollars américains, pour s'offrir une retraite dorée dans une île paradisiaque.

Deux jours plus tard, ils étaient en pleine mer.

Tout allait bien.

Fiodor Mikhailovitch, le crypto-opérateur radio se la coulait douce.

Pas un trafic de folie.

Brusquement, un cliquetis. Un en-tête. Haut commandement.

Un message, pour le commandant.

Un deuxième, pour le second.

Fiodor prit les deux messages et se dirigea à grandes enjambées vers le plateau de commandement du sous-marin.

Les deux hommes qu'il cherchait étaient là. Il se mit au garde à vous.

— Commandant, un message de l'état-major !

Igor Semonov prit les deux messages, vérifia les en-têtes et donna au second celui qui lui était destiné.

Il cassa l'étui du code qu'il portait toujours sur lui. Le second fit de même avec son propre étui.

Il tendit le message et son code au crypto-opérateur.

Fiodor retourna à son poste de travail suivi des deux hommes. Il appliqua le code du commandant sur son message, et lui tendit le résultat en clair.

Il fit de même avec le message du second, avec le code de ce dernier.

Les deux officiers prirent connaissance du court message :

« Plongez à 450 mètres. Alerte de combat. Silence absolu. Lancez une torpille Pluton. Suivi des coordonnées pour le lancement ».
Ils échangèrent leurs messages. Les codes de vérification étaient identiques.
Semonov fixa son second et opina du chef.
Le second lui tendit le micro.
Semonov s'éclaircit la voix :
« Ici votre capitaine. Alerte rouge combat. Je répète alerte rouge combat. Ceci n'est pas un exercice ».
L'atmosphère changea immédiatement.
Les masques se durcirent.
Le second communiqua le cap. Un quart d'heure plus tard, ils avaient rejoint les coordonnées.
Semonov et le second appuyèrent simultanément sur le déclenchement de la torpille Pluton.
À une vitesse de 70 nœuds, celle-ci mettrait plusieurs jours à atteindre sa destination.
En attendant sa mise à feu, déclenchée par satellite.

Chapitre 46
Avant la tempête

Finlande, juin
Vévé liquida en souplesse sa troisième bière finlandaise, une Sinebrychoff Porter. Elle avait fait ses devoirs avant de venir en Finlande, et beaucoup de sites avaient indiqué qu'il s'agissait de la meilleure bière de Finlande. En fait, pas plus de goût que ça, mais agréable.
Péqueur avait suivi la cadence.
Rovaniemi leur faisait un drôle d'effet.
Bizarre de se retrouver ensemble, dans un pays étranger, loin de tout.
Ils avaient délicieusement dîné dans un petit restaurant qui ne payait pas de mine. Saumon, of course, le plat national finlandais. Accompagné de vodka.
Du classique, quoi.
Vévé, toujours au top en matière de conversation, lança les hostilités finement :
— Bon, une fois qu'on les a trouvés, on fait quoi ?
— D'abord, il faut qu'on les trouve.
— Et après ?
— Je veux m'occuper de ce Max. Les autres, je te les laisse.
— De toute façon, je serai avec la police finlandaise, alors… Et avec le meurtre du dirigeant de la Staroil, j'imagine que nos amis finlandais ont une sacrée pression de la France. D'ailleurs, Driss m'a prévenue : il faut que je ramène un résultat, sinon…
— Tu vas payer les pots cassés ! Mais Max et sa bande vont résister, c'est sûr ! Je ne les vois vraiment pas se rendre gentiment. Pas eux. Les Finlandais ont intérêt à être costauds !

— Donc tu veux y aller seul, avant nous.

— C’est ça. Et sans témoin.

Péqueur avait décidé ça depuis longtemps. Il voulait la peau de Max. Point final. Il ne vivait plus que pour cette vengeance, toute son énergie était dédiée à sa quête.

Du sang pour sang.

Vévé le regardait intensément.

Elle avait fourni des efforts vestimentaires importants. Veste cintrée et jupe moulante, plutôt que son sempiternel jean-tee-shirt.

Péqueur avait le nez dans son assiette. Il trifouillait ses morceaux de saumon.

— Tu sais, François, la vie ne va pas s’arrêter là. Après, tu vas faire quoi ?

— Je ne sais pas. Je ne peux penser à rien d’autre. ça fait si longtemps que j’attends ça. Le tenir au bout de mon gun, c’est tout ce que je veux. Lui faire payer.

— Oui, je suis comme toi. On va venger Charlemagne et ta Masha. Mais après ? On fait quoi après ?

— Je ne sais pas. On continue, je suppose. Tu restes flic, tu diriges toujours la Brigade de Recherche et d’Intervention Nationale. Et moi, je zone.

— Dis pas ça ! Tu es un flic brillant ! Quand tu étais à la tête de la BRIN, on avait les meilleurs résultats de l’Office. Et puis je ne suis vraiment pas sûre de rester flic…

— Pourquoi tu dis ça ?

— Je t’avais raconté que j’avais rencontré un journaliste… En fait, je l’ai revu, et on a fait un deal.

— Un deal ?

— Oui. Il m’a appris que j’avais l’IGPN aux fesses. Ce con de Puységur me fait surveiller. Je pense qu’avec son foutu esprit de politicard pervers, il a compris que je ne jouais pas franc jeu avec lui. Il veut me dégager, et il fera tout ce qu'il faut pour ça. Alors j'ai dealé avec le journaliste. Je lui file des informations, je lui donne tout ce que nous avons sur Max et sa Légion, y compris les combines et les trucs pas nets, et il met le projecteur sur les flics et sur Puységur. Histoire de l'occuper à autre chose. Je ne suis pas sûre qu'il va lâcher le morceau, mais il va tomber aussi.

— Jeu dangereux, ma belle, tu sais ! Tu fricotes avec la presse, mais ça peut aussi se retourner contre toi…

— Oui, je sais. Mais tu veux que je fasse quoi ? Je suis prise dans une nasse ! Je suis surveillée, il faut que je prenne des précautions sans arrêt… En fait, c'est ici que je suis la plus libre ! Un comble !

— C'est moi qui t'ai entraînée dans tout ça…

— Arrête, François ! Je suis exactement où je veux être. Avec toi. Et on chasse tous les deux, voilà, c'est ça que je veux.

— Ouais. Alors, on les finit ces bières ?

— Ok.

L'atmosphère du bar n'était pas vraiment chaleureuse. Rien à voir avec les endroits branchés parisiens qu'affectionnait Vévé.

Mais en Finlande, il ne fallait pas être trop difficile.

La consommation d'alcool se pratiquait surtout à domicile. Les bars n'étaient que des lieux de passage, souvent désertés. Et les décors étaient presque toujours nordiques, à base de bois brut.

Avant de venir, Vévé avait désespérément essayé de trouver un endroit plus cosy, mais rien à faire.

Près du cercle polaire, s'abstenir.

Et encore, ce n'était pas l'hiver. Elle n'osait penser à la vie locale avec des congères de neige partout.

Ils logeaient dans un hôtel plutôt confortable.

Le trajet ne leur prit que quelques minutes, à pied.

Péqueur était silencieux, comme toujours, plongé dans ses pensées.

Demain serait un jour décisif.

Sans retour. Vévé le savait. Tout allait changer.

L'intervention des flics finlandais, accompagnés de Vévé, n'aurait lieu que le surlendemain.

Péqueur aurait un jour d'avance.

Un jour entier, pour faire basculer ce Max dans les ténèbres.

Définitivement.

Le réceptionniste les salua d'un signe de tête.

Ils empruntèrent l'ascenseur jusqu'au troisième étage.

Mille pensées tourbillonnaient dans la tête de Vévé. Rejoindre cette bande dans son antre, comment François pouvait-il penser en sortir indemne ! Elle ne voulait pas le perdre. Jamais ! Il fallait qu'elle fasse quelque chose.

Devant la porte de la chambre de Vévé, Péqueur se retourna. Il lui fit une bise rapide et lui souhaita bonne nuit, toujours dans son monde.

Il s'éloigna de quelques mètres pour rejoindre sa propre chambre.

Vévé n'en pouvait plus de cet immobilisme !

Décidément, il n'allait jamais se décider ! Elle avait pourtant envoyé tous les signaux !

— François…

Il se retourna.

— Viens.

Elle l'accueillit, un sourire aux lèvres.

Il s'approcha.

Elle se glissa vers lui et l'embrassa.

Le vertige le prit. Un tourbillon d'émotions l'emporta. Il se réfugia dans les boucles blondes de Vévé, et lui rendit passionnément son baiser.

Leurs vêtements volèrent, leurs corps en fusion se mêlèrent.

Elle le guida en elle.

Ils firent l'amour, ils se jetèrent dans leurs sensations, sans retenue. Avec force, tendresse, abandon, joie, complicité.

Pour quelques heures, ils repoussèrent la noirceur de la mort.

Demain, ils savaient qu'ils devraient l'affronter.

Mais pas maintenant.

Chapitre 48
Héritage

Finlande, trois mois avant

Max reposa son verre de whisky. Talisker Sky édition spéciale, un grand malt de vingt ans d'âge.

Un vrai nectar.

Stormy Cat appréciait également, ça sautait aux yeux.

Max adorait cette fille, même s'il continuait à ne pas comprendre pourquoi elle avait rejoint La Légion. Au début, ok, un coup de pouce, de l'argent facile, et surtout une reconnaissance, alors qu'elle avait terriblement souffert de passer du statut d'attaquante-vedette d'un club alsacien de football américain, presque l'équipe de France, à celui de loser, car blessée et donc inutile, jetable.

Mais ensuite ?

Petit à petit, il lui avait confié des tâches plus importantes, et elle les avait toujours menées à bien. Avec son intelligence et son physique, elle aurait pu réussir dans n'importe quel domaine. Cette fille était une gagnante, à coup sûr, même si la vie lui avait démontré le contraire !

Et pourtant, elle était restée avec lui. Au fil des mois, leur complicité s'était développée. Max sentait même qu'elle tenait à lui plus que de raison.

Mais ça, il ne voulait pas.

Il ne pouvait pas.

Il avait choisi une route qui menait droit au néant, et rien ne l'en ferait dévier.

Il ne pouvait plus se permettre de s'attacher, à personne.

Rien d'autre ne comptait que ce but, cette mission vers ce qu'il savait être la fin. Seul, ce chemin, il devait le faire seul, jusqu'au bout. Il avait, encore brûlant, le souvenir d'Angeline : il l'avait initiée, une complicité charnelle s'était développée entre eux, et, finalement, Angeline avait été aspirée par les ténèbres. Hors de contrôle, hors d'atteinte. Après son évasion, lorsqu'Angeline avait fini par rejoindre le groupe, elle avait changé. Seul le carnage l'intéressait. Elle était en permanence dans cet état mental, dans un lieu qui n'appartenait qu'à elle. Max ne voulait pas de ça avec Stormy Cat. Il ne voulait pas qu'elle se perde à son tour. Max avait compris, après beaucoup de temps, qu'il avait un effet toxique sur ses proches. Particulièrement sur les femmes : elles s'approchaient de lui, et elles finissaient par sombrer dans un emballement d'émotions qui entraînait leur perdition.

Pas Stormy.

Jamais !

— Tu es bien pensif, Max… L'effet du whisky ?

— Non… Le scotch, c'est plutôt euphorisant ! Je pensais plutôt à ce que nous avons lancé…

— Des regrets ?

— Pas le genre de la maison ! Je me demandais entre autres si nos petits écolos allaient tenir la distance…

— Il y a Angeline avec eux, elle va serrer la laisse !

— Oui, pour le groupe « conférence » je n'ai pas trop de souci. Cette partie-là va aller. Mais c'est la plus simple.

— Tu penses au bateau ?

— Oui. C'est un point essentiel de notre action. J'espère qu'ils vont tenir le coup. Car je ne vois pas les Américains rester inactifs. Ils vont essayer quelque chose. Il faut qu'ils tentent une intervention, d'ailleurs ! Sinon, toute l'opération n'aura pas servi à grand-chose. C'est leur réaction qui doit servir de détonateur à la prise de conscience populaire. Le monde entier doit s'indigner.

— Ils vont faire quoi, à ton avis ? Ils doivent avoir plusieurs options, non ?

— Leur premier souci, ce sera de neutraliser la menace. Donc les missiles. D'après ce qu'on sait, les Kalibr sont très difficiles à détecter une fois lancés. Cela dit, je ne connais pas précisément l'état du dispositif de contre-mesure des États-Unis. Ils peuvent tout à fait avoir développé une technologie leur permettant de dérouter ou d'abattre les missiles.

— Donc ça, c'est un peu l'inconnu.

— Exact. Et cet inconnu se situe après le lancement des missiles. À mon avis, ils vont intervenir avant la mise à feu.

— Ils vont détruire le cargo avec une frappe aérienne ?

— Ils ont cette capacité. Mais s'ils le font, le monde entier le verra en direct. Mauvaise publicité ! Et ils sacrifient l'équipage… Encore plus mauvaise publicité !

— Ils peuvent envoyer une équipe d'intervention.

— C'est le plus vraisemblable. Dans ce cas, ils tentent de prendre le contrôle du bateau avant la mise à feu des missiles.

— Et nous n'avons pas l'effectif pour les en empêcher… Avec nos deux écolos et deux soldats de La Légion devant des super pros du combat, on va être légers !

— Ce sera effectivement le cas. J'espère que nos gars vont résister, avoir des martyrs, ce serait top ! De toute façon, ce serait bien dans la ligne de ce que j'attends.

— Tu vas les sacrifier…

— Oui. Tu vois l'histoire des œufs et de l'omelette… Et puis ils ne peuvent pas déclencher la mise à feu des missiles, mais ça ils ne le savent pas. Il faut le faire via un satellite. Eux, ce sont des leurres…

— On les envoie sciemment à la mort, alors ?

— À la mort, peut-être pas. Mais à la captivité, ça c'est sûr ! Cela dit, imagine : l'ONU et les États-Unis refusent de mettre en place nos justes revendications, en gros, « changez le système et rendez-le vertueux pour que notre planète soit sauvée », ils interviennent en force, tuent ou neutralisent ce qu'ils appellent des terroristes, en direct, devant le monde entier. Et pour tout le monde, ce sont des écologistes certes radicaux, mais pas des terroristes !

— Ça revient à dire qu'ils ne veulent de changement à aucun prix ! Et qu'ils sont prêts à tuer pour ça !

— Exactement. Plutôt que faire la démarche de remise à plat de leur modèle, ils suppriment le problème. Ils vont empêcher le lancement des missiles c'est certain. Par tous les moyens.

— Et la torpille ?

— C'est le châtiment. Si je la déclenche, je mets en œuvre l'apocalypse. Ce sera la fin d'un monde, celui des puissants, celui du fric, de Wall Street, de l'indice Dow Jones et du CAC 40 chez nous.

— Tu penses que les capacités attribuées à cette torpille sont fiables ?

— Pas à 100 %. C'est du matos russe, n'oublions pas. Donc du baratin russe de propagande. Mais même si le tsunami déclenché ne propulse que des vagues radioactives de 200 mètres de haut au lieu des 500 mètres annoncés, une bonne partie de la façade Est des États-Unis va être submergée. L'équilibre mondial va être rompu.

— Tu vas vraiment faire ça ? L'apocalypse ?

— C'est l'acte ultime. Là, nous changeons le monde à jamais !

— Et nous ?

— Quoi nous ?

— On devient quoi ? Toi, moi, La Légion ?

— On change le monde, Stormy ! La société repart à zéro, grâce à nous ! On fait une putain de révolution ! Jamais personne n'a conduit une action de cette ampleur !

— Mais l'armée, les groupe politiques qui restent, ils vont vouloir garder le pouvoir. Des fachos vont se lever. Il va y avoir des dictatures, c'est sûr !

— Peut-être. Mais il y aura aussi des contre-pouvoirs. Et puis ça, ça ne nous concerne plus.

— Comment ça ?

— Mon but, ça a toujours été de renverser les pouvoirs. Je vais le faire. Je vais atteindre l'objectif que je m'étais fixé. Ce que feront les gens de cette liberté, c'est à eux de voir.

— Mais nous là-dedans, toi et moi ?

— Je dois mener cette dernière bataille seul, Stormy. Tu dois partir, pour continuer après moi si besoin.

— Moi, ce que je veux, c'est continuer avec toi ! Toi et moi, c'est ça que je veux !

— Toi, tu es l'avenir, Stormy. Moi, je suis le passé.

— Max, écoute…

— Je sais, Stormy. Mais ce n'est pas possible, c'est un aller sans retour, et je ne veux pas te voir plonger.

— Tu penses à Angeline ? Je ne suis pas comme elle !

— Au début, elle n'était pas celle que tu connais maintenant. C'est devenu une sorte de zombie. Je ne veux pas de ça pour toi. Tu es trop importante pour moi. Il faudra que tu trouves ton propre chemin, avec ce que je te laisserai.

— Tu me demandes de partir, de tout quitter, de te quitter alors que nous touchons au but !

— Oui, mais qui sait ce qui va se passer ? Si j'active la torpille, et qu'ils me détectent ? S'ils envoient un drone

Predator sur notre île, et qu'ils font tout péter ? Je ne veux pas prendre le risque de tout anéantir. Tu dois partir, pour avoir la capacité de continuer. La menace de La Légion doit perdurer. Et si rien ne se passe, je partirais et je te rejoindrais. Nous verrons alors ce qui arrivera…

— Et tu veux que j'aille où ?

— Dans un premier temps, sur notre base « plan B ». En Russie, c'est une ancienne base militaire désaffectée. Elle comporte un blockhaus que nous avons fait remanier lorsque Noémie a acheté cette île. La base n'est pas très loin d'ici. Il y a tout le matériel et les ressources nécessaires pour quatre années. Tu vas y aller en hélicoptère avec Jöring. Il te dépose, fait les vérifications avec toi, et il revient ici. J'aurais peut-être besoin de l'hélico.

— Et je vais être seule là-bas ?

— Oui, c'est plus sûr. Juste le temps de voir ce qui se passe. Tu restes planquée et tu observes. Après, soit je peux te retrouver soit je ne peux pas. Et dans ce dernier cas, le reste t'appartient…

— Alors tu m'éloignes pour que je puisse faire perdurer ton héritage ?

— C'est ça. Tu es ma légataire universelle… Pour que vive La Légion !

Chapitre 49
Carte postale de vacances

Cambodge, Siem Reap, juin

Fantôme contacta Driss grâce à la ligne sécurisée que lui avait fourni l'ambassade de France au Cambodge. Les fonctionnaires n'avaient pas traîné pour faire les vérifications d'usage, et, malgré le caractère très inhabituel de la demande - un flic français qui veut communiquer avec sa hiérarchie en étant sûr que sa communication ne serait pas écoutée par des oreilles cambodgiennes indiscrètes - l'ambassade avait fait ce qu'il fallait. Le décalage horaire n'arrangeait pas les choses, mais Fantôme réussit finalement à entrer en contact avec Driss.

— Alors, j'imagine que tu as du nouveau…

— Oui, je pense avoir trouvé le hacker que nous cherchons. Le mec vit seul, il est le responsable sécurité d'un grand hôtel à Siem Reap, et il est très doué en informatique. De toutes les personnes que j'ai pu rencontrer entre la Thaïlande et le Cambodge, c'est le seul profil qui colle.

— Ok. Quelle suite tu vois ?

— Bon, j'ai une solide conviction on va dire. Il faut maintenant que j'apporte une preuve ou *a minima* un faisceau d'indices. Je l'ai suivi un certain nombre de fois. Tant qu'il reste à Siem Reap, ce n'est pas trop compliqué : j'ai pris à chaque fois des tuk-tuks différents. La première chose que j'ai découverte, qui ne va pas constituer une avancée majeure dans notre enquête, c'est que ce Priotr Vacek va aux putes. Ici, ça se passe de la façon suivante : il y a des « dancings » un peu partout, avec un grand hall d'entrée. Dans ce hall, gentiment assises, il y a les putes, alignées. Tu fais ton choix à l'étalage, tu opères un petit tour de piste pour la forme, et tu sors par l'arrière jusqu'à une piaule où tu envoies ton affaire. Tout le monde sait que c'est comme ça, mais cela ne gêne personne. Ce mec est tout seul, sans vie de famille, contrairement aux autres suspects que j'ai rencontrés, et donc il ne dédaigne pas des relations tarifées. Une caractéristique de plus, en cohérence avec le profil.

— Ça m'a l'air d'être effectivement un bon client.

— Je me suis dit qu'il fallait vraiment que j'en sache un peu plus, alors j'ai tenté de continuer à le suivre, mais j'ai été obligé assez vite d'abandonner. Dès que tu sors de Siem Reap, le trafic est très faible. Quel que soit le moyen de transport que je choisisse, je vais être repéré très vite. Alors je me suis procuré un « mouchard GPS » dans une petite boutique, et je suis parvenu à le mettre sur son véhicule. Je vais louer une voiture et je vais le suivre à distance la prochaine fois qu'il part en balade.

— Quelle est ton hypothèse ?

— Si c'est notre hacker, je ne pense pas qu'il exerce ses talents au sein de l'hôtel dont il est directeur de la sécurité. Trop risqué, et puis j'imagine qu'il faut un matériel un peu conséquent. Alors pour moi, il dispose d'un autre local, où il se rend régulièrement. Il y a peut-être des gens qui travaillent là-bas pour lui. Il faut que je vérifie ça.

— Ok. Mais fais gaffe à ne pas te faire repérer.

— Eh, tu parles au Fantôme, n'oublie pas ! Je ne me ferai pas spotter, sûr ! Mais en revanche, ce qui m'inquiète, c'est la suite.

— Je t'écoute.

— Bon, si je me plante et qu'il va juste se reposer dans une petite maison, c'est vite réglé ! Mais si par contre il me conduit à un local où il y a tout son matos, je fais quoi ? Si ce mec est l'informaticien de La Légion, il doit être protégé. Soit des hommes armés sont sur place, soit ce sont carrément des militaires qui assurent sa sécurité. Il faut que tu mettes Vévé dans le coup, et qu'elle engage la hiérarchie. Car en cas d'intervention ici, la police locale en sera nécessairement. Et avec la corruption made in Cambodge… Compliqué !

— Ok. Je vois avec Vévé. Toi, tu poursuis pour trouver où il va, et tu mènes une petite reconnaissance pour qu'on sache à quoi on a affaire. Et on avise ensuite.

— Reçu 5 sur 5, chef !

— Arrête, Fantôme, je ne suis pas ton chef ! J'assure juste la coordination entre les voyageurs !

Chapitre 50
Édition spéciale

Journal national de 20 h
Script

Bonsoir. La France est sous le choc, le cauchemar continue ! Depuis le milieu de l'après-midi, le groupe écolo-terroriste Deep Core s'est emparé du centre des congrès de Toulouse, où se tenait une conférence sur le climat. Dans le même temps, une autre partie de ce groupe se trouve à bord d'un cargo, au large des États-Unis, et menace de lancer des missiles sur la Maison-Blanche et sur l'ONU.

Images du centre des congrès et du cargo. Avec mention : images diffusées par les terroristes

Nous avons invité le commissaire général Marc Puységur, pour faire le point sur le dispositif en cours de déploiement.

Bonjour Commissaire. Que pouvez-vous nous dire sur ces deux événements ?

Gros plan sur Marc Puységur

D'abord, que ce sont des événements corrélés. Il s'agit de l'exécution d'un plan, qui vise à mettre nos pays à genoux. Le groupe Deep Core a revendiqué ces actions, il s'agit d'un véritable ultimatum qu'ils ont lancé à notre société occidentale.

Plan serré sur la journaliste

Est-ce crédible ?

Plan serré sur M. Puységur

La France n'est directement concernée que par la prise de contrôle du centre des congrès de Toulouse. À l'intérieur de ce bâtiment, il y a plus de 200 personnes, qui sont les otages de ce groupe terroriste. Nous sommes en attente d'un prochain contact avec ce groupe, afin qu'il nous fasse part de ses revendications.

Retour sur la journaliste

Pensez-vous que la vie des otages soit en danger ?

Plan serré sur M. Puységur

Clairement, oui. Ces terroristes ont montré qu'avec eux, il fallait s'attendre au pire. Ils ne reculeront devant rien pour atteindre leurs objectifs.

Retour sur la journaliste

Quelle va être l'attitude des forces de l'ordre ?

Plan serré sur M. Puységur

Vous comprendrez que je ne peux vous donner de détails sur ce point. Sachez toutefois que l'état français fera tout ce qui est nécessaire pour garantir avant tout la sécurité des otages.

Retour sur la journaliste

Que faut-il penser de cette menace de missiles sur les États-Unis ?

Plan serré sur M. Puységur

C'est une terrible affaire. Le danger est malheureusement bien réel et même si l'action se déroule hors de notre périmètre, nous_savons déjà que les deux affaires sont liées et que la France et les États-Unis devront gérer ensemble les négociations dans un contexte où beaucoup de vies humaines sont en jeu.

Retour sur la journaliste

De très nombreuses manifestations spontanées se déroulent en ce moment même partout dans le monde. Ces manifestants approuvent les terroristes, et appellent à un changement de système. À New-Dehli, à New-York, à Durban, à Madrid, à Paris, les slogans sont similaires. Que faut-il penser de ces manifestations ?

Retour sur M. Puységur

Comme vous venez de le dire, ces mouvements ont lieu en ce moment. Je n'ai pas d'information particulière à leurs sujets, mais on peut penser qu'ils sont, sinon organisés, du moins manipulés par les terroristes qui sont à l'origine de ces actions. Avec des mouvements d'une telle ampleur, je ne crois pas trop au côté « spontané ».
Plan américain sur la journaliste
Merci M. Puységur pour ces précisions. TT1 a décidé de rester en édition spéciale pour couvrir ces deux événements exceptionnels. Nous ferons également le point sur le déroulement des manifestations.
À suivre, notre écran publicitaire.

Chapitre 51
Un yankee sous pression

États-Unis, juin

Mike Donegal avait toujours eu le sommeil léger, mais cela ne l'empêchait pas de récupérer pleinement.

Il attrapa son portable dès la seconde sonnerie.

— Oui ?

— Capitaine Donegal ?

— 05419 Charlie, j'écoute.

— Red Alert. Je répète Red Alert.

— Ok, j'arrive. Combien de temps ?

— 30 minutes, au QG. Une voiture est en route, ETA* 12 minutes.

Donegal prit une profonde inspiration, puis rejeta lentement l'air en une expiration abdominale. Il se leva et étira son mètre quatre-vingt-douze. À 34 ans, il était dans une forme physique resplendissante. Ses 88 kilos, dont une bonne partie de muscles, faisaient de lui une redoutable machine à tuer. Mais pas seulement : il commandait le groupe Un de la Delta Force, et cette position exigeait de lui un sens tactique aigu, ainsi que des qualités de meneur d'hommes.

Il avait dirigé 27 opérations depuis sa prise de fonction, sur différents terrains dans le monde entier, et il n'avait jamais perdu un homme. Ça forçait le respect.

Il adorait son métier, mais il avait également aimé rentrer à la maison, car Dolores l'attendait. Sa magnifique femme, d'origine mexicaine. Il était tellement heureux de la retrouver, de la serrer dans ses bras. Une vraie présence profondément humaine, profondément aimante. Pas comme tous les tarés qu'on l'envoyait dégommer dans tous les coins du monde.

Quand il rentrait, il se sentait sale. Et pas seulement physiquement. Côtoyer la lie de l'humanité, c'était être happé par les ténèbres. Il avait bien senti que Dolores attendait de lui qu'il se confie, au moins un peu. Qu'il lui raconte, sans entrer dans les détails, ce qu'il faisait. Mais ça, ce n'était pas possible. Il ne pouvait pas. Toutes les actions auxquelles il participait devaient rester strictement confidentielles, pas question d'en parler à qui que ce soit.

Un jour, au retour d'une mission, Dolores n'était plus là. Elle avait laissé un mot assez laconique, disant juste qu'elle avait rencontré quelqu'un avec qui elle pouvait tout partager.

Ce jour-là, Mike Donegal avait compris qu'il serait à tout jamais seul.

Jusqu'au moment où une rafale viendrait interrompre définitivement sa solitude.

Il s'habilla rapidement, tout en noir obligado. Retrouver son groupe, voilà ce qui comptait.

La voiture attendait devant la porte d'entrée de sa maison. Un SUV noir, vitres fumées. Le trajet ne prit qu'un quart d'heure.

Donegal monta les escaliers jusqu'au quatrième étage au pas de course : par principe, il ne prenait jamais les ascenseurs.

Il entra dans la salle de réunion.

Le nombre de galonnés au mètre carré était impressionnant.

Les visages graves également.

— Capitaine, voici la situation : un navire commercial, situé à environ 500 kilomètres de nos côtes, braque une série de missiles sur le siège de l'ONU à New-York et sur la Maison-Blanche. Ces terroristes sont parvenus à diffuser des images de ces missiles sur les écrans de l'ONU et de Washington, ainsi que sur de nombreux réseaux sociaux. Tout cela se passe en direct. Nous pouvons confirmer ce qu'annoncent ces terroristes : il s'agit bien de missiles de type Kalibr. Ces missiles peuvent être tirés depuis une plate-forme située dans un container open top. Leur ultimatum expire dans cinq heures. Ces missiles devraient mettre une vingtaine de minutes pour atteindre leurs cibles. Ils sont indétectables, et à l'approche de leur cible, ils passent en vitesse supersonique, rendant toute destruction en vol impossible. Nous sommes en train de balayer l'espace maritime pour avoir la position exacte du bateau. Des questions ?

— Combien de terroristes à bord ?

— Nous n'avons pas cette information. Aucune idée. Ils tiennent peut-être l'équipage du bateau en otage. La Maison-Blanche exclue une frappe aérienne. Trop de risques. Et n'oublions pas que les images sont diffusées en live dans le monde entier. Nos avions-espions, les Awacs, vont repérer la position du bateau d'une minute à l'autre. Nous aurons des images satellites tout de suite après. Elles nous permettront d'y voir un peu plus clair.

— Des revendications ?

— Je vais faire court : ces terroristes n'exigent rien de moins que l'abandon total de nos systèmes économiques et politiques. Ils veulent une déclaration de l'ensemble des états de l'ONU, et une garantie du président des États-Unis. L'ultimatum expire dans cinq heures. Je vous laisse imaginer notre réponse…

— Quel est notre brief d'intervention ?

— Dès que nous avons la position du bateau, votre groupe décolle à bord des hélicoptères Huey Venom. Comme vous le savez, ces derniers ont été modifiés pour atteindre une vitesse de 320 km/h. Vos équipiers sont en train d'embarquer. Vous aurez trois hélicos. Vous allez donc atteindre la cible en environ deux heures. La phase finale d'approche, avec les zodiacs noirs habituels. Vous avez deux missions : 1/le premier zodiac accroche des mines magnétiques perforatrices à la coque, sous la ligne de flottaison. C'est notre sécurité. 2 /les hommes du second zodiac montent à bord et neutralisent les terroristes en les empêchant de déclencher la mise à feu des missiles. Si les missiles sont lancés, nous avons une petite demi-heure pour mettre le président à l'abri. Mais ce ne sera pas suffisant pour évacuer tous les environs du bâtiment de l'ONU. Et nous ne pouvons lancer aucune évacuation maintenant, sinon ils déclencheront la mise à feu des missiles. Sans compter que nous ne savons pas quelles sont les charges transportées par les missiles. Si ce sont des charges nucléaires, vous voyez ce que je veux dire…

— Les règles d'engagement ?

— Vous employez les moyens que vous jugerez nécessaires. Ces missiles ne doivent pas être tirés. Au mieux, si un terroriste pouvait être pris vivant, ça pourrait nous être utile. Vous recevrez des informations supplémentaires dès que vous serez en vol. Une dernière chose, Capitaine…

— Oui ?

— Une fois arrivés au bateau, vous avez une demi-heure pour vous rendre maître de la situation. Passé ce délai, l'explosion des mines sera déclenchée. Que vous soyez encore à bord ou non.

— Compris, mon Général.

Donegal se leva et quitta la salle de réunion à grandes enjambées.

Il n'avait rien montré au cours du brief, mais cette opération frisait la mission suicide. Peu d'informations, à part l'identification des deux missiles. Aucun renseignement sur l'ennemi : combien, quelles armes… Rien !

Il allait devoir donner le minimum d'informations à ses hommes, et il n'aimait pas ça. Les gars le suivraient à fond, comme d'habitude, parce qu'ils avaient confiance en lui, et parce que c'était leur métier. Foncer, ne pas douter une seule seconde. Leur efficacité, c'était aussi ça !

Le doute, c'était pour Donegal.

Il allait devoir gérer cette pression sans rien montrer. Pas de la petite bière !

En espérant que ce ne serait pas sa dernière mission.

* ETA : abréviation américaine « Estimated Time of Arrival ». Heure d'arrivée prévue.

Chapitre 47
Une conférence marquante

France, Toulouse, juin

Helfie Gründotir était tendue.

On pourrait penser que l'accueil des délégués des différentes organisations écologistes à la 72ᵉ conférence sur le climat était une chose simple.

Pas du tout.

Elle devait gérer les ahuris qui avaient oublié ou perdu leur accréditation, ceux qui voulaient participer à la conférence sans être dûment accrédités, les romantiques qui invitaient leur compagne ou compagnon, les visionnaires qui arrivaient avec leur famille entière pour la préparer aux bouleversements climatiques à venir, elle avait même eu un brave homme qui, bien que non inscrit, s'était présenté avec sa femme, ses trois filles, la grand-mère et ses deux chats, d'adorables félins de race norvégienne d'ailleurs.

Et expliquer à toutes ces personnes qu'elle ne pouvait les laisser entrer dans l'amphithéâtre si elles n'étaient pas inscrites, c'était son travail.

Elle le faisait avec le sourire, et cela se passait bien la plupart du temps, mais cela lui demandait beaucoup d'énergie. Jamais elle n'aurait pensé qu'il y aurait autant de travail. Heureusement, elle n'avait dû faire appel au service de sécurité qu'une seule fois, pour évacuer un homme vraiment trop insistant.

Alors lorsque Mario Bravi était arrivé accompagné d'un grand gaillard format viking, elle avait craint le pire.

Ce gars-là n'était pas sur sa liste, elle en était sûre. Elle l'aurait remarqué avant, un beau blond comme ça !

— Bonjour Helfie, tu vas bien ? Pas trop difficile le filtrage ?

— Bonjour Mario. Oui, ça va bien, et aujourd'hui je n'ai pas eu trop de pénibles !

— Cool ! Alors écoute : Graziella Lippi est malade. C'est Mickaël Blund qui va la remplacer. Voici ses papiers.

Il tendit un passeport italien à Helfie. Cette dernière recopia consciencieusement les données du passeport sur sa liste.

— Bon, ok. Je suppose qu'il est crédité dans votre organisation. C'est pas très italien comme nom, Blund.

Mickaël prit la parole, en anglais :

— Non, mes parents sont allemands, mais nous vivons en Italie depuis 10 ans. J'ai rejoint le mouvement Italia Natura depuis 3 ans.

— Ok. Je disais juste ça comme ça. Tant que je n'ai pas de personne en plus, moi, ça me va. Il va faire la présentation avec toi ?

— Oui, il va m'aider sur deux ou trois slides, pour qu'il se fasse un peu la main.

— Je vais le signaler à la sécurité pour qu'ils le laissent monter sur scène.

— Merci. Ciao !

Les deux hommes entrèrent dans l'amphithéâtre et prirent place.

Mario se retourna vers Mickaël :

— Tu vois, je t'avais dit qu'il n'y aurait pas de problème !

Eagle répliqua :

— Tu avais raison. J'ai hâte d'être sur scène.

+++++++

L'assistance écoutait d'une oreille distraite. Faut dire que toute la journée à se farcir des rapports pessimistes sur l'avenir de notre belle planète, ça use.

Et puis l'Italie n'était pas vraiment en pointe sur les actions majeures de la mouvance écologiste.

Mario commença son plaidoyer en se bornant à commenter plutôt platement les slides de sa présentation.

Mickaël/Eagle fixait intensément le haut de l'amphithéâtre.

Il repéra facilement le premier membre de La Légion. Vêtements noirs, casquette noire. Très paramilitaire. Accompagné d'une silhouette qu'il commençait à bien connaître.

Une silhouette maintenant féminine.

Cette femme se dirigea vers le vigile du service de sécurité : ils sortirent ensemble de l'amphithéâtre par la double porte. Quelques instants plus tard, Angeline revint, seule.

C'était le signal que Eagle attendait. Cela voulait dire que La Légion avait pris le contrôle de l'amphithéâtre, à l'intérieur comme à l'extérieur.

La police toulousaine interviendrait sûrement d'ici une demi-heure, mais ce serait trop tard.

Il se leva et se rapprocha du micro tenu par Mario.

Il sortit le Sig Sauer de sa poche et le laissa pendre au bout de son bras gauche.

— Mario, donne-moi le micro tout de suite.

Le Mario était étonné, voire plus. Mâchoire baissée, bouche béante.

Son, zéro.

Eagle lui prit le micro des mains.

Personne dans la salle n'avait remarqué son arme, visiblement.

— Bonjour à tous. Je m'appelle Mickaël Blund de mon vrai nom. Mon nom de guerre, c'est Eagle, et je suis le chef du groupe Deep Core.

Le silence se fit tout de suite dans les travées de l'amphithéâtre.

— Je vois que vous avez percuté. Vous savez quel groupe est Deep Core. La destruction de l'abattoir et la libération des animaux, le dynamitage du bâtiment de l'OMC, c'est nous. Le bain de pétrole du dirigeant de Staroil aussi. Le temps de la parole est passé, il faut agir immédiatement.

Le calme ne dura pas longtemps. Certains délégués se levèrent, le brouhaha s'intensifia.

Eagle leva son arme et tira deux fois en l'air.

Dommage pour le plafond.

Quelques cris.

— Taisez-vous ! Asseyez-vous ! Personne ne sort d'ici ! Nos hommes contrôlent les accès, nous avons pris la place du service de sécurité. Écoutez !

Les cris cessèrent. Tous les délégués étaient de nouveau assis.

Silence pesant.

Eagle avait sorti son téléphone de son autre poche. Il appuya sur l'icône envoi du message : « maintenant ».

— Vous ne risquez rien, nous ne vous voulons aucun mal. Mais vous devez assister à ce qui va suivre. La nouvelle action majeure de Deep Core. Vous devez témoigner, puis contrôler les actions qui seront mises en place.

Brusquement, l'écran géant sur lequel s'affichait la présentation s'éteignit puis, après quelques zébrures lumineuses, se ralluma.

Max, plan américain, sur l'écran. Un bandeau lumineux défilait avec une traduction instantanée en anglais.

— Salut les délégués ! Je vous parle depuis ma base lointaine. Ce que vous allez voir dans quelques minutes va être diffusé sur l'ensemble des réseaux sociaux, via le piratage de comptes de personnalités de premier plan. La planète entière va avoir accès à l'épreuve de force que nous allons imposer.

Dans l'amphithéâtre, personne ne bronchait. Tous étaient sidérés par cette intrusion dans leur petit monde tranquille d'écolos bien comme il faut.

—Je dirige une organisation clandestine qui soutient l'action du groupe Deep Core. Il faut renverser l'ordre établi. Rien ne sera possible si le système actuel perdure. Vous allez être les artisans de ce changement. Nous allons faire pression sur les puissants. Pour leur ordonner de mettre en place de nouvelles conditions de fonctionnement à l'échelle mondiale. Vous allez être les garants, ceux qui vont peut-être permettre un nouveau départ. Nous sommes les armes, vous serez les architectes de la suite. Vous allez assister maintenant en direct à notre prise de pouvoir.

L'écran vira au noir, puis de nouveau les zébrures, et, finalement, deux images. À gauche, Max, à droite une vue aérienne d'un bateau. Sur le pont du navire, de nombreux containers. L'un d'entre eux était un open top en position ouverte. Deux tubes en sortaient.

Max reprit la parole :

— Ce que vous avez sous les yeux, c'est un navire civil qui se trouve à environ 500 kilomètres des côtes américaines, face à New-York et à Washington, en-dehors des eaux territoriales.

Le plan aérien se resserra.

— Vous voyez un container ouvert avec deux tubes qui en sortent. Ce sont deux missiles russes de modèle Kalibr. L'un est pointé sur le bâtiment de l'ONU à New-

York, l'autre sur la Maison-Blanche. Nous gardons deux autres missiles en réserve dans le container. Nous allons pirater les systèmes de ces deux cibles et leur poser un ultimatum. Vous serez nos témoins. Aucun mal ne vous sera fait si vous suivez nos instructions : vous ne devez pas tenter de quitter cet amphithéâtre. Sous peine de mort. Nous ne laisserons personne sortir. Votre rôle est de regarder ce qui va se passer. Pour le moment, c'est tout.

Dans l'amphithéâtre, personne ne bougeait.

Personne ne parlait.

Max reprit la parole :

— Bien. Les images vont changer. Maintenant !

De nouveau, écran noir, puis zébrures, puis trois images : Max, un énorme écran au beau milieu du principal centre de conférence de l'ONU, et un autre plus petit, mais entouré de gardes, Maison-Blanche oblige.

Écran noir, puis Max, et les images du bateau.

— Bonjour. Je suis Max Roarsky, le protecteur du groupe écologiste Deep Core. Vous avez sous les yeux un navire situé quelque part à 500 kilomètres des côtes américaines. Sur le pont de ce navire, il y a des missiles de croisière Kalibr version 3M-14E. L'un est pointé sur le siège de l'ONU, l'autre sur la Maison-Blanche. Ces images sont également visualisées en direct par les délégués mondiaux de la 72e conférence sur le changement climatique. Elles sont aussi en live sur les principaux réseaux sociaux. Toute tentative de couper la transmission se solderait par une mise à feu des missiles. Ces derniers atteindraient leurs cibles en 20 minutes. Grâce à leur très faible altitude de vol et à leur revêtement absorbant, vous n'aurez pas le temps de les détruire. Toute tentative de quitter les locaux, au siège de l'ONU et à la Maison-Blanche, se solderait par le déclenchement des missiles. Vous allez recevoir dans quelques instants nos diktats. Pour faire court, vous devez vous engager à mettre à bas les systèmes politiques, financiers, de production et d'échange. Il vous reste cinq heures pour rédiger une décision collective unanime écrite, qui sera affichée aux yeux du monde entier. Si au bout de cinq heures, vous n'y parvenez pas, les missiles seront lancés. Aucune négociation. Fin de la transmission.

Écrans noirs.

Et de nouveau Eagle.

— Vous restez en place. Nous allons attendre ensemble la fin de l'ultimatum. Si au bout de cinq heures, rien ne se passe, les missiles seront lancés, vous l'avez entendu. Nous assisterons alors à la fin du monde que nous connaissons.

Chapitre 52
Ça, un plan de bataille ?

Finlande, juin

Péqueur se les gelait.

Pas possible un pays pareil !

Fin juin, et il faisait déjà aussi froid que dans les Alpes au mois de février.

Vévé lui avait envoyé un sms laconique : « Viens. 18 h, café chez Mario ».

Un café italien au fin fonds de la Finlande, il fallait le voir pour le croire.

Elle allait sûrement lui donner toutes les informations collectées par les flics.

Péqueur se lançait dans l'action, comme d'habitude.

Mais cette fois, il y avait autre chose.

Il se remémorait sans cesse la merveilleuse nuit qu'ils avaient passée ensemble. Péqueur n'aurait pas cru ça possible. Ressentir de nouveau une immense émotion. Se lover dans les boucles blondes de Vévé. Saturer ses sens de son odeur. Caresser sa peau si douce.

Savoir qu'il comptait de nouveau pour quelqu'un.

Bien sûr, il avait toujours été proche de Vévé, ils étaient très souvent sur la même longueur d'onde, parfois il savait ce qu'elle allait dire avant qu'elle ne prononce les paroles. Et puis elle était jolie, indubitablement. Et tellement brillante, intelligente, douce mais aussi très ferme lorsqu'il le fallait.

Bon, il était raide amoureux !

Et dans quelques jours, peut-être même demain, il allait s'engager sur un chemin sans retour.

Voilà maintenant trois ans qu'il attendait cette conclusion.

Clore enfin ce chapitre de sa vie. Leur faire payer, à tous.
Il n'avait jamais pensé revenir de cette chasse. Il était
prêt à tout donner. La seule chose qui comptait, il ne
voulait pas partir seul.

Max le précéderait.

Seulement maintenant, il ne voulait plus mourir. Il ne
pouvait pas mourir, même pour assouvir sa vengeance.

Alors, lui fallait-il renoncer ? Il avait fait tant d'efforts, il
avait laissé tomber sa carrière de flic, il avait rompu
toutes ses attaches, plus d'amis, plus de famille.

Juste sa haine.

Ce drive puissant qui lui permettait de survivre à la nuit,
et de trouver l'énergie de continuer au petit matin. Il
avait ainsi survécu à beaucoup de matins blêmes, où son
seul confident était son gun.

Chargé, prêt à en finir.

Une seule pression du doigt, et finito.

Mais maintenant…

Vévé entra dans le café et le rejoignit d'un pas décidé.

Elle était toujours déterminée, Vévé, il fallait juste le
savoir.

Elle se glissa vers lui et l'embrassa.

Résultat, paf, le Péqueur était reparti au septième ciel.

Vévé le fit redescendre.

— Tu as écouté les infos ?

— Euh, non, pourquoi ?

— François, putain, des fois, je te jure ! C'est la méga-
crise ! Deep Core retient 200 otages dans le centre des
congrès de Toulouse, et ils sont aussi dans un cargo au
large des États-Unis, avec des missiles braqués sur
l'ONU et sur la Maison-Blanche !

— Ah merde !

— C'est l'alerte mondiale partout ! Ici, les flics finlandais
ont obtenu l'appui des militaires. D'abord, ils ont envoyé

un drone tactique pour prendre des photos de l'île à très haute altitude. Sur les clichés, on voit une personne, sûrement un homme, mais absolument pas identifiable. Le plus intéressant : on discerne une piste d'hélicoptère à côté du bâtiment, et un H160 d'Airbus. Un oiseau monstrueux, qui coûte plusieurs millions de dollars. Et, amarrées sur une petite jetée, trois vedettes ultra-rapides. Pas du tout des embarcations de pêche. Des flèches faites pour aller plus vite que tous les autres bateaux.

— Waoh ! On s'éloigne de la résidence de campagne !

— Tu l'as dit. Ce château a été acquis par un fonds de pension américain pour loger des artistes. Tu parles d'un matériel pour des artistes !

— Et au niveau des finances ? Ce fonds de pension ?

— Ça prendra trop de temps. Il va nous falloir la coopération du fisc américain et ça, ce n'est pas gagné. De toute façon, j'ai compris que les Finlandais veulent aller vite. Si cette île est le quartier général du groupe Deep Core et de La légion, en l'attaquant en force, on les neutralise.

— Ils comptent s'y prendre comment ?

— Tout dans la subtilité de l'approche ! Trois hélicos, et je serais à bord. Avec des groupes d'assaut. Ils envoient aussi deux navires militaires dans le golfe pour gérer une éventuelle fuite avec les vedettes rapides.

— Ils ne rigolent pas !

— Exact. Mais bon, si on résume, les présomptions sont fortes ! Le katana envoyé depuis la Colombie est récupéré à Rovaniemi par un Sami ex-Forces spéciales, qui fait presque trois cents kilomètres pour aller chercher on ne sait quoi à la poste restante, et on retrouve ce dernier ici, où il fait régulièrement des provisions qu'il charge ensuite sur une vedette rapide comme par hasard du même modèle que celles qui sont amarrées sur la jetée de l'île. Ce Sami est par ailleurs l'heureux propriétaire d'un troupeau de rennes qui s'est fortement étoffé ces derniers temps. En effet, notre gars a acheté pas mal de bestiaux à d'autres Sami. On ne sait pas avec quel argent, il n'a que sa pension des Forces spéciales, insuffisante pour lui permettre d'augmenter son cheptel. Et il ne s'en occupe pas, puisqu'il est sur cette île. Enfin, on n'est pas vraiment sûr qu'il soit là, mais où pourrait-il être sinon ? Et cette île a été achetée via le cabinet immobilier qui a reçu le katana. Katana dont nous pensons qu'il est dans les mains de la Louve. Dit comme ça, ça fait beaucoup, non ?

— Sûr.

— Et toi ?

— Ben… Il faut que je sois là avant vous. Donc j'ai cherché et j'ai trouvé un pêcheur qui veut bien m'emmener sur l'île moyennant finances.

— Ok. Et après ?

— Je sais pas trop. Je vais approcher le plus possible du bâtiment et là je verrai.

— N'importe quoi ! Ce n'est pas un plan ça, c'est juste de l'impro totale ! Tu penses bien qu'ils doivent être armés jusqu'aux dents ! Tu vas faire quoi avec ton petit gun ?

— Qu'est que tu veux que je te dise ! Je ne sais pas combien ils sont, je n'ai pas de plan, ni de l'île ni du bâtiment… La seule chose que je sais, c'est que je vais me les faire.

Et que je veux en revenir, pour toi.

Chapitre 53
Roi du monde

France, Paris, juin
Marc Puységur n'en revenait pas.
Il avait les yeux rivés sur l'écran qui retransmettait en direct, depuis les réseaux sociaux, la menace écolo-terroriste du cargo sur Washington et New-York. Et ces terroristes tenaient en otage 200 personnes dans le centre des congrès de Toulouse !
Dingue !

Plus aucun doute : Max Roarsky et La Légion étaient bien derrière ce groupe Deep Core.
Et la traque s'organisait depuis son service ! Son service à lui, gloire assurée… mais il ne fallait pas se rater !
Il devait bien reconnaître que le commandant Vresky avait, la première, flairé cette piste.

Tous les fils convergeaient maintenant entre ses mains.
Hier, le lieutenant Salah lui avait fait son rapport, en l'absence physique de Vresky : le lieutenant Moher, en mission off au Cambodge, avait vraisemblablement découvert l'informaticien de La Légion. Le faisceau d'indices était effectivement très convaincant.

Puységur avait obtenu un rendez-vous express avec le ministre de l'Intérieur.
Le reste lui échappait complètement, mais il savait bien que les négociations s'étaient enclenchées au plus haut niveau des états concernés.
C'était allé très vite : le Cambodge avait accepté de faire intervenir une de ses unités anti-terroristes pour lancer

un raid sur la maison que l'inspecteur Moher avait découverte.

Compte tenu des relations distantes entre le Cambodge et la France, Puységur soupçonnait fort l'intervention des États-Unis… Si cet endroit était vraiment la planque du hacker, ce devait être la source de toutes les opérations informatiques. Donc en neutraliser le fonctionnement, c'était interrompre la diffusion des images de l'attaque, c'était aussi rendre possible une frappe aérienne, par exemple. En toute discrétion…

La piste scandinave avait également donné des résultats : la police finlandaise avait décidé d'investir cette fameuse île au nom imprononçable par une intervention coordonnée mer-terre, le grand jeu. Là aussi, l'Oncle Sam avait dû intervenir, car le tempo avait pris une brusque accélération. Le commandant Vresky faisait partie de l'équipe d'intervention.
Si ce Max Roarsky était sur cette île, ce raid pouvait lui régler son compte et faire disparaître la menace. Puységur mettrait alors en avant son rôle éminent dans ce succès.

Et si ce n'était pas le cas, Puységur ferait endosser la responsabilité de l'échec à Vresky.
Il l'accuserait d'avoir falsifié les éléments de l'enquête pour rendre indispensable cette intervention.
Dans tous les cas, sa position se trouverait renforcée.
Et il pourrait briguer un autre poste, plus élevé dans la hiérarchie du pouvoir. Directeur général de la Police Nationale, préfet, peut-être même ministre… Horizon doré assuré !

De plus, cerise sur le gâteau, il n'avait rien à faire, ce qui lui allait bien.

En route pour son club de golf, afin de conforter ses appuis politiques et de prévoir une suite éventuelle à sa carrière, si les choses tournaient mal.

De toute façon, ce n'est pas lui qui allait faire le coup de feu, alors…

Chapitre 54
Un voyage dans la jungle

Cambodge, Siem Reap, juin

Fantôme sortit prudemment de Siem Reap. La circulation était à proprement parler hallucinante. Les voitures roulaient n'importe comment, les tuk-tuks grouillaient de partout, passaient à droite et à gauche, tournaient n'importe où. Et tout ce fourmillement fonctionnait bien, malgré tout. Mais pour n'importe quel européen, cela voulait dire des sueurs froides.

Il prit la direction du nord, comme lui indiquait le mouchard qu'il avait fixé sur le véhicule de ce Priotr. Le système de suivi était très rudimentaire, mais suffisant. Compte tenu du peu de routes existantes, cela suffirait, c'est du moins ce qu'il espérait.

Il avait tout de même loué une Subaru tout-terrain, afin de parer à toute éventualité.

Le goudron céda bien vite la place à la latérite. Une piste rouge qui s'enfonçait dans une végétation d'un vert luxuriant. Très graphique, assurément, effet waouh garanti. Fantôme n'était toutefois pas là pour s'extasier devant les paysages, ni pour répondre aux différents saluts des villageois qui vaquaient à leurs occupations le long de la route.

La piste était bonne, et il laissa bien vite les habitations derrière lui. Il s'enfonçait à présent dans la jungle.

Fantôme se demandait vraiment où allait ce mec qui décidément n'était pas clair.

Après une demi-heure, il commençait à changer d'avis en ce qui concernait la piste. Les ornières étaient de plus en plus marquées, et il devait redoubler d'attention dans sa conduite. Il réduisit fortement l'allure.

Au détour d'un virage, il vit, au bout de la ligne droite, ce qui semblait être un genre de checkpoint. Il réduisit encore sa vitesse et s'empressa de dissimuler son écran de visualisation dans le vide-poche, afin d'éviter des questions fâcheuses.

Quelques instants plus tard, il s'arrêta au checkpoint. Un militaire s'avança vers lui. Il baissa la vitre de sa portière.

— Hello. Vous allez où ?

— Voir un petit temple dans la jungle.

— Temples, Siem Reap. Angkor.

— Oui, j'ai déjà vu. Je vais voir un tout petit temple. Plus loin, par là.

— Hôtel à Siem Reap, oui ?

— Oui. Hôtel « Danseuses d'Angkor »

— Très bon hôtel !

Finalement, il s'écarta et Fantôme reprit sa route. La carte touristique qu'il avait eu la précaution d'étaler sur le siège passager avait fait son effet.

Il ne comprenait pas pourquoi il y avait un checkpoint. D'après toutes les informations qu'il avait recueillies, il n'existait aucun mouvement armé opposé au gouvernement. Pas de guérilla, et vu le lieu, aucun risque d'invasion. Même si cette route devait être surveillée, ce devait être par des policiers plutôt que par des militaires… En même temps, les réflexes du policier français qu'était Fantôme pouvaient très bien ne pas s'appliquer du tout ici. En France, pour que l'armée mette en place des checkpoints, il faut une insurrection et la loi martiale ! Au Cambodge, pas sûr…

Une heure de trajet plus tard, son traceur indiqua une direction sur la gauche, une piste encore plus étroite.

Fantôme ne savait pas trop quoi faire. S'il s'avançait, il risquait de se trouver face à face avec le véhicule de Priotr. D'un autre côté, compte tenu de l'imprécision de son appareil, l'endroit où se trouvait garée la voiture de Priotr pouvait se trouver à 200 mètres comme à 4 kilomètres.

Il ne pouvait pas non plus rester là, au milieu de la piste. Il continua sur une cinquantaine de mètres. La piste formait un virage, les arbres étaient moins nombreux Fantôme gara la Subaru derrière un bosquet.

Il avait une assez bonne vue sur la piste qui devait mener au lieu où se rendait Priotr.

Il n'eut pas à attendre longtemps. Une demi-heure plus tard, il entendit un moteur. Le bruit se rapprocha progressivement. Sur son traceur, le point lumineux se déplaçait.

Quelques instants plus tard, le 4x4 de Priotr déboucha sur la route, et tourna à gauche, en direction de Siem Reap.

Fantôme prit ses jumelles et vérifia que la voiture de Priotr s'éloignait bien.

Par sécurité, il laissa passer une bonne vingtaine de minutes, opéra un demi-tour et s'engagea à son tour sur la piste d'où était sorti Priotr. Il roulait tout doucement, pour faire le moins de bruit possible.

Au bout d'une dizaine de minutes de pistes, il aperçut une construction. Il arrêta immédiatement la Subaru et s'avança doucement à pied.

Un véhicule était garé sous le bâtiment. Il s'agissait d'une construction sur pilotis, disposant donc sous la maison d'un sous-sol ouvert d'une surface équivalente.

Il prit ses jumelles et examina soigneusement la maison. Celle-ci était surmontée d'imposantes antennes.

Et pas des antennes télé.

La maison ne comportait pas de fenêtres sur la face avant. Il fit le tour en prenant soin d'être toujours masqué par des arbres. Pas de fenêtres non plus sur l'arrière. La seule ouverture, une porte sur la face avant. Inhabituel. Si cette maison était un endroit où Priotr venait passer quelques jours de temps en temps, pourquoi ces antennes et cette absence d'ouverture. Sans compter qu'il y avait un véhicule sous la maison. Donc vraisemblablement des personnes à l'intérieur.

Et Priotr avait dit qu'il était célibataire. Donc, pas de famille…

Pourquoi posséder une maison comme ça si loin de Siem Reap, alors que son beau salaire de directeur pouvait lui offrir d'autres hébergements ?

Il prit des photos de la maison avec son iPhone, au maximum du grossissement. Ce qui l'intéressait surtout, c'étaient les antennes.

Pour écouter quoi, se connecter à quoi ?

Il fallait qu'il contacte Paris.

Une fouille s'imposait. Beaucoup d'indices commençaient à s'accumuler.

Chapitre 55
Une approche touchy

Océan Atlantique, à 500 kilomètres des côtes, juillet

Les zodiacs filaient en direction du cargo.

Pratiquement invisibles, flèches noires sur l'eau grise.

Donegal avait reçu les dernières informations par radio.

L'awacs avait pris plusieurs photos du cargo. Sur le pont, une seule personne, au milieu des containers. Aucune trace d'autres membres de l'équipage.

Ce qui était tout de même inhabituel. Donegal avait rencontré suffisamment de marins pour savoir qu'il y en avait toujours une poignée qui traînaient sur le pont, même s'ils n'avaient rien à y faire.

Un bon point, toutefois : le bateau avait jeté l'ancre, or la chaîne de l'ancre constituait une voie d'accès facile pour un soldat de la Delta Force. Enfin, facile… Pour un membre des Forces spéciales super entraîné ! Ils allaient ainsi éviter d'avoir recours aux ventouses pour escalader la coque.

Mais, toujours bizarre : un bateau à l'ancre est une cible facile pour une frappe aérienne. Et ça, les terroristes devaient le savoir. Alors pourquoi rester immobile ? Ils ne pouvaient pas l'avoir ignoré, ou alors c'étaient de vrais apprentis. Pas cohérent avec le fait de braquer des missiles Kalibr sur la Maison-Blanche.

Et puis un autre problème : d'après les vues postées sur les réseaux sociaux, une partie d'entre elles étaient prises d'une bonne hauteur, donc, vraisemblablement, d'un drone. Lorsque les membres du commando allaient prendre le contrôle du pont, le monde entier allait les voir !

Hors de question. Et visiblement, il ne fallait pas compter sur un brouillage de fréquence pour empêcher la transmission. Déjà que ces fichus cyber technocrates du Pentagone n'étaient pas capables de couper l'accès aux réseaux sociaux, alors obtenir d'eux qu'ils interviennent à distance sur une transmission entre l'opérateur et le drone, il ne fallait pas y compter ! Ce qui laissait la bonne vieille méthode : shooter le drone depuis le zodiac, ou, au pire, depuis le pont.

Donegal avait choisi : ce serait depuis le zodiac, ils seraient donc invisibles lorsqu'ils monteraient sur le pont.

Ok, easy.

Sauf que le zodiac bouge, et que dans la notion de tireur de précision, sniper quoi, il y a précision. Or, tirer sur un drone qui doit mesurer dans les 50 centimètres, à une altitude encore indéfinie, depuis un zodiac doucement ballotté par les vagues, tricky business.

Donegal avait exposé le problème à Spinky Rollin' Madox, son tireur d'élite.

Spinky avait mâchouillé son chewing-gum, essuyé une fois de plus sa lunette de précision, et avait juste dit « intéressant ».

Donc, pour Donegal, c'était ok. Il faut dire que Madox, équipé de son MRAD MK22, le tout nouveau fusil de précision des force spéciales américaines, avait remporté le challenge inter Forces spéciales. Un as, un Top Gun du fusil, la crème des snipers, voilà ce qu'était Madox. Avec son MRAD chambré en .300 Winchester Magnum, rien ne lui semblait hors d'atteinte.

Les zodiacs n'étaient plus qu'à environ 200 mètres du cargo.

Time for action !

Le zodiac numéro deux continua sa route pour s'approcher au plus près du cargo. Les deux plongeurs avaient revêtu leurs combinaisons de plongée. Ils avaient chacun trois mines « limpet » à poser. Ces drôles d'engin ressemblent à des patelles, d'où leur surnom. La Delta Force utilisait une version maison de cette arme : juste 3 kilogrammes d'explosif, et des aimants hyper puissants. Avec six mines, c'était le voyage assuré vers le grand Neptune, au fond de la mer.

Le zodiac numéro un était maintenant accroché à la chaîne de l'ancre.

Grâce à ses jumelles de précision, Donegal avait fini par repérer le drone. Il avait indiqué le quadrant à Spinky.

— Ok, je l'ai.

Donegal tapa sur le dos de Frankie Miller. Ce dernier empoigna la chaîne et entreprit de grimper. Il avait enfilé ses gants tactiques antidérapants. Un des autres équipiers tenait en joue le haut du pont, au cas où un terroriste pointerait sa tête.

Donegal leva son pouce en direction de Spinky, puis lui indiqua avec deux doigts de tirer.

Spinky expira doucement, puis bloqua sa respiration. Son index droit était tendu à côté de la détente. Il avait maintenant le drone dans le centre de sa lunette.

Il appuya sur la détente. Le tir fut complètement silencieux.

Le drone vola en éclat.

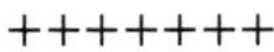

Kitten avait les yeux rivés sur son téléphone portable. Brusquement, plus d'image.

Elle bascula immédiatement sur son caméscope. L'angle était moins flatteur, mais l'important était d'avoir une image en continu.

— Wolf, il y a un problème. Je n'ai plus d'image du drone, et il ne répond plus aux commandes. C'est comme s'il n'était plus là. Je ne sais pas ce qui se passe. J'ai basculé sur le caméscope.

Wolf n'avait aucune confiance en la technologie, même s'il devait bien reconnaître qu'elle leur rendait sacrement service.

— Tu devrais lancer ton autre drone. Ces bidules sont parfois imprévisibles. Il faut qu'on reste sur un plan large, c'est ce qu'on nous a dit.

— Ok, ça va pas être long.

Elle déplia le second Mavic, équipé lui aussi d'un boîtier de transmission d'images, enclencha la batterie, et lui fit prendre son vol. L'interruption n'avait duré que deux ou trois minutes. À pleine vitesse, le drone ne mit qu'une trentaine de secondes pour atteindre l'altitude voulue.

+++++++

Miller rejoignit le haut de la chaîne d'ancre sans trop de difficultés. Il fallait être top fit pour être capable de faire ça, mais il l'était, donc cool.

Après, ça se gâtait un peu. Il restait encore trois ou quatre mètres pour atteindre le bordage du cargo. Miller lança son grappin d'une main, et rata son coup. Le deuxième essai fut le bon. Le grappin avait attrapé quelque chose. Miller tira sur la corde, elle tenait bon. Il empoigna la petite corde en nylon renforcé, mit ses deux pieds sur la coté du bateau, et remonta à la force des bras. Il mit une main sur le bordage, puis la seconde, et se hissa.

Un coup d'œil, personne en vue. Il passa au-dessus du bastingage, et vérifia rapidement les environs : vides.

Il entreprit de tirer l'échelle de nylon à l'aide de la cordelette qui pendait dans son dos. Une fois totalement dépliée et arrimée, celle-ci allait permettre aux autres membres de la Delta Force de prendre d'assaut le bateau. Pendant cette manœuvre, Miller mit un genou à terre et épaula son Sig Sauer NGSW-AR. Les Américains ont en effet choisi un fabricant allemand pour remplacer leurs vieux MI-16…. Vive la mondialisation ! Quelques minutes plus tard, les six hommes du commando étaient à pied d'œuvre.

Donegal prit la direction des opérations : trois hommes à droite, trois hommes à gauche de la première rangée de containers.

Ils étaient passés en fréquence tactique, et ne pouvaient plus recevoir d'instructions de l'extérieur. Seules les communications échangées entre eux leur parvenaient.

Au grand dam des galonnés du QG qui eux, avaient vu que des images provenant d'un second drone étaient de nouveau transmises.

Et que l'intervention de la Delta Force allait être sur les écrans du monde entier… Succès assuré !

Caché derrière un container, Donegal sorti son miroir télescopique pour évaluer la situation. Il ne voyait que deux terroristes, un homme et une femme : la femme avait les yeux rivés sur quelque chose qu'elle tenait dans ses mains, Donegal ne pouvait voir sur quoi. L'homme avait également un objet dans la main droite. Aucun des deux terroristes ne paraissait armé, ce qui était très étrange. Toujours aucun signe de l'équipage. Donegal donna l'ordre par radio à un membre de l'autre équipe de se déplacer et d'observer à la jumelle les deux terroristes, sans se faire voir.

Quelques secondes suffirent pour que Donegal ait une vue plus ajustée de la situation : la femme tenait un téléphone portable fixé sur un genre de support portatif, et l'homme tenait dans sa main droite un dispositif de type « bouton de l'homme mort », qui pouvait servir à déclencher une mise à feu. Avec ceci de particulier que c'est en relâchant le bouton que le déclenchement se faisait.

Pas franchement de bonnes nouvelles ! Mais pas cohérent non plus : l'ordre de tir des missiles était la plupart du temps donné par satellite ! Cela dit, il existait sûrement un moyen pour mettre en place un déclenchement manuel. Pour des terroristes aussi calés en hacking, ce ne devait pas être très difficile.

Et les aiguilles tournaient.

La mise à feu des mines magnétiques interviendrait dans 23 minutes.

Donegal allait devoir trouver les autres terroristes, car il était persuadé que ces deux-là n'étaient pas seuls.

Mais il fallait d'abord neutraliser la menace de la mise à feu des missiles. C'était sa priorité.

+++++++

Kitten fit un signe à Wolf pour qu'il s'approche.

Elle lui montra son écran de contrôle, qui retransmettait les images du second drone.

Malgré leurs vêtements noirs, les militaires cachés derrière les containers étaient très visibles…

Chapitre 56
Place au direct

France, Paris, juillet
Guillaume Godefroy essaya de joindre Jorma Silieski pour la quatrième fois. Il laissa de nouveau un message. Il n'en croyait pas ses yeux. Sur son écran d'ordinateur, en direct, un cargo se pavanait au milieu d'une mer d'huile, en plan serré. Des terroristes braquaient des missiles sur la Maison Blanche !
Son portable sonna. Jorma.
— Oui Guillaume, je t'écoute. Fais vite, je dois retourner à l'antenne.
— Notre truc est foutu !
— C'est clair ! Nous couvrons en direct le centre des congrès de Toulouse et nous relayons les images du cargo. Tu as des informations sur les actions des flics ?
— Non, c'est trop chaud ! Le commandant Vresky est en Finlande, et je ne parviens plus à la joindre. On dirait que son portable est coupé, elle ne répond jamais. J'ai essayé aussi de la joindre sur Telegram, mais sans résultat ! Et mon autre source chez les flics est muette aussi. C'est vraiment le bordel !
— Bon alors, toi qui as toujours un plan, tu préconises quoi ?
— Je suis dans les choux. Je ne sais pas. Pourtant, notre truc, ça marchait bien ! Le tirage de mon quotidien a augmenté de 30%. Le rédac' chef est aux anges ! Mais maintenant, ça va intéresser qui, cette histoire ? Ils sont tous devant leur écran à regarder le direct…
— Tu voulais me joindre pourquoi ?
— Je voulais échanger avec toi sur ce qu'on pourrait faire, parce que là, moi, je ne sais pas.

— Écoute, le conseil que je peux te donner, c'est de laisser tomber cette histoire de feuilleton dans ton quotidien et d'écrire des bouquins sur cette histoire. Je suis sûre qu'avec cette actualité, quel que soit le dénouement, tu trouveras des éditeurs !

— Ouais, tu n'as pas tort. Je pourrais surfer sur ce qui se passe maintenant, et raconter toute l'histoire.

— C'est ça. Il faut que j'y retourne, je dois te laisser.

— Et Jorma…

— Quoi ?

— Et nous, notre histoire…

— Quelle histoire ? Concentre-toi sur l'écriture de ton bouquin.

Elle raccrocha.

Guillaume Godefroy se retrouva tout bête.

Largué.

Doublement largué.

Faute de mieux, il allait se rabattre sur son bouquin à venir.

Pas de gaieté de cœur, cela dit…

Chapitre 57
Un vol écourté

Stormy Cat se dirigea vers l'hélicoptère. Elle se baissa pour ne pas être blessée par les pales du rotor. Jöring avait en effet mis en marche l'appareil, après avoir fait les vérifications d'usage.

— Alors, Stormy, prête pour la balade ?

— Tu parles… Pour me retrouver toute seule dans ce blockhaus, un vrai plaisir !

— Oui, je comprends ça, mais tu verras, il est très bien équipé. Tout confort, en fait. Avec mon pote, on a bien travaillé pour le rendre habitable. Il y a notre super 4x4, celui que vous avez surnommé The Beast. Tu vas t'amuser en le conduisant ! Tu te rappelles quand tu l'as essayé ? C'est une bonne base B. Et puis, c'est sur le territoire russe, donc tu ne seras pas embêtée… Peut-être par quelques ours !

Il partit d'un rire gras.

Toute la subtilité de Jöring !

Elle monta dans l'appareil, boucla ses deux ceintures, mit le casque avec micro, seul moyen de se faire entendre tellement le moteur était bruyant.

— Combien de temps on met pour y arriver ?

— Environ trois heures. Mais je ne vais pas prendre le plus direct. Je vais remonter un peu le fjord, et on obliquera sur la droite ensuite. Comme ça, on ne survolera pas d'endroit très peuplé. On va se faufiler entre Simo et Pudasjärvi. Il faut d'abord qu'on passe à proximité d'Oulu.

— Et pour traverser la frontière ?

— Comme d'habitude, Priotr brouillera les radars russes dès que nous serons à proximité de la zone. Ça ne posera pas de problème, il n'y a pas beaucoup de surveillance entre la frontière finlandaise et la frontière russe. Tout ira bien, pas d'inquiétude !

— Je ne suis pas inquiète, mais simplement je n'aime pas les hélicos. Donne-moi une bonne moto, et tout va bien !

— Alors laisse faire le pro…

Jöring fit son point fixe, et l'hélico s'éleva rapidement. Au moment où il s'apprêtait à remonter le golfe de Bothnia, Stormy tourna la tête et son regard fut attiré par deux silhouettes sombres se détachant sur les eaux. Elle tapa sur l'épaule de Jöring.

— C'est quoi ça ?

Jöring tourna la tête.

— Je ne sais pas. Gros navires. Je me demande ce qu'ils trafiquent là. À ta droite, il doit y avoir des jumelles.

— Ok.

Elle fit la mise au point sur son œil droit. L'image se stabilisa.

— Putain, des bateaux militaires !

— Quoi ! Tu es sûre ?

— Vérifie… Mais je sais reconnaître un navire militaire.

Il empoigna les jumelles et jeta un coup d'œil, tout en continuant à piloter l'hélico.

— Tu as raison. Un destroyer, et un petit aviso. Qu'est-ce qu'ils foutent là ?

— C'est bizarre, tu trouves ?

— Jamais vu ça. De tout mon temps dans les Forces spéciales, jamais des navires de guerre ne sont remontés aussi loin dans le golfe. Ils sont au large d'Oulu. C'est complètement anormal. Il n'y a pas de port pour les accueillir.

— On se rapproche ?

— Non. Aucun intérêt. Ça ne nous apprendrait rien de plus.

Stormy réfléchissait à toute allure. Et si ces navires constituaient une menace ? Et s'ils étaient là pour leur île ?

— Est-ce qu'on peut prévenir Max par radio ?

— On pourrait, mais la communication n'est pas sécurisée. On peut nous écouter.

— Alors on fait demi-tour. On rentre à l'île. Il faut que Max sache. Je suis sûre que ces militaires sont là pour nous !

— Ok, c'est toi qui vois.

Jöring fit virer l'hélico.

Retour sur l'île.

Dix minutes plus tard, Jöring posait l'hélicoptère sur la piste située devant le château.

Alerté par le vacarme du rotor, Max sortit aussitôt.

Stormy descendit de l'hélico.

— Que se passe-t-il Stormy ? Pourquoi tu…

— Max, il y a quelque chose d'étrange. Avec Jöring, on a vu des bateaux de guerre dans le golfe, près d'Oulu. Jöring dit qu'il n'a jamais vu des navires militaires aussi loin dans le golfe. Il y en a deux, un très gros et un plus petit.

— Merde ! Jöring, tu crois que c'est pour nous ?

— Je n'en suis pas sûr. En fait, je n'en sais vraiment rien. Mais c'est très inhabituel, c'est une certitude. Quand j'étais dans les Forces spéciales, je n'ai jamais entendu parler de ce type de manœuvre.

— Bon. On prépare les vedettes rapides, au cas où ?

— Ça ne servirait à rien. Si on fuit, ils nous alignent avec leurs canons et leurs missiles…

— Et de nuit ?

— De nuit, tous feux éteints, ça se tente. On longe la côte de l'île au ralenti, et dès qu'on est au bout, on met les gaz. Ouais, ça peut.

— Ok. Prépare les vedettes. Et l'hélico ?

— Encore pire. Ils verrouillent les missiles dessus, et boum. Là, on n'a aucune chance.

— On prépare les armes et on attend la nuit de toute façon. Je vais joindre Priotr par Telegram. Il doit pouvoir pénétrer le QG de la marine. Juste pour être sûr. Alerte ton pote Sami, on va avoir besoin de lui.

Max donnait le change.

En fait, il était certain que ces bâtiments étaient là pour eux. Il le sentait. Et son intuition, dans les périodes de danger, ne l'avait jamais trompé.

Il allait devoir brusquer les événements.

Tant pis pour eux.

Chapitre 58
Les dés sont jetés

Finlande, Kajaani, juillet

François Péqueur remonta soigneusement son Glock après l'avoir nettoyé.

Demain, sa vie en dépendrait.

Il s'allongea. Il fallait qu'il dorme, au moins un peu.

Il ne pouvait chasser de ses pensées Vévé. La nuit qu'ils avaient passée ensemble avait été magique. Péqueur avait éprouvé des émotions inouïes, alors qu'il ne pensait plus en être capable.

Ils s'étaient quittés avec une tendresse infinie : Vévé devait participer à une réunion de mise au point opérationnelle avec la police et l'armée finlandaise. Un hélicoptère de l'armée était d'ailleurs venu la chercher.

Dans la petite ville de Kajaani, le take off avait fait sensation.

Presque un peu trop d'ailleurs. Si Max avait des connaissances parmi les habitants, il allait être renseigné. Et ça, il fallait éviter !

Mais Péqueur n'était pas vraiment inquiet par rapport à cela.

Ce qui l'empêchait de dormir, c'était Vévé.

Le début de leur histoire. Il avait travaillé avec elle, sans soupçonner une seule seconde les sentiments qu'elle avait pour lui. Bravo le flic, belle intuition !

Il avait été emporté dans un torrent d'émotions, tellement fortes… Même avec Macha, sa compagne assassinée, il n'avait pas connu ça.

Sa vie venait de prendre une dimension inattendue, avec cette histoire qui commençait. Juste au moment où il allait risquer sa vie pour éliminer Max. Il n'était plus aussi sûr que ça de vouloir se sacrifier.

Il avait renoncé à sa carrière, à ses amis, à tout, sauf son ancienne équipe, pour assouvir cette vengeance. Une étape indispensable. Comme s'il fallait d'abord en finir, quel qu'en soit le prix, avant de passer à autre chose. Car désormais il voulait continuer à vivre. Avec Vévé.

Devait-il vraiment passer par cette vendetta ?

Pourquoi ne pas laisser les forces finlandaises régler la question ? Même si Max avait quelques complices avec lui, surarmés vraisemblablement, il ne ferait pas le poids face à la police et à l'armée.

Cette question taraudait Péqueur. Il ne savait pas y répondre.

Au fond de lui, il avait ancré cette mission.

Fallait-il tout remettre en cause pour Vévé ?

Qui serait également en danger, car elle allait accompagner la police finlandaise sur l'île.

Avec la menace de ce cargo sur l'ONU et la Maison-Blanche, ce petit débarquement prenait une envergure mondiale. Si Max était bien là, l'arrêter, ce serait neutraliser la menace.

Finalement, Péqueur s'endormit, après avoir mis son réveil à 5 h. La barque du pêcheur partait à 6 h, il aurait largement le temps de rejoindre l'embarcadère.

+++++++

Vévé descendit du train, et récupéra la voiture de location déposée au sortir de la petite gare par le loueur. Elle avait fait sa réservation par internet et obtenu ce service moyennant un supplément. Le loueur avait été trop heureux de lui facturer, de façon d'ailleurs un peu exorbitante, cette petite prestation.

Le trajet jusqu'à l'hôtel de François ne lui prit qu'un quart d'heure.

Elle se gara soigneusement, car elle allait laisser là sa voiture quelques jours.

Elle entra dans l'hôtel, passa devant un veilleur de nuit profondément endormi et frappa à la porte de Péqueur.

Ce dernier ouvrit la porte, resta bouche bée, les cheveux en bataille, l'air vraiment comateux.

Péqueur n'était pas du matin. Alors, à 5 h 15…

— Tu me fais entrer ?

— Oui, oui, bien sûr ! Mais qu'est-ce que tu fais là ? Tu n'étais pas à Helsinki ?

— Si, mais j'ai voyagé de nuit pour être ici avant que tu ne partes.

Elle entra et Péqueur referma la porte.

— Ok, mais je ne comprends toujours pas…

— Vraiment, tu n'es pas réveillé ! Je viens avec toi sur l'île. Hors de question que tu y ailles seul !

— Mais attends, toi tu dois arriver avec la police finlandaise ! Après moi !

— Je ne te laisse pas y aller seul, c'est clair ? Tu vas faire quoi là-bas avec ton Glock contre ces tueurs ? Tu tires comme une quiche, ils vont t'avoir tout de suite. Avec moi à tes côtés, ça rééquilibre les chances non ?

— Oui, je sais, tu es vraiment meilleure que moi au tir, tu as gagné trois fois le championnat d'Île-de-France, mais…

— Mais quoi ? Je ne veux pas que tu sois seul là-bas. Nous finirons cette histoire tous les deux. Ensemble.

— Je ne sais pas quoi te dire… Je ne veux pas que…

— Tu ne veux pas quoi ? Je ne te quitte plus, François ! Jamais ! C'est toi et moi. On termine cette folie ensemble. De toute façon, ça ne se discute pas. Et je ne peux plus reculer.

— Comment ça ?

— J'ai envoyé un texto à mon ange gardien de la police finlandaise en lui disant que j'allais voir seule sur l'île, que c'était mon enquête, et que je voulais être la première. Alors maintenant, il est trop tard, les dés sont jetés, il faut y aller.

Vers 5 h 30, ils quittèrent l'hôtel, le veilleur de nuit dormait toujours.

La nuit était froide.

Ils allèrent d'un pas rapide jusqu'au petit port.

Le pêcheur les attendait.

Péqueur et Vévé montèrent à bord. Péqueur donna au pêcheur la somme convenue, plus un généreux bonus pour la seconde passagère.

Le pêcheur lança son moteur et le petit esquif s'engagea dans le golfe en crachotant.

Chapitre 59
Une conclusion
sur le fil de l'épée

France, Toulouse, juillet

Jérôme Alonzo reposa son téléphone et se précipita dans la salle des vestiaires. Il quitta rapidement sa tenue formelle civile et revêtit son treillis et son gilet pare-balles. Les six autres membres du groupe d'intervention rapide faisaient de même. Tous avaient reçu la même alerte : le centre de congrès Pierre Baudis, siège de la 72e conférence sur le climat, était attaqué par un groupe d'écolo-terroristes. Le même groupe que ceux qui se tenaient sur un cargo au large de la Maison-Blanche !

À Toulouse ! Sa ville !

Jérôme Alonzo n'en revenait pas.

Les policiers coururent jusqu'au véhicule d'intervention. Celui-ci sortit en trombe du local et se dirigea, toutes sirènes hurlantes, vers le quartier Conflans Caffarelli, où et situé le centre de congrès.

Le trajet ne prit que quelques minutes. De nombreuses voitures de police convergeaient vers le même quartier.

La zone était déjà bouclée. Des policiers en uniforme maintenaient les curieux à distance.

Le véhicule stoppa brutalement. Pas le genre des groupes d'intervention de faire dans la douceur !

Alonzo sauta à terre et se dirigea vers le commissaire Breton, qui discutait avec trois autres hommes.

— Mes respects, Commissaire ! Quelle est la situation ?

— Vous êtes là, bien… Des individus ont pris le contrôle du centre de congrès. On ne sait pas combien ils sont. On pense qu'il s'agit du même groupe que ceux qui sont sur le cargo. La sécurité du centre était assurée par les vigiles d'une société privée. Certains d'entre eux se sont enfuis, ce sont eux qui ont donné l'alerte. Ils ont été débriefés : les uns ont vu une dizaine d'hommes, mais un autre dit qu'ils étaient trois ou quatre, et qu'il y avait une femme avec eux. Ils sont armés, avec des fusils d'assaut semble-t-il. Mais tout cela est vraiment à prendre sous réserve : nous ne sommes sûrs de rien.

— Les issues ?

— Bloquées. J'ai au moins deux voitures par issue. Personne ne peut sortir.

— Combien de personnes à l'intérieur ?

— Impossible de savoir exactement. Pas loin de deux cents, je pense. D'après ce qu'on a pu voir quand les terroristes ont montré la salle, elle était pleine.

— Donc, pour résumer : on aurait environ une dizaine de terroristes armés de fusils-mitrailleurs tenant en otage deux cents personnes dans un amphithéâtre.

— C'est ça.

— Pas simple… Quels sont les ordres ?

— Vous prenez position et vous étudiez les lieux. Vous préparez des scénarii d'intervention.

— À vos ordres.

Alonzo alla rejoindre ses équipiers et leur expliqua brièvement la situation.

Mines graves et concentrées.

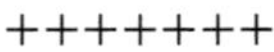

À l'intérieur, Angeline était complètement livrée à elle-même.

Les six mecs de La Légion qui l'accompagnaient n'étaient que des soldats. De simples exécutants.

Elle allait devoir gérer cette situation.

Lors de leur dernier contact sur Telegram, quelques jours avant l'attaque, Max lui avait indiqué qu'elle devait se prévoir une porte de sortie. Juste elle : les soldats seraient sacrifiés lors de l'assaut.

Car les forces de police allaient donner l'assaut, c'était une certitude.

Il restait à savoir à quel moment.

Le centre de congrès comportait de nombreuses entrées, comme tous les bâtiments modernes, pour éviter les effets de foule lors des sorties de représentations. Les mecs de La Légion avaient bien sûr verrouillé toutes les portes, mais ils n'étaient pas assez nombreux pour toutes les surveiller.

Les flics ne savaient pas combien d'assaillants composaient le commando, mais les vigiles qui s'étaient échappés avaient dû les renseigner

Donc, en cas d'assaut massif, ils allaient dégommer quelques flics avant d'y passer.

Tous.

Y compris elle.

Mourir ne lui posait pas de problème. Elle s'était faite à l'idée. Et puis, rien ne la retenait. Elle avait vécu trois ans de bruit et de fureur, trois ans de speed extrême, alors que demander de plus ? Une quatrième année ? Pour quoi faire ? Son histoire avec Max se terminait dans une impasse. Et le speed des exécutions, elle connaissait, elle en jouissait, mais, en même temps, elle commençait à s'en lasser.

Que lui apporteraient deux meurtres de plus ? Sans doute rien.

Son existence se résumait finalement à ses deux armes, son katana et son wakizashi. C'était la seule vérité, l'ultime vérité.

Le reste n'était qu'apparences.

+++++++

Rami Pradès poussa un soupir de soulagement. Après une demi-heure de recherches, il était enfin parvenu à pénétrer dans le système de vidéosurveillance interne du centre de congrès. Ou plus exactement, il avait réussi à capturer les images que prenaient en continu les caméras situées dans les coursives. Les caméras des salles n'étaient pas accessibles.

Il alla chercher Jérôme Alonzo.

— Chef, venez voir, je suis dedans.

Alonzo monta à l'arrière du command-car, qui était bourré d'équipements informatiques et télévisuels.

Pradès lui désigna l'écran central.

— Ce sont les caméras des coursives. J'ai tout ce qu'elles voient.

Il fit défiler les vues.

Alonzo passa quelques secondes à les visionner.

— Super ! Bon boulot, Pradès. On a un plan.

Alonzo rejoignit le commissaire Breton, qui était en discussion avec le représentant de la préfecture.

— Commissaire ? J'ai un plan opérationnel viable.

— Très bien. Je vous écoute.

— Un de mes gars a accès aux caméras de surveillance des coursives à l'intérieur du centre des congrès. On distingue un terroriste armé environ toutes les trois portes. Ils font des rondes. Donc il y a deux possibilités : soit on ouvre discrètement une porte, on élimine le terroriste qui surveille cette série de portes, et on passe au suivant, soit on entre en force des quatre côtés du centre, et on élimine les cibles à mesure. Toutes nos armes sont munies de silencieux, bien sûr.

— Vous n'avez pas accès à l'amphithéâtre ?

— Non.

— Donc vous ne savez pas ce qui s'y passe. Combien de terroristes sont à l'intérieur, par exemple.

— Non. Si on se base sur ce qu'ont dit les vigiles, une dizaine de durs, il doit en rester deux ou trois à l'intérieur. Mais ce n'est pas sûr.

— Je vois avec le préfet et je reviens vers vous.

— À vos ordres, Commissaire.

+++++++

Les occupants de la salle étaient de plus en plus remuants. Les deux gars de La Légion qui passaient dans les allées, armés de kalach, le sentaient aussi.

Angeline ne savait pas quoi faire.

Passée la stupeur de l'annonce de Max, la vision du cargo avec les missiles, les congressistes s'étaient remis à parler. Certains avaient même voulu prendre la parole en tribune. Eagle était resté sur la scène et, muni du micro, avait demandé le silence et exhorté les membres de la conférence à la patience. Une fois l'ultimatum lancé, le compte à rebours était enclenché. Les engagements demandés allaient être formalisés, ce n'était qu'une question de temps.

L'agitation était retombée, mais avait repris de plus belle après quelques dizaines de minutes.

Et Angeline ne pouvait pas vraiment tuer quelques personnes pour rétablir le calme. Après tout, ces gens, dans l'opération, étaient censés être des alliés.

On ne tue pas ses alliés.

Elle décida d'aller inspecter les coursives. Car l'assaut viendrait de là.

Elle passa par l'arrière de la scène et franchit la coursive par une porte qui donnait derrière l'un des bars.

Elle vit tout de suite que quelque chose n'allait pas : une des portes qui donnait sur l'extérieur était entrouverte.

Elle sortit son katana de sa saya et progressa silencieusement.

Elle vit un des soldats de La légion à terre, couché, sans vie.

Elle accéléra le pas, et aperçut bientôt des silhouettes devant elle. Elle se dissimula derrière un pilier.

Son cœur battait à tout rompre. Elle risqua un coup d'œil et vit que deux flics restaient en arrière.

Dommage pour eux !

Elle se baissa sur ses jambes et s'approcha à petites enjambées.

Le premier flic n'eut pas le temps de comprendre ce qui lui arrivait : avant de toucher le sol, il était déjà mort, la tête à demi arrachée par le sabre. Le second flic eut le temps de se retourner et de crier. Il appuya aussi sur la gâchette de son arme, mais le coup se perdit dans le plafond.

Angeline se redressa.

Juste pour prendre deux balles dans le torse. Elle fut projetée en arrière. Elle lâcha son katana.

Après quelques secondes, elle reprit ses esprits.

Détonations. Les mecs de La Légion se défendaient.

Elle avait mal.

Terriblement mal.

Elle se redressa, crut qu'elle allait tomber dans les pommes, et s'adossa au mur. Les armes crépitaient toujours. Les mecs vendaient chèrement leur peau.

Angeline serra les dents et ramassa son katana. En s'aidant du mur, elle tituba jusqu'à la porte dérobée qui lui avait servi à entrer dans la coursive.

Son sang coulait à flots. Elle n'en n'avait plus pour longtemps.

Elle ouvrit la porte.

Elle coinça la poignée de son katana dans l'encoignure de la porte entrouverte. Elle mit son doigt sur la lame pour la maintenir à peu près à l'horizontal. La tsuba - la garde - bloquait la lame.

Ses yeux la brûlaient, elle ne pouvait plus respirer.

Curieusement, elle était très lucide. L'ultime vérité était devant elle. Sa fin.

Angeline allait choisir sa fin.

Un ultime geste.

Le salut du guerrier.

Là.

Maintenant.

Avec toute l'énergie qui lui restait, elle écarta ses bras et lança son corps sur la lame du katana, qui la transperça.

Libre, enfin !

Chapitre 60
Tempête en Subaru

Cambodge, Siem Reap, juillet
Vraiment compliqué.

Ce que faisait Priotr, c'était du piratage hors norme !

Tout en conduisant sa Subaru sur la piste en latérite, il réfléchissait à son parcours. Il avait commencé soft, si on peut dire, dans sa Pologne natale, par des petites arnaques sur internet. Puis il avait rejoint un groupe de hackers quasi-clandestin. Ses bidouilles avaient pris de l'ampleur. Et, un jour, comme ça, il avait été contacté par Max, pour une première opération assez bien rémunérée. Priotr avait accepté, pas vraiment pour l'argent, mais plutôt parce qu'il pressentait qu'avec ce Max, il allait dépasser ses limites.

Et pour les dépasser, il les avait dépassées !

En évitant les nombreux nids de poule par des coups de volant précis, il savourait le fait que grâce à lui, les images du « cargo à missiles » étaient vues dans le monde entier ! Maintenant, en direct ! Et ça, c'était son œuvre ! Priotr avait toutefois le sentiment que Max poussait parfois le bouchon un peu loin. Il avait des idées, il planifiait leur concrétisation, et Priotr devait se débrouiller pour que la partie informatique tienne la route.

Relever le défi de rentrer dans le système informatique, fusse celui d'une banque, ce n'était pas sorcier pour un hacker de la trempe de Priotr. Et puis ses deux acolytes cambodgiens l'aidaient bien, sans jamais poser de questions.

Cette fois, le premier échelon n'avait déjà pas été simple : pénétrer dans le logiciel de suivi d'une installation militaire russe, et supprimer de la base de données les deux missiles Kalibr et la torpille Neptune. Bien sûr, ce logiciel, qui tenait le compte des armes, était relié au système central russe. Priotr avait passé beaucoup de temps pour évaluer ce qu'impliquait la suppression d'une arme de l'arsenal. Il avait découvert que plusieurs niveaux d'alerte étaient en veille selon l'importance de l'arme, mais cela n'avait pas été difficile de contourner ces alertes.

C'est très caractéristique : à partir du moment où le concepteur pense que le niveau de sécurité général est au top, il ne se donne pas trop la peine de sophistiquer les protections internes suivantes. Une sorte de péché d'orgueil !

Il avait donc supprimé les armes volées de l'inventaire, et rendu inopérants les avertissements qui auraient dû se déclencher.

Côté la torpille, encore plus difficile ! Pour déclencher sa mise à feu, il fallait un ordre écrit du Kremlin. Bien sûr, crypté. Ce message était envoyé au bâtiment qui transportait l'arme, en l'occurrence un sous-marin, le capitaine devait en accuser réception, et recevait ensuite un second ordre de confirmation. L'ordre et la confirmation devaient être aussi lus par le second du capitaine. Or, le capitaine avait été soudoyé… mais pas le second ! Il fallait donc que les messages soient strictement conformes, qu'ils paraissent vrais, sortis tout droit du Kremlin.

Une fois la mise à feu déclenchée, le bâtiment devait passer en silence transmission complet. Et ça, cool pour la suite !

Il avait dû récupérer des messages similaires dans les archives du commandement russe. Ces communications avaient été émises dans des situations d'exercice, mais le formalisme devait être le même. C'est du moins ce que supposait Priotr.

Ensuite, restait à résoudre la question du satellite. Les ordres transitaient toujours par des satellites militaires, et ces derniers étaient dotés d'un très haut niveau de protection. Dès qu'une tentative de connexion se produisait, l'alerte était donnée.

Mais ça, il fallait l'éviter à tout prix.

Priotr avait donc décidé de transiter par un satellite indien qu'ils avaient pris l'habitude d'utiliser, lorsqu'ils hackaient une banque par exemple.

Il suffisait d'indiquer en référence du message l'identification d'un satellite militaire russe, et l'opérateur radio du sous-marin ne verrait pas la différence. Et puis ce n'était pas son travail : il devait recevoir et transmettre, pas se poser des questions sur la provenance.

Priotr s'était inquiété d'un point via Telegram, que Max n'avait probablement pas pris en compte : au moment voulu, l'ordre de lancement de la torpille allait arriver. L'arme serait alors lancée. Elle allait mettre une bonne semaine pour atteindre sa position d'attente du déclenchement final. Mais dès son lancement, cette torpille serait repérée, à la fois par les Américains et par les Russes, et sûrement par les Chinois. Qu'adviendrait-il à ce moment-là ?

Toute la question était là.

Max n'avait pas eu l'air inquiet. Il avait juste remercié Priotr pour son alerte, et lui avait demandé de se tenir prêt. La suite, il gérait, comme il disait.

Prêt, Priotr l'était.

Il avait même eu le temps d'effectuer des recherches, ce qui l'avait amené à se poser de nouvelles questions. Cette torpille l'intriguait. C'était un modèle nucléaire intercontinental, la Status-6 Poseïdon. Lorsqu'elle explosait près d'une côte, elle était censée provoquer un tsunami radioactif produisant des vagues gigantesques. La documentation donnait une échelle qui lui paraissait complètement invraisemblable : 500 mètres de haut. Et pour amplifier les retombées radioactives, elle contenait du Cobalt 60.

Priotr n'était pas du tout familier des choses de la mer, la Pologne n'est pas connue pour être très balnéaire, mais il imaginait le cataclysme que pouvait déclencher cette arme. Même si la documentation était inexacte, des vagues de 100 mètres de haut seulement feraient des dégâts inouïs. Avec, de plus, une contamination nucléaire.

Alors les questions que se posait Priotr étaient simples : que voulait Max ? Jusqu'où irait-il ? Allait-il vraiment faire exploser cette arme ?

Seul Max pouvait répondre à cette question.

Priotr ralentit devant le checkpoint. Inutilement, car il n'y avait aucun militaire présent. Un poste de contrôle pas gardé… Bizarre.

Ce qui l'inquiétait surtout, c'était la suite. Le cargo, ok, cela n'avait pas été trop compliqué, et il voyait bien à quoi cela allait servir. Mais la torpille ?

Quid de l'après ?

Un après ?

Pas sûr…

Chapitre 61
Un show éclatant

Océan atlantique, à 500 kilomètres des côtes américaines, juillet
Mike Donegal n'était pas serein.

Désormais, il restait 21 minutes avant le déclenchement des mines magnétiques.

Et il ne voyait pas comment faire pour neutraliser celui qui tenait le bouton de mise à feu.

Il y avait bien la bombe à gel durcissant, mais il fallait être très près de la cible, pas à une dizaine de mètres comme maintenant.

Il donna l'ordre au groupe de Miller de progresser discrétos jusqu'au poste de pilotage.

Les trois hommes se glissèrent le long des containers sans un bruit.

Bientôt, devant eux, le poste de pilotage. Derrière la vitre, ils pouvaient distinguer plusieurs silhouettes.

— Mike, je vois des ombres dans la cabine de pilotage. Impossible de dire combien, et quelles armes. On y va ?

— Attends mon ordre.

+++++++

Kitten n'en perdait pas une miette. Le panoramique du drone montrait les déplacements des soldats.

Toutes ses peurs resurgissaient. Jamais elle n'aurait dû se lancer dans cette opération. Depuis l'affaire de l'abattoir, elle avait peur. Mais comment le dire aux autres ? Comment avouer à Eagle qu'elle ne tenait pas le coup.

— On fait quoi, Wolf ?

— Je sais pas, putain ! Ça devait pas se passer comme ça ! Faut qu'on prévienne les mecs de La Légion, non ?

— Tu as raison. Mais comment ?

— Je vais y aller.

— Non, tu dois rester près des missiles. C'est moi qui vais y aller. Et puis je vois où sont les militaires.

— Ok. Alors je fais quoi ?

— Tu tiens le détonateur. Et s'ils interviennent, tu appuies, et tant pis.

Kitten s'avança vers le poste de pilotage. Il fallait qu'elle fasse quelque chose pour oublier sa peur.

Ne pas penser, agir.

+++++++

Donegal voyait la fille progresser. L'autre restait collé le long du container qui contenait les missiles. Encore plus loin qu'avant. Il regarda sa montre-bracelet.

Il restait 17 minutes.

— Miller, go !

Miller monta silencieusement les marches de l'escalier métallique bâbord. Il était maintenant accroupi le long de la porte du poste de pilotage. Il sortit son miroir télescopique et jeta un coup d'œil. Il discernait quatre hommes. Deux d'entre eux étaient armés. L'un était de dos, l'autre de trois quarts. Visiblement, les deux autres devaient appartenir à l'équipage. En tout cas, ils semblaient ne pas avoir d'armes sur eux. Miller allait devoir neutraliser celui qui était de profil en premier. Il rentra son miroir et mit la main sur la poignée de la porte bâbord. Il la fit bouger légèrement, elle n'était pas verrouillée.

+++++++

Kitten monta les marches de l'escalier qui se situait à tribord.

Elle vit les deux hommes de La Légion derrière la vitre. La porte était fermée. Elle tapa sur la vitre pour attirer leur attention.

Miller ouvrit la porte et tira deux balles sur l'un des deux hommes. L'autre individu se retourna et fit feu, mais Miller le toucha avant à la poitrine. Les balles du tireur de La légion firent juste éclater la vitre.

Kitten se baissa et descendit l'escalier en toute hâte.

Elle se mit à courir le long des containers.

Miller vérifia que les deux hommes étaient hors d'état de nuire, et expliqua tant bien que mal la situation aux deux membres d'équipage. L'un d'entre eux comprenait l'anglais. Miller reprit contact avec Donegal.

— Ici Miller. La situation est clear. J'ai le contrôle.

— Ok, reçu. Les hommes d'équipage ?

— Deux sont avec moi. Pas touchés. Les autres sont enfermés quelque part dans les cales. On ne sait pas où. Il y avait une fille derrière la vitre de la passerelle. Elle est repartie.

— Oui, je l'ai vue. On doit évacuer tout de suite. Il reste 13 minutes.

— Roger that*. Et le reste de l'équipage ?

— Je m'en occupe. Vous évacuez vite.

Kitten avait rejoint Wolf. Sur son écran, elle vit les militaires partir au pas de course vers l'avant du bateau.

Wolf, les yeux exorbités, suivait la fuite des soldats.

— Putain, ça veut dire quoi, ça !

Kitten le fixa. Elle était maintenant étrangement calme. Elle savait.

— Ils vont faire sauter le bateau. On va subir une attaque aérienne. On va y avoir droit. C'est pour ça qu'ils se replient.

— Je vais pas crever tout seul !
Il relâcha le bouton de déclenchement des missiles.
Rien ne se passa.
Il pressa de nouveau le bouton, et recommença.
— Putain, ça ne marche pas ! Ce truc ne marche pas !
Mike Donegal descendit à toute vitesse les escaliers qui menaient à la première cale. Pleine de containers, mais aucune trace des hommes d'équipage. Au bout de la cale, la porte d'accès était verrouillée à l'aide d'un gros cadenas. Il fit sauter ce dernier d'un tir précis et manœuvra la lourde porte. Derrière, il vit les hommes d'équipage, apeurés. Une bonne vingtaine, de différentes ethnies.
Il regarda son chronomètre. Il restait une minute trente. Donegal actionna son micro.
— Miller, les zodiacs partent. Tu prends le commandement. Vite !
— Chef, vous…
— C'est un ordre, Miller ! J'ai été fier de servir avec vous, over !
— Roger that*.
Les zodiacs fendirent l'eau de toute la puissance de leurs moteurs.
Miller prit contact avec le quartier général. Il leur apprit le résultat de l'opération.
Et il sut alors que leur raid avait été filmé par un second drone.
Et retransmis en boucle.
Les images passaient en direct partout dans le monde.
Show superbe !
Les explosions rendent toujours très bien sur les écrans.
Celle du bateau confirma cette règle.
Mike Donegal aurait son nom gravé sur une plaque commémorative. Un héros de plus, un homme de moins.

Cependant, rien pour les hommes d'équipage. Simples dégâts collatéraux.

Mais, au moins, la Maison-Blanche et l'ONU étaient sauvées.

C'est ce que les membres de la Delta Force croyaient.

* : Roger that. Expression des forces armées américaines pour dire « reçu ».

Chapitre 62
Cambodgian fever

Cambodge, Siem Reap, juillet

Fantôme - redevenu le lieutenant Jeremy Moher - n'aurait jamais cru que l'opération se mettrait en route aussi facilement.

Connaissant un peu l'Asie, il s'attendait à d'interminables réunions avec force production de papiers, autorisations, mandats internationaux.

Mais ça, c'était avant.

Sur son mobile, comme le monde entier, il suivait les images en direct des missiles braqués sur le siège de l'ONU et sur la Maison-Blanche. Personne ne parvenait à couper la diffusion de ce flux vidéo.

Les meilleurs spécialistes s'y cassaient les dents.

Un hacker génial était derrière cette opération.

Et Fantôme semblait bien avoir découvert le bon.

Il n'était pas au courant des contacts qui avaient dû avoir lieu entre les Français, les Américains et les Cambodgiens.

Le résultat, c'était devenu une affaire d'état traitée avec la plus grande urgence, et dans le secret absolu.

Un peloton des Forces spéciales était venu le chercher - pratiquement l'enlever - à son hôtel.

Fantôme avait pris place dans le Humvee et ils avaient rejoint un entrepôt de l'aéroport. Cinq autres Humvee attendaient, bourrés de soldats des Forces spéciales.

Le chef de groupe, le lieutenant Ken Mas, l'accueillit dans un anglais impeccable, l'invita à enfiler un gilet pare-balles, et l'affecta au troisième Humwee.

Quelques minutes plus tard, les véhicules démarrèrent et sortirent de Siem Reap à toute allure. La police avait bloqué tous les carrefours.

Ils fonçaient sur la piste en latérite, soulevant des nuages de poussière rouge.

Fantôme se cramponnait comme il pouvait pour lutter contre les soubresauts du Humvee.

Un véhicule à proscrire pour une balade d'agrément.

Lorsque la piste devint plus chaotique, les Humvee ne ralentirent pas le moins du monde, tant pis pour les reins des passagers.

Les six véhicules passèrent à toute allure devant le checkpoint.

Déserté, d'ailleurs.

Comme quoi, même sou secret absolu autour de cette opération, les informations circulent vite, et les gardiens corrompus s'envolent !

Ils arrivèrent à la jonction entre la piste principale et celle qui menait à The Farm.

Cinq Humvee s'engagèrent dans la petite piste, et s'arrêtèrent presque aussitôt. Le sixième bloqua l'entrée de la piste.

Les 25 membres des Forces spéciales partirent au petit trot, armes levées, chargeurs engagés.

Fantôme trottinait à côté du lieutenant Ken Mas.

Ils eurent vite fait d'arriver à l'orée de la clairière. Ils visualisaient le bâtiment.

Ken Mas donna ses ordres par gestes, et les soldats se répartirent autour du périmètre.

Une voiture était toujours garée sous la maison. D'après le scan thermique, deux personnes se trouvaient à l'intérieur. Des zones mesurées comme anormalement froides apparaissaient également. Un refroidisseur ?

La maison était entourée par une terrasse posée sur les pilotis. Devant, face à la porte, une échelle.

Ken Mas donna l'ordre à deux de ses hommes de monter sur la terrasse en passant d'abord par l'arrière de la maison.

Les deux commandos se hissèrent à l'aide de grappins. Visiblement facilement, car la manœuvre ne prit que quelques secondes.

Les deux hommes firent le tour silencieusement, dos à dos, se couvrant mutuellement. Ils arrivèrent devant la porte. Aucun bruit ne filtrait depuis l'intérieur, ce qui, dans ce type de maison, était définitivement bizarre. La porte paraissait très solide.

Ken Mas et Fantôme, accompagnés de deux autres soldats, se dirigèrent jusqu'à l'échelle menant à la terrasse, face à la porte. Ken Mas et Fantôme gravirent souplement l'échelle.

Les autres membres du commando sécurisaient l'ensemble du périmètre.

Ken Mas observa attentivement la porte : elle n'était pas verrouillée.

Il allait donner le signal d'entrer lorsqu'il reçut une communication dans son oreillette.

— Chef, une voiture en approche. C'est le modèle signalé.

— Interceptez.

— Roger that.

Ken Mas ordonna à l'un de ses deux hommes de rentrer. Celui-ci ouvrit la porte avec précaution, son collègue le couvrait de son arme.

L'intérieur était sombre. Seuls les écrans, les nombreux écrans, donnaient de la lumière. Deux hommes leur tournaient le dos, affairés sur leurs claviers. Ils portaient des casques musicaux, et ne pouvaient rien entendre.

Sur un des écrans, le plus grand, la retransmission des images du drone survolant le cargo.

Bingo !

Ils étaient tombés juste. Le centre technique de l'opération « missiles » se trouvait là.

Ken Mas dirigea ses deux soldats sur les hommes. Objectif les contrôler en douceur. Même si une partie de leurs bureaux était non visible, ils ne semblaient pas être armés.

Ils étaient à environ deux mètres derrière les deux hommes.

À ce moment, une forte lumière rouge se mit à clignoter sur chaque écran. Les deux hommes enlevèrent de concert leurs casques. L'un d'entre eux se leva.

Immédiatement, les deux soldats réagirent, et neutralisèrent sans difficulté les deux informaticiens.

La lumière rouge continuait de clignoter.

Ken Mas communiqua par radio avec le commandement de l'opération.

Fantôme examina les divers matériels. High Tech à fond.

La zone froide repérée par le scan thermique contenait ce qui semblait être un super calculateur, ainsi qu'une profusion d'autres appareils dont Fantôme était incapable de deviner la fonction. Il allait falloir envoyer une équipe technique de haut niveau pour inventorier cette maison !

L'écran central diffusa une lumière blanche intense, et la transmission cessa.

Fantôme vérifia immédiatement sur son mobile. Plus d'image sur les réseaux sociaux !

Il montra son mobile à Ken Mas.

— C'est fini, il n'y a plus rien.

— Oui. Une panne ? Nous n'avons rien débranché. Le commandement a envoyé une équipe technique en hélicoptère. Ils seront là d'ici une demi-heure.

—Je crois plutôt que la source du bateau a cessé d'émettre. La question c'est pourquoi ? Une intervention des Américains ?

Ken Mas sourit.

— C'est sûrement ça. Ils n'ont pas l'habitude de rester passifs.

Il enclencha la réception de son oreillette.

Quelques secondes plus tard, il se tourna vers Fantôme.

— Mes commandos ont intercepté la voiture. C'était bien le suspect qui conduisait. Ils ont été obligés de tirer. Il avait tout un appareillage technique dans son véhicule. On ne pourra pas l'interroger, il est mort.

— Dommage. Il faut que je rende compte à Paris.

Fantôme fit le numéro de Driss. Ce dernier décrocha immédiatement, écouta le rapport à chaud de Fantôme, et promit de transmettre immédiatement les informations.

Driss lui confirma que Vévé était en opération avec la police finlandaise pour prendre d'assaut l'île ou devaient se planquer les terroristes. Il l'informa aussi de la prise d'otage de Toulouse et de l'assaut de la police.

Fantôme partagea immédiatement ces informations avec Ken Mas.

La menace informatique était maintenant neutralisée et, visiblement, celle des missiles également.

Restait à mettre hors d'état de nuire les chefs.

Pour cela, Fantôme faisait confiance à Vévé et à Péqueur…

Chapitre 63
Ok pour le surf

Finlande, juillet

Max, Stormy et Jöring se dirigèrent d'un pas rapide vers la salle informatique, véritable centre névralgique du bâtiment. Jöring s'assit derrière un clavier.

Max lui demanda de mettre en action la détection périmétrique. Il s'agissait d'un radar tout simple ayant pour fonction de détecter les embarcations proches de l'île. Il ne portait qu'à 50 mètres autour de l'île, mais c'était largement suffisant. Or, pour aborder, une embarcation devait forcément rentrer dans cette zone.

— Alors, tu vois quelque chose ?

— Oui, il y a quelques petits bateaux, mais ils sont loin. Ce sont des pêcheurs, rien d'important.

— Ok. Continue à vérifier, je préfère.

— Comme tu voudras.

Max s'éloigna avec Stormy. Il surveillait toujours du coin de l'œil la retransmission des images du cargo. Rien n'avait changé.

— Pourquoi tu es revenue ? Tu pouvais nous passer un message par radio.

— Jöring a dit que les conversations pouvaient être écoutées. Ces fréquences radio ne sont pas protégées, tu sais bien.

— C'est vrai, tu as raison. Mais maintenant, il est trop tard, tu ne vas pas pouvoir repartir aujourd'hui.

— C'est mieux comme ça. De toute façon, je ne voulais pas partir à l'origine. Donc maintenant c'est réglé. Je ne suis pas du genre à laisser tomber mes potes s'il y a un problème. Et surtout pas toi.

— Je sais. Mais c'est un gros risque. Nous sommes tous là… Il faut vraiment que Priotr nous donne une réponse au sujet de la marine !

Il ouvrit de nouveau Telegram. La réponse de Priotr venait d'arriver : « Pas de manœuvre marine prévue. Opération « Capture » en cours avec la police finlandaise ».

— Bon. C'est pour nous. Ils vont arriver. La marine et les flics. Les premiers vont verrouiller tout l'espace, et lanceront des missiles sur tout appareil aérien qui tenterait de s'échapper.

— On fait quoi ?

— Vous fuyez, vite. Stormy et Niilaas chacun sur une vedette, vous longez la côte au ralenti, et ensuite plein gaz, le plus loin possible de notre île. Ils n'oseront pas tirer, car ils ne peuvent pas savoir ce que sont ces petits bateaux. Jöring, tu prends l'hélico. Rase-motte jusqu'au bout de l'île, et ensuite tu remontes jusqu'à Kajaani. Avec un peu de chance, ils ne te repèreront pas. Il faut que vous arriviez à atteindre notre base B, après la ville de Kostomoukcha, à environ 50 kilomètres. Vous devrez choper une voiture, et vous en aurez pour six heures de route. Jöring, tu iras plus vite avec l'hélico, tu prépareras leur arrivée. Stormy le regarda intensément.

— Et toi dans tout ça ?

— Je reste. Il faut que quelqu'un reste.

— Donc tu vas à la mort. Tu le sais ?

— Pas sûr. Ils voudront peut-être me prendre vivant. Je dois rester. Jöring et Niilaas, allez-y.

Les deux hommes sortirent. Max resta seul avec Stormy.

— Stormy, tu dois partir aussi.

— Je ne veux pas te quitter, Max !

— Il le faut. Je suis au bout de ma route, et c'est toi qui dois continuer. Tu es la seule à pouvoir le faire. Je n'ai confiance qu'en toi…

— Mais Max… J'ai besoin de toi !

—Je sais. Mais je t'ai dit que nous deux, ce n'était pas possible. Il y a quelques années, oui, nous aurions pu être ensemble. Mais là, c'est trop tard. Je dois terminer ça. En finir une bonne fois pour toutes. Toi, tu devras reconstruire dans le monde d'après.

Stormy sentait les larmes venir. Elle ne voulait pas pleurer. Pas comme une midinette amoureuse, pas question. Elle fournit un gros effort pour se contrôler.

— Tu vas faire quoi ?

—Je vais déclencher l'apocalypse, s'ils n'obtempèrent pas.

Stormy se retourna et quitta la pièce sans un mot.

Il allait mourir, comme ça.

Un loup solitaire.

Privé de sa meute.

Et elle allait rester seule.

Elle se dirigea vers l'une des vedettes rapides. Les deux embarcations étaient encore là : Niilaas, où était-il ?

+++++++

Péqueur descendit le premier de la barque. Vévé le rejoignit sur la grève rocheuse. La barque repartit, le pêcheur n'attendit pas son reste.

L'énorme bâtiment se détachait sur le ciel, à environ 500 mètres de distance. C'était plus un château fortifié qu'une maison. Devant eux, la lande était déserte.

Péqueur ne sentait pas trop l'approche. Trop à découvert.

Vévé ne s'était pas vraiment posé de questions. Elle avançait courbée, son arme à bout de bras.

Péqueur suivait.

Brusquement, Vévé s'arrêta. Elle fit signe du doigt à Péqueur. Une silhouette se dirigeait vers un petit embarcadère sur lequel étaient amarrées deux vedettes.

Quelqu'un fuyait.

La silhouette se retourna, et un coup de feu claqua. Vévé et Péqueur se jetèrent à terre. Pur réflexe de flic quand on leur tire dessus. Tu plonges d'abord, tu ripostes ensuite, et tu comprends à la fin. Dans cet ordre-là.

Ils tirèrent donc sur la silhouette lointaine. À côté, bien sûr, trop loin pour leurs armes de poing.

Cependant, la kalach qui leur balançait une rafale de l'autre côté était pile-poil à bonne portée.

— Putain, ils sont deux ! On est pris entre deux feux !

— Ouais, et pour l'effet de surprise, c'est raté !

Vévé s'allongea le long d'une saillie en pierre et visa le tireur à la kalach. Elle tira, mais là aussi le tireur était trop loin.

— Il faut que je me rapproche. Tu vas faire un tir de barrage sur le shooter du dessous. Et je vais me rapprocher de celui à la kalach. C'est le plus dangereux.

Péqueur laissait volontiers le choix de la tactique à Vévé. C'était elle la tireuse d'élite, alors que lui…

Vévé profita d'un renfoncement de pierre pour progresser. Elle gagna une bonne cinquantaine de mètres sans essuyer d'autres tirs. Depuis l'extrémité de la silice rocheuse, elle jeta un coup d'œil. Rien.

Ils entendirent un bruit de moteur. Une des vedettes quittait le débarcadère. Vévé se releva prudemment. Rien ne se passa.

Péqueur se dressa également.

— Ils sont partis !

— Un des deux avec le bateau, sûr. L'autre, en revanche…

+++++++

Une demi-heure avant.

Le commandant de la police finlandaise était très en colère. Il frappa violemment sur son bureau. Ses deux subordonnés n'en menaient pas large…

— Comment ça, ce commandant français va prendre d'assaut l'île, toute seule ! Mais elle se croit où ? C'est notre sol, le territoire finlandais ! Elle n'a aucun droit ici ! La police française va entendre parler de moi ! On déclenche l'opération « Capture » tout de suite ! On envoie les hélicoptères et les groupes d'assaut ! Vite ! Et alertez les navires militaires pour qu'ils verrouillent l'île ! Ils balancent leurs missiles sur tout appareil aérien ! Vite, je vous dis !

Les deux assistants se précipitèrent sur leurs téléphones. Heureusement, les groupes d'assaut étaient en alerte à Kajaani. Dix minutes plus tard, ils décollaient.

Le destroyer et l'aviso se mirent en mouvement de toute la puissance de leurs moteurs. Ils se positionnèrent au large d'Oulu, missiles en alerte.

Les trois hélicos avaient leur plan d'attaque : deux droppaient leur groupe de six hommes aux deux pointes de l'île, le troisième était là en couverture, et tous convergeaient vers le bâtiment, en ratissant tout le terrain. Si ce groupe terroriste était sur l'île, ils allaient le trouver et le neutraliser.

Sans oublier, et ça c'était la surprise de dernière minute qui allait leur compliquer la tâche, de ne pas tirer sur la policière française qui avait décidé de prendre d'assaut l'île en solo…

+++++++

Stormy se courba et courut aussi vite qu'elle le pouvait vers la maison. Avec ce damné vent qui soufflait, elle était certaine que Max n'avait pas entendu les coups de feu. Ça et ces sacrés murs, tellement épais ! Elle poussa la porte d'entrée et continua en courant jusqu'à la salle informatique.

— Max ! Ça y est, ils sont là, tu avais raison. On s'est fait tirer dessus avec Niilaas !

— Ils sont combien ?

— Pas beaucoup. J'en ai vu deux, mais ils sont peut-être plus nombreux. Pas très armés, juste des armes de poing.

— Bizarre. Si c'était un groupe d'intervention, ils seraient lourdement armés, et plus nombreux.

— En tout cas, ça craint. Ils arrivent !

— Il faut que je joigne Priotr. Je vais lui dire de déclencher la torpille. Ils l'auront cherché.

Il se connecta sur Telegram et envoya le bref message convenu avec Priotr : « Ok pour le surf ».

Stormy fixait intensément Max, penché sur son ordinateur.

Il ne se retourna pas, comme si elle n'existait pas.

Elle était revenue pour lui, juste pour lui.

Et lui ne voyait que son plan.

Elle ravala un sanglot.

Il fallait qu'elle parte.

Avec lui, elle n'avait aucun espoir. Seule la réussite de son opération comptait.

En une fraction de seconde, elle comprit : rester avec lui ne ferait que l'entraîner vers la mort, au pire, et vers une coexistence stérile. Jamais il ne l'aimerait. Il était incapable d'éprouver le moindre sentiment. Seule la mort comptait. Cette mort qui le fascinait depuis si longtemps. Maintenant, elle était là.

Elle partit à reculons dans l'immense hall.

Max était toujours affairé sur son écran. Il ne tourna même pas la tête.

Stormy sortit du bâtiment en se courbant en deux, afin d'éviter une éventuelle balle.

Elle serrait son Glock tellement fort qu'elle commençait à avoir mal à la main.

Elle fila vers la vedette rapide.

La kalach de Niilaas crachait. Les autres ne pourraient pas s'approcher. Il fallait qu'elle profite de cette opportunité.

Elle accéléra encore sa course jusqu'à la vedette, décrocha les deux amarres, lança le moteur et s'éloigna plein gaz. Le temps n'était plus à la discrétion. Le jetboat atteignit très vite sa vitesse maximale, presque 70 km/h. Une flèche noire sur le lac.

++++++

Péqueur produisait un véritable tir de barrage vers le tireur à la kalach. Déjà son troisième chargeur.

Sans trop savoir sur quoi il tirait.

Vévé se glissait de rocher en rocher vers ce qu'elle supposait être la position du tireur.

De temps à autre, les détonations sèches de la kalach résonnaient. Les aboiements du Glock de Péqueur lui répondaient.

Elle avisa un amas de grosses pierres, se faufila derrière, courbée basse sur ses jambes.

Elle reprit son souffle, expira doucement arme levée.

Elle attendit encore quelques secondes, et bondit de son abri, jambes fléchies, pieds écartés, triangle isocèle parfait, tireur d'élite oblige. Une fraction de seconde, elle vit l'autre rouler sur la gauche. D'instinct, elle tira et reçu comme un coup de poing qui la projeta en arrière. Elle se cacha derrière le bloc rocheux. Une courte rafale fit gicler des éclats de cailloux. Vévé avait mal, souffle coupé. Une sensation de chaleur intense.

Trop cool d'avoir mis son gilet pare-balles… Elle l'arracha pour respirer plus librement.

Péqueur changea de planque pour se diriger vers le relief qui protégeait Vévé. Il s'attendait à une rafale de kalach mais rien ne vint.

+++++++

Jöring fit décoller l'hélico, point fixe puis direction l'extrémité de l'île, pour rejoindre au plus vite la base B en Russie.

Au petit jour, la visibilité n'était pas optimale, mais Jöring était un excellent pilote, il n'était pas du tout gêné. Ses années dans les Forces spéciales l'avaient habitué à toutes les conditions météorologiques, et, en Finlande, les conditions météo peuvent être extrêmes.

Il était presque arrivé à l'extrémité de l'île lorsqu'il aperçut un groupe d'hélicoptères qui s'approchait. Formation en triangle.

Il vira de bord immédiatement et enclencha la transmission radio.

La prudence n'était plus de mise.

— Max ? Max ? Ici Jöring.

— J'écoute.

— Trois hélicos en approche. Ce sont les Forces spéciales.

— Sûr ?

— Oui. Ils sont toujours en formation triangle, j'ai fait ça longtemps, alors je sais. Je reviens, je vais aider Niilaas, on va les ralentir. Over.

Il posa l'hélico sur un aplat rocheux, sortit du cockpit. Il empoigna son fusil d'assaut Colt M-4 et le sac qui contenait une dizaine de chargeurs de 50 balles.

Avec ça, il avait de quoi voir venir.

Les commandos qui arrivaient allaient être surpris…

+++++++

La flèche noire qui portait Stormy filait sur le miroir d'eau du lac.

Pas de signe de l'armée.

Le vent soufflait fort dans ses bouclettes brunes. Un flot de larmes coulait sans discontinuer de ses yeux.

C'était fini.

Plus jamais elle ne reverrait Max. Elle en était sûre.

Elle se rapprocha de la rive.

Elle vit un ponton qui s'avançait dans le lac : elle inversa le moteur et vint aborder doucement. Elle prit une corde, et fixa solidement le volant du gouvernail de telle façon que le jet boat se dirige vers le milieu du lac.

Elle monta sur le ponton, et elle engagea la manette des gaz à moitié. Le bateau glissa doucement et s'engagea dans le lac.

Elle était seule.

Sauvée, sûrement, mais seule.

Elle marcha jusqu'au bout du ponton.

Elle avait abordé quelque part, entre Kaivikko et Kantaniemi.

La rive était recouverte d'un léger brouillard.

Elle regarda à gauche, puis à droite.

Où aller ?

La base B, en Russie. Mais d'abord, la grange où était garée une voiture, en cas de besoin. Avec le plein, des vêtements pour toute l'équipe, des armes, et de l'argent.

Toujours Max et ses plans de secours.

Pour quoi faire ?

Renaître.

Elle prit à gauche et s'avança sur la route.

La route de tous les possibles, ou de toutes les impasses ?

Avec sa vie à réinventer.

+++++++

L'icône de Telegram changea.

Max ouvrit le message de Priotr : « Ok tu as la main. Compte à rebours déclenchement Apok dans 3 minutes sur ton ordi ».

Le message s'effaça aussitôt.

Le compte à rebours s'affichait maintenant sur le Toughbook de Max.

Trois minutes, et les États-Unis n'existeraient plus.

Chapitre 64
Confrontations

Finlande, juillet
Jöring réactiva son oreillette avec Niilaas.

— Attention, ils arrivent sur toi !

— Je les vois, mais je n'ai que ma kalach… Ils sont trop loin pour que je sois précis.

— Ok, je m'en occupe.

Jöring se déplaça silencieusement jusqu'à un rocher dominant l'avancée de l'équipe d'intervention finlandaise. Deux groupes de trois, en file indienne. Visiblement, ils ignoraient avoir été repérés.

Jöring visa soigneusement le premier commando, ce dernier était à au moins 250 mètres. Un tir pas si simple. Il bloqua sa respiration et appuya sur la détente.

Le commando prit la balle dans le cou et bascula en arrière. Niilaas en profita pour lâcher une longue rafale avec sa Kalachnikov, même si à cette distance, cela ne servait pas à grand-chose.

Les hommes du commando réagirent et se mirent à couvert. Jöring tira une deuxième balle qui fit éclater un morceau de roche.

Niilaas avait le souffle court.

— Je suis blessé. J'ai essayé d'arrêter d'autres flics vers le château. L'un d'entre eux m'a touché à la jambe, mais moi je l'ai eu à la poitrine.

Jöring ne trouva rien à dire. Ce n'était maintenant qu'une question de minutes. Les commandos allaient balancer de la fumée, les prendre à revers en profitant des abris qu'offrait le terrain Tout seul, Jöring ne parviendrait pas à les contenir. Et Niilaas n'en avait plus pour longtemps. Il tira un autre coup de feu, afin de montrer aux soldats qu'il était bien là.

Il fallait juste tenir un peu pour faire gagner du temps à Max.

Pour qu'il aille jusqu'au bout.

+++++++

Vévé eut du mal à se remettre du tir qui l'avait touchée. Son gilet pare-balles l'avait certes protégée, mais le choc avait été rude. Gros hématome à venir !

Péqueur se glissa jusqu'à elle. Il la prit dans ses bras doucement, d'un geste plein de tendresse.

Après quelques secondes, il se risqua à lever la tête. Rien ne se passa. Visiblement les tireurs n'étaient plus là.

Ils se relevèrent tous les deux et se dirigèrent vers la maison, en prenant soin de progresser en utilisant la topographie des lieux comme écran.

Au loin, des coups de feu éclataient. D'après les détonations, plusieurs types d'armes.

— Ce sont les Finlandais ! Je suis sûre qu'ils ont envoyé les commandos !

— Et La Légion riposte ! Ça va les occuper un moment… À nous d'en profiter !

— Il va y avoir des gardes à l'entrée de la maison…

— On va voir ça…

Péqueur s'approcha de la porte principale. Vévé le couvrait en balayant toute la façade avec son Glock.

Il appuya doucement sur le pêne. La porte n'était même pas fermée. Il fit signe à Vévé, elle le rejoignit en courant. Ils entrèrent.

Personne. Une pièce immense, hall d'entrée majestueux.

Un escalier de chaque côté du hall.

À l'étage, de légers bruits de machines.

Péqueur prit à droite, Vévé à gauche.

Plus ils montaient, plus fort les cliquetis s'entendaient.

La double porte était ouverte.

Péqueur jeta un coup d'œil. C'était une salle informatique. Un homme était assis, dos à la porte.

+++++++

Yrjö Korhonen avait dû prendre le commandement du groupe d'assaut car son chef avait été durement touché par le sniper.

Et de l'autre côté, un second tireur les arrosait avec des rafales de fusil mitrailleur.

Ils auraient pu attendre l'arrivée du second groupe, mais l'attente ne faisait pas partie de l'ADN de Korhonen. Et puis la blessure de son chef lui donnait une occasion de prouver sa valeur au combat.

Il donna l'ordre à trois hommes de se rapprocher du tireur à la Kalachnikov en utilisant le relief comme protection.

Avec le dernier commando, Korhonen assura un tir de barrage constant sur ses deux adversaires, protégeant ainsi la progression de ses compagnons.

Niilaas avait bien compris la manœuvre, pour l'avoir pratiquée de nombreuses fois lorsqu'il faisait partie des Forces spéciales. Sa jambe lui faisait un mal de chien. Il avait improvisé un garrot avec un morceau de corde, mais le sang continuait de couler.

Il n'en avait plus pour longtemps, et il le savait.

Niilaas rassembla tout ce qui lui restait comme forces, se leva à demi et se précipita en tirant vers les amas de pierres qui abritaient les commandos.

Il ne parcourut que quelques mètres, les tirs des soldats l'atteignirent en pleine poitrine. Il s'écroula.

Arrivés à sa hauteur, les commandos vérifièrent que son pouls n'était plus perceptible.

Ils continuèrent à progresser.

Jöring n'avait que son fusil de sniper et un pistolet. Il ne pourrait pas résister bien longtemps avec ces armes, d'autant que les forces spéciales bénéficiaient d'une disposition des lieux plus favorable.

Korhonen ordonna un lancer de grenades incapacitantes, les fameuses M84 Stun Grenades, 8 millions de Candelas et 170 décibels pendant 5 secondes, ça vous calme sévère.

Trois grenades explosèrent près de lui. Il se releva, les mains sur les yeux, en titubant. Il avait lâché ses armes. Les deux premiers commandos se précipitèrent sur lui, le jetèrent au sol et lui entravèrent les poignets et les chevilles.

Korhonen contacta le commandement pour indiquer que deux terroristes étaient neutralisés, et que son groupe reprenait sa progression vers la maison.

+++++++

Vévé se baissa au ras du sol et jeta un œil à son tour.

Péqueur entra dans la pièce.

Sans s'en apercevoir, il coupa du pied le minuscule faisceau lumineux de la cellule optique.

Max perçu l'alerte sur son ordinateur. Il fit pivoter sa chaise de bureau et tira une balle sur Péqueur, avant que ce dernier ne fasse feu.

Péqueur s'écroula vers l'arrière, Vévé tira à trois reprises sur le fauteuil, Max fut atteint de deux projectiles dans la poitrine et bascula sur l'arrière.

La balle avait juste traversé le bras de Péqueur qui se redressa en se tenant l'épaule.

Ils s'avancèrent vers Max, qui était toujours à terre. Son sang coulait à flot. Une bave pourpre suintait de ses lèvres.

— C'est lui, Vévé, on l'a eu !

Péqueur s'approcha de Max.

— Tu es foutu, tu vas crever comme un rat, pour tout le mal que tu nous as fait !

Dans un râle, Max murmura avec un rictus :

— Ou alors, on va tous crever…

Vévé s'approcha du bureau sur lequel était posé l'ordinateur portable.

Une fenêtre interactive était ouverte. Au centre, un compte à rebours indiquait 3 minutes, 25 secondes, 3 centièmes.

Au-dessus du chronomètre, un titre : « Torpedo launch system ». Une commande de lancement d'une torpille !

Au-dessous du chronomètre, deux boutons : « enter » « abort ».

Vévé appuya sur « abort » et le chronomètre s'arrêta.

Il restait trois minutes.

— Nous avons réussi. Nous avons gagné !

Péqueur la regarda. Elle était radieuse.

Il était heureux.

Les morts étaient vengés, Max était mort. Et sa dernière action, le lancement de cette torpille, Vévé et Péqueur l'avaient neutralisée.

Péqueur prit la main de Vévé et la pressa très fort. Cette terrible histoire était terminée.

Dans un dernier effort, Max se redressa légèrement. Sa main droite touchait son arme. Il tendit ses doigts et parvint à l'empoigner.

Péqueur et Vévé étaient penchés sur le bureau et lui tournaient le dos. Max leva son arme. Sa poitrine se souleva en un ultime hoquet et pressa la détente.

Le corps de Vévé tressauta sous l'impact.

Péqueur se retourna et déchargea ses 9 balles restantes dans le corps sans vie de Max.

Vévé était tombée à côté du bureau. Péqueur la prit dans ses bras.

Ses yeux bleus étaient déjà un peu vitreux. Une large tache de sang maculait son tee-shirt. Péqueur la serra contre lui.

Elle hoqueta.

— François, j'ai mal !

— Tiens le coup, ma Vévé, les secours vont arriver !

— J'ai mal… Je vais mourir !

— Non, ne meurs pas ! Accroche-toi !

— Je ne peux plus… Je t'aime !

L'émotion submergea Péqueur qui éclata en sanglots.

Anéanti, il la serra dans ses bras à se faire mal.

Putain de destin ! Max lui enlevait une nouvelle fois la femme qu'il aimait.

Il regretta de n'avoir pas gardé une balle dans son chargeur car sa vie s'écroulait ici.

Définitivement.

Chapitre 65
Surprise, vague scélérate

Planète terre, juillet

Conformément à la programmation de Priotr, après un délai de cinq minutes suivant l'arrêt du compte à rebours manuel, le système de déclenchement de la torpille passa en mode automatique.

L'ordre de lancement pré-enregistré transita par un satellite indien et atteignit la torpille quelques millisecondes plus tard.

L'équipe des spécialistes informatiques de l'armée cambodgienne était en train de débarquer de l'hélicoptère.

Trop tard pour neutraliser tous les appareils informatiques de The Farm.

Après quelques minutes, la torpille nucléaire Status-6 Poseïdon explosa à environ 20 kilomètres des côtes américaines et provoqua la formation d'une gigantesque vague scélérate de pratiquement 400 mètres de haut, accompagnée d'un halo radioactif dû au Cobalt 60.

Rien n'aurait pu préparer ce pays à un désastre de cette ampleur.

Le monde tel que nous le connaissons s'effondra à jamais.

Ainsi fut l'apokalypse selon Max.

FIN